La mirada
de Chapman

LA TRAMA

LA MIRADA DE CHAPMAN

Pere Cervantes

GRUPO ZETA

Barcelona • Madrid • Bogotá • Buenos Aires • Caracas • México D.F. • Miami • Montevideo • Santiago de Chile

1.ª edición: mayo 2016

© 2016, Pere Cervantes
© Ediciones B, S. A., 2016
   Consell de Cent, 425-427 - 08009 Barcelona (España)
   www.edicionesb.com

Los derechos de la obra han sido cedidos a través de Zarana Agencia Literaria

Printed in Spain
ISBN: 978-84-666-5815-7
DL B 7464-2016

Impreso por QP PRINT

A la madre de Pau y al hijo de Elena, mis dos soles.
A mi padres por ESTAR y enseñarme a adorar a los Beatles.
A mis hermanas porque nunca les salta el buzón
de voz del móvil cuando las necesito.

Los escritores viven de la infelicidad del mundo. En un mundo feliz, no sería escritor.

JOSÉ DE SOUSA SARAMAGO

La Naveta des Tudons,
a cinco kilómetros de Ciutadella, Menorca

Medianoche

El hombre recorrió, contra su voluntad, la distancia que mediaba entre el vehículo policial camuflado y el edificio más antiguo de Europa. Lo hizo de un modo atávico, a empellones y con las manos esposadas a la espalda. La sangre coagulada le había taponado las fosas nasales y de un oído le asomaba un hilo de color carmesí cada vez más oscuro. La tierra, cubierta por una espesa capa de hierba, se hundía a cada pisada. Las últimas lluvias habían reblandecido el terreno, así que para poder avanzar optó por inclinar el tronco hacia delante y aprovechar la propia inercia del cuerpo. A pesar de su estado físico logró recorrer unos metros más.

El inspector jefe Roberto Rial detuvo su torpe marcha y lo liberó de las esposas, acallando así el maldito sentimiento de culpa que siempre termina aflorando cuando uno da rienda suelta a aquel que suele ocultar. El hombre apenas tuvo tiempo de frotarse la zona dolorida donde el metal se había hundido en la carne a la altura de las muñecas. Roberto lo sacudió con saña hasta que el cuerpo maltrecho del prisionero impactó contra el lateral de la construcción prehistórica, hecha a base de piedras encajadas sin mortero. Con los ojos entornados, el hombre se llevó por delante los restos de cinta policial que todavía cercaban el monumento tras los espeluznantes hechos acontecidos días atrás.

La oficial de policía Alma Feijó no encontraba el modo de digerir aquella escena, tan alejada de lo que se impartía en la academia, dictaban las leyes vigentes y estipulaba su particular moral. Superada por el desarrollo de los acontecimientos, iluminó la escena con la linterna de dotación. El haz de luz cegó al hombre herido y reveló el trémulo pulso de la oficial, quien al tiempo que con una mano sujetaba la antorcha artificial, con la otra desenfundó la HK que llevaba sujeta en los riñones.

Solo veinte días atrás Alma había celebrado en la intimidad su trigésimo cumpleaños con el inspector jefe, que le superaba en edad en algo más de una década, pero en ese paraje de oscuridad, sangre y tierra vieja, Roberto se había transformado en un completo desconocido. El hecho de haber desenfundado el arma reglamentaria obedecía más a la posibilidad de tener que evitar que su compañero cometiera una locura que al peligro real que pudiera suponer aquel desalmado malherido. En cuanto alcanzaron la Naveta des Tudons, constataron que ella no estaba ahí. Resultaba irónico que una construcción de más de tres mil años con propósitos funerarios se hubiera convertido en el logo de esa maldita Semana Negra que había conllevado más sangre y dolor de los que brindaban sus propios libros. El tormento interno que experimentaba Roberto, lejos de apremiarlo, le impelía a hablar con una inquietante calma, más propia de quien ya no tiene nada que perder. La mirada iracunda del inspector se clavó en la silueta descalabrada de aquel engendro humano.

—¿Es aquí donde querías matarla? ¿Desangrarla como a un cerdo? —gritó el inspector poco después de hundirle los nudillos por debajo del esternón—. No te lo voy a preguntar más, hijo de perra. ¿Dónde está María Médem?

El hombre cayó sobre sus rodillas, escupió la bilis que había acudido a su boca y encaró con parsimonia el rostro de aquel imprevisto verdugo. Parpadeó, pero la luz de la linterna le impidió distinguir qué ocurría a su alrededor. La enfermedad de sus ojos se acentuaba en la oscuridad: reducía la visión y hacía que lo captara todo como si se encontrara dentro de un túnel. El prisionero giraba la cabeza de un lado a otro, intentando en vano ensanchar el campo visual. Aun así esbozó una sonrisa burlona, casi triunfal, reivindicando el poder que otorga el tener la información anhelada.

Si algo había hecho Roberto durante los últimos veinticinco años, era interrogar. Atrapar a la presa con la mirada tras disparar las palabras certeras. Los hay que extraen muelas; él extraía verdades. Gran parte de los interrogatorios en los que había participado, los menos efectivos, acontecieron en el interior de las dependencias policiales. Los otros, aquellos en los que la mierda salía a flote, jamás se llegaron a quedar plasmados en un atestado policial. Roberto siempre había comparado los interrogatorios con una caja fuerte. Sabía bien que sin la llave adecuada, sin la clave precisa, no había modo alguno de acceder al interior. Aquella noche colmada de angustia el inspector concluyó que algunas cajas permanecen herméticas protegidas por el manto de la estéril legalidad. En el interior de esa caja había una dirección, el lugar donde estaba María.

—En mi teléfono tengo un vídeo muy reciente de María... —El hombre hizo una pausa, el dolor iba a más—. Pero no te hagas demasiadas ilusiones, inspector. Recuerda que, si me matas, no la vas a encontrar.

Roberto atajó un suspiro y apretó los labios. Estaba condenado a saber cuándo le mentían y aquel tipo acababa de hacerlo. De un bolsillo de la cazadora extrajo un par de guantes de látex.

—¿Cuántos me van a caer? ¿Diez años? —calibró el hombre, arrogante—. Soy encantador, sé cómo camelarme a las incautas asistentes sociales del talego. ¿Y sabes qué es lo más gracioso, inspector? Que dentro de diez años nadie se acordará del nombre de mis víctimas... —el dolor frenaba sus palabras—... y, en cambio, todos recordarán el mío. ¿O acaso tú recuerdas el nombre de las putas que mató Jack el Destripador?

Roberto sacudió la cabeza con resignación. Terminó de ponerse los guantes, se agachó y desenfundó una navaja militar sujeta a una funda cercana al tobillo.

—Roberto, no lo hagas —gritó Alma a su superior. Ella sí respiraba entrecortadamente, sí tenía el corazón desbocado y una duda apremiante. Acomodó la linterna en el sobaco y deslizó la corredera del arma. A pesar del estricto silencio, el inspector hizo caso omiso de aquel sonido aterrador, metálico e intimidatorio. Nada iba a detenerlo.

—No te arruines la vida, Roberto. —Alma suplicó con palabras lo que su arma no había logrado.

—Los manuales de criminología afirman que un psicópata es un ser de naturaleza insensible —anunció Roberto, impasible, acortando la distancia con su enemigo—. Dicen que no tienen miedo. Vamos a comprobar si los libros se equivocan.

Primera parte

1

Tres días antes
Lunes, 16 de febrero

María Médem llegó a Cala Murtar poco antes de las ocho y media de la mañana. La belleza de aquel escondrijo próximo a Maó y compuesto por tradicionales casas de pescadores le ofrecía una versión inédita, distinta de la que ella había contemplado en todas las visitas anteriores. Un cielo vencido por nubes sulfurosas parecía querer plantar cara al viento del norte, pero esa era una batalla perdida de antemano. La tramontana —ese viento que llega al Mediterráneo desde lejanas cumbres europeas— es el soplo que limpia, el encargado de dejar impoluto el cielo y, con él, todos los oscuros actos humanos. «Una oportunidad de hacer borrón y cuenta nueva», pensó María. Según los lugareños, la tramontana atrapa la voluntad de los visitantes impidiéndoles abandonar la isla. Sonrió al recordar el dicho, pues para ella ese viento tenía el don de modificar las conductas humanas.

Tal vez por eso, esa misma mañana, Bruno, su ex marido, la había recibido con una alegría que parecía desmesurada, teniendo en cuenta que llevaba seis meses en el paro, que hacía algo menos de un año que había enterrado a su madre y que la propia María le había pedido que se ocupara durante los siguientes cinco días de Hugo, el hijo en común que apenas alcanzaba los tres años. Si el alarde de júbilo se debía únicamente a que una ingeniera alemana le calentaba desde hacía medio año la cama y los sobres precocinados de *boulettes* —albóndigas típicas de Berlín—, la única conclusión posible era que la estupidez del macho ibérico no tenía parangón.

Sumida en aquel pensamiento, estacionó frente a una casa encalada, sobre cuya puerta principal de madera teñida de verde rezaba el nombre de CAN BIEL. Tocó una sola vez el claxon, subió un grado la temperatura del climatizador y se acomodó a sabiendas de la parsimonia que su amigo Galván imprimía a todos sus movimientos.

Paco Galván acababa de cumplir setenta años, y, además de haber sido su profesor de Criminología en Barcelona, su confesor y la persona que dos años atrás la había ayudado en la resolución del caso de la psicópata asesina de ancianas, se había convertido en un colega. Tras la detención de aquella depredadora de almas abatidas, podría decirse que a Galván la vida le escocía. La muerte de Rocío, su compañera sentimental durante más de cuatro décadas, lo había noqueado cuando la jubilación acababa de entrar en sus vidas. En aquel tiempo las visitas de María se habían espaciado, entregada como estaba a la enfermedad de su suegra, al cuidado del pequeño Hugo y a mantener en pie un matrimonio que jamás pasó de estar de rodillas. Sin embargo, en una de esas escapadas a Cala Murtar, Galván la recibió con un vigor impropio de aquel hombre vapuleado por la aflicción. Tenía una propuesta que hacerle, por emplear sus propias palabras. María comprendió al instante que se trataba de un rescate, aunque este término jamás llegó a pronunciarse.

El profesor de Criminología, experto en perfiles criminales, quería escribir una novela con ella. Los últimos meses había estado trabajando en la confección de la estructura y en la creación de los personajes principales y ficticios, cuya coincidencia con la realidad sería fruto no ya de la casualidad, sino de sucesos paranormales, expuso el profesor enfatizando esas palabras con un guiño. La historia se inspiraba en los asesinatos cometidos en la isla en cuya investigación ambos habían tenido una participación directa.

A María la aventura le pareció extraña. Ella era policía. En alguna ocasión la literatura había resultado ser una efímera válvula de escape, aunque a decir verdad ella era más de cine. Sin embargo se vio incapaz de negarse a participar en aquel proyecto. Para Galván no era negociable: «Si no cuento contigo, no hay novela.» Y de no haber novela, de no tener una meta que alcanzar, María tenía claro que para Galván el transcurso de los días serían una suerte de acupuntura letal de la que no saldría vivo. Durante el proceso creativo María se encargó de aportar nuevas perspectivas, de revisar todo lo referente al proceso policial, de crear conflictos humanos que Galván ni siquiera podía imaginar y de sazonar los diálogos con el aroma de la calle.

Con un par de llamadas, Galván logró colocar el manuscrito en el circuito literario de la Ciudad Condal. La cadena de favores continuaba siendo un argumento de peso a la hora de tomar decisiones respecto a la publicación de una novela. Eso y el hecho de que la historia estuviera basada en un suceso negro que había sacudido todo el país, con el añadido de que los autores resultaban ser algunos de los protagonistas. Editar es vender una apuesta, y aquella historia cuyo título definitivo terminó siendo *La cazadora cazada* suponía una apuesta segura. A pesar de que habían acordado con la editorial una fecha de publicación, el anuncio de que Ciutadella iba a sumarse al carro de las Semanas Negras que asediaban la geografía española hizo que al final su aparición se postergara para que coincidiera con el evento literario más importante jamás acontecido en Menorca. Durante cinco días confluirían en la isla un centenar de autores reconocidos, editores de peso, agentes pretendidos, periodistas ávidos de las rarezas de los autores y lectores adictos al género negro.

Dentro del vehículo, María se quedó embelesada viendo cómo la tramontana azotaba un mar embravecido y sacudía los *llaüts*, las típicas embarcaciones menorquinas, que danzaban sobre unas desordenadas posidonias. Un hombre demasiado vocinglero para trabajar en la radio anunciaba que la isla permanecía en alerta roja a consecuencia de las fuertes rachas de viento que alcanzaban los ochenta kilómetros por hora. Los puertos de Maó y Ciutadella llevaban un día cerrados y la previsión no era del todo optimista. La isla se declaraba marítimamente incomunicada.

Galván asomó por la puerta de Can Biel con el pelo cano embarullado, más largo de lo normal, envuelto en un plumón rojo y con una bandolera de ante colgada del hombro que se balanceaba tanto como los *llaüts*. Luchó con la puerta del acompañante para que esta no saliera despedida por la fuerza del viento y se dejó caer en el asiento. La besó en la mejilla y le regaló una sonrisa franca que terminó por aniquilar la particular tramontana que María sufría en el estómago, allí donde todas sus tensiones solían hospedarse.

—¡Qué guapa estás! Ese corte de pelo a lo *garçon* te favorece —soltó Galván, entusiasmado.

—Llevo el mismo corte desde hace seis años.

—¿Seguro que no te has hecho nada en el pelo? —aventuró el profesor, estirando el rostro. María negó, divertida—. Nunca te hagas mayor María —lamentó—. En fin, ¿estás preparada para presentar nuestra primera novela, señora escritora?

María suspiró y se encogió de hombros.

—Por cierto, ¿no habían prohibido a los vecinos de Cala Murtar que dejaran las embarcaciones en la playa por ser dominio público? —preguntó la policía con la mirada clavada en la cala.

—En los rincones perdidos del mundo es donde habitan más revolucionarios.

María sonrió ante la respuesta de aquel profesor reconvertido en autor de novelas policiacas y enfiló la angosta carretera asfaltada por la que se abandonaba Cala Murtar. No llevaban ni dos minutos circulando cuando Galván carraspeó.

—¿Has logrado contactar con Roberto?

María cogió aire sin apartar la vista de la calzada, tensó los brazos aferrándose al volante y obvió la pregunta.

—Me refiero a si conoce los detalles de la novela, sobre todo los que afectan a la investigación.

—Sé a qué te refieres —respondió María con desdén.

—Roberto fue el responsable policial de la operación y estos días van a hacernos muchas entrevistas.

—¿Intentas hacerme creer que no habéis hablado durante estos dos años?

Galván se tomó un tiempo antes de responder. Estaban pisando un terreno minado y no tenía ganas de empezar la mañana con las emociones amputadas.

—Claro que hemos hablado de vez en cuando, pero tal vez convendría que un superior jerárquico tuyo estuviera al corriente de todo, ¿no crees?

—Lo está, y también la actual jefa de la comisaría —respondió María, molesta—. ¿Sabes qué me dijo Roberto en su último wasap? Y de eso ya hará un año... —Galván negó con la cabeza, expectante, aunque viniendo de ese hombre esperaba cualquier salvajada: la empatía y la diplomacia no eran precisamente sus mayores virtudes—. «Sobre el mal real no se escribe.» Esas fueron sus únicas y trascendentes palabras: «Sobre el mal real no se escribe.»

Transcurrió un buen rato sin que ambos se dijeran nada. Galván la conocía bien y era consciente de que Roberto era un tema tabú, ese territorio al que nadie podía acceder. Sin embargo, su pregunta no escondía una doble intención, solo pretendía asegurarse el apoyo de la institución policial, no ir por libre, algo a lo que María era propensa. No era ajeno al esfuerzo que aquella mujer había realizado para mantenerlo ilusionado, enchufado a la vida. Galván respetaba sus silencios cada vez más frecuentes, ese mundo interior en el que su amiga se refugiaba desde hacía un tiempo. A modo de disculpa, el viejo profesor le mostró la lengua con un gesto infantil que María agradeció. Todo volvía a estar en orden.

Al llegar al aeropuerto el hombre no pudo reprimir su alegría.

—Mira, María. —Galván señaló con un dedo los paneles publicitarios que escoltaban la puerta de acceso al recinto. En el centro del cartel, a modo de logotipo principal, destacaba la silueta del conocido monumento prehistórico la Naveta des Tudons. El fondo estaba compuesto por un libro abierto en cuyas páginas las palabras habían sido sustituidas por olas. Unas impactantes letras negras coronaban la imagen con el texto SEMANA NEGRA DE CIUTADELLA, DEL 16 AL 22 DE FEBRERO—. Tu amigo Maimó ha hecho los deberes.

—Yo no tengo amigos políticos —zanjó María, conteniendo una sonrisa que Galván percibió, para su tranquilidad.

—Allí está nuestra editora —advirtió él al dirigir la mirada hacia la parada de taxis.

—Nuestra insoportable editora —rezongó María, que entretanto tiraba del freno de mano y ensayaba frente al espejo retrovisor una expresión menos agria.

El enjuto cuerpo de Raquel Nomdedeu tenía serios problemas para no dejarse llevar por el viento, preservar su peinado y poder tirar a la vez de su equipaje. A sus cincuenta años, aquel torbellino de mujer todavía conservaba su atractivo. Un hombre cubierto por un tres cuartos negro y acolchado, y de un gran parecido con Pep Guardiola, siguió a la editora hasta el vehículo. Ambos parecían divertirse con las inclemencias del tiempo.

—¡Pero qué guapos están mis autores favoritos! —logró articular Raquel en cuanto Galván descendió del coche para ayudarla. María hizo lo propio y saludó a la recién llegada con dos besos—. Fijaos qué suerte la nuestra, he coincidido en el vuelo con este caballero —explicó la editora a la vez que sonreía a su acompañante—. Os presento a Eric García, director del programa de Radio Nacional, *Chandler and Ham-*

mett P.I. O lo que es lo mismo, el gurú de la novela negra en las ondas.

El temporal les apremió a que las presentaciones fueran escuetas. Eric García ayudó a María a colocar las maletas en el vehículo.

—Para que luego digan de las mujeres... —ironizó María ante el excesivo equipaje que llevaba el periodista. La policía lo ubicó en la frontera de los cuarenta y descubrió que era dueño de una interesante mirada azul y de una media sonrisa cuya socarronería encubierta no le disgustó.

—Llevo toda la tecnología que requiere una emisora —explicó Eric, acompañando sus palabras con un mohín que formó un simpático hoyuelo—. Por mucho que digan, no todo está en la nube.

De camino a Ciutadella, la editora no dejó de hablar sin permitir que la interrumpieran. Una vez que se hubo asegurado de haberle vendido bien a Eric la novela *La cazadora cazada* y de haber concertado entrevistas con todos sus autores, se lanzó a radiografiar el tipo de eventos a los que iban a asistir. Era una asidua a las Semanas Negras que se celebraban; de hecho, el año anterior, había coincidido con Eric en la de Aragón, Gijón, las Casas Ahorcadas de Cuenca, Castellón, Pamplona, Barcelona, Collbató Negre y en el último Getafe Negro.

Empeñada en dar un curso acelerado a sus dos nuevos autores en lo que a esos eventos literarios se refería, repitió más de tres veces que María y Galván eran una apuesta de la editorial. A pesar de la hostilidad de la tramontana y de la perorata de la editora, María halló una suerte de evasión en el espejo retrovisor. Desde los asientos de atrás, una mirada azul, profunda y descarada trataba de escrutar la suya. Aquel gurú de la radio sabía cómo hacer que sus ojos hablaran y, en ese momento de su vida, María era todo oídos.

2

Madrid, mediodía

Roberto nunca había sido un buen comedor y a sus cuarenta y seis años no contemplaba la posibilidad de cambiar. Y mucho menos tras el declive muscular que había sufrido ese último año, castigado con una interminable lista de lesiones que afectaban severamente sus rodillas. Desde que había dejado de correr, el control de la ingesta de calorías se había convertido en una obsesión. La inapetencia ante el suculento plato que le había cocinado Alma se había forjado aquella mañana en los juzgados de la plaza Castilla.

—Te has dejado más de la mitad del entrecot y ni siquiera has probado el vino —dijo la oficial, dirigiendo la mirada al plato de su acompañante.

Roberto la escudriñó con gesto condescendiente, aún era demasiado joven para que las injusticias le arrebataran el hambre.

Alma recogió los platos de la mesa y los dejó sobre la barra americana que separaba la cocina del comedor de aquel piso de la calle Bravo Murillo.

—¿Quieres un yogur, al menos? —insistió poco antes de explorar el interior de una nevera raquítica—. Vaya, olvida lo que he dicho.

Roberto continuaba cavilando en silencio. Alma regresó a

la mesa con las manos vacías, acercó la silla a la del inspector y le besó en la boca.

—Llevas sin hablar desde que hemos llegado del juicio, malas pulgas. Tenemos el día libre, ningún homicidio que resolver... —Alma acercó los labios a una oreja de Roberto y se desabrochó el botón de la camisa que servía de frontera entre la sensualidad y la concupiscencia—. Y llevo puesto un conjunto negro de encaje que...

Roberto sonrió, pero la besó en la mejilla. Alma conocía bien aquella respuesta: tocaba esperar.

—Ya sé qué te pasa, tú estás acojonado. —Echó la cabeza hacia atrás y se abrochó de nuevo el botón que debería haber servido de acelerador—. Eso es. Te da miedo que dentro de una semana me venga a vivir contigo y convierta este apartamento espartano, frío e impersonal, en un hogar de verdad. ¿Me equivoco?

Roberto negó con la cabeza.

—¿Significa eso que no me equivoco o que no estoy en lo cierto? —Alma se sentó a horcajadas sobre Roberto y le acarició el peló.

—Es ese caso del juicio, el de Mar Sevilla.

—Ya.

La oficial detuvo el gesto cariñoso y atendió a lo que Roberto estaba a punto de decirle.

—Llevamos cuatro años buscando el cadáver, Alma. Cuatro años en los que sus padres han envejecido quince, les tiembla el cuerpo cada vez que suena el móvil y ya no tienen fuerzas ni para insultar a los tres hijos de puta que hoy estaban en el banquillo de los acusados. En menos de dos meses, dos de ellos quedarán en libertad: ya sabes, eran menores cuando mataron a esa pobre cría. Se han reído de todos nosotros, nos han chuleado desde el primer minuto. —Sin dejar de escuchar, Alma repartió el vino que quedaba entre las dos copas que había sobre la mesa. Roberto agradeció el detalle y apuró la suya de un trago—. ¿Cuánto dinero lleva gastado la administración en buceadores, en rastrear vertederos, en explorar hectáreas de terrenos de nadie? ¿Se puede medir el dolor que han causado a sus padres? ¿Sabes a qué oferta se refería el juez?

Alma negó con la cabeza, expectante.

—Hace unos días el padre de Mar envió a Quiñones, el mayor de ellos, una oferta en la cárcel. Le entregaba todos sus ahorros a cambio de saber dónde estaba su hija. ¿Puedes imaginar lo que es eso? —Roberto alzó la voz—. Pagar al asesino de tu pequeña para que te diga de una vez por todas dónde está enterrado su cuerpo. ¿Sabes qué le respondió?

La oficial prefirió no abrir boca.

—«No me compensa.» —Roberto necesitó inspirar aire y soltarlo, iracundo—. «No me compensa», respondió el muy cabrón. Y todo porque a esos tres niñatos les ampara la ley para que sigan riéndose de las víctimas. De todos nosotros. Se sienten protegidos, respaldados y, sobre todo, inmunes. Todo lo contrario que los padres de Mar: a ellos la vida les ha dado por el culo y luego llegamos nosotros y nos limitamos a ofrecerles una pomada para calmar el ardor. —Roberto alzó la copa y Alma le sirvió de nuevo sin perder la posición—. ¿Por qué somos tan hipócritas? ¿Por qué nadie tolera que en una detención policial se den tres hostias a un asesino? Tres hostias, Alma, con tres hostias bien dadas nos ahorraríamos dinero y sobre todo dolor. Mucho dolor. Invertimos más en instalar cámaras y micros en los calabozos que en proteger a las verdaderas víctimas.

—No todos los policías tienen suficiente criterio para discernir a quién hay que soltar esas tres hostias y cuándo —argumentó Alma con una indulgencia premeditada—. Ese es el verdadero problema. ¿Qué ocurriría si tras darles las tres hostias siguen sin decirte el paradero de la víctima? ¿Pasaríamos entonces a las descargas eléctricas, a las técnicas de interrogatorio de la CIA? ¿Y si el detenido resulta ser inocente? ¿Qué hacemos entonces con esas hostias mal dadas?

Roberto liquidó su segunda copa y la dejó sobre la mesa tras sortear el moldeado cuerpo que tenía delante. Rozó voluntariamente con el brazo uno de los pechos de Alma y por el escote comprobó que, efectivamente, el sujetador tenía el mismo color que su melena.

—Estoy cansado de toda esta mierda.

—Pues esta no es la mejor actitud para alguien que va a presentarse al examen de comisario.

Roberto chasqueó la lengua.

—Un país donde se cree que si algo no se puede demostrar es que no existe es un país condenado a ser devorado por la delincuencia, la de nuestros políticos y la de los monstruos que perseguimos.

—¿Sabes? Creo que este piso es el culpable de tus malas pulgas. No tienes televisión, ni siquiera un sofá cómodo donde leer, tu portátil está tirado en el suelo y en la única estantería que hay solo distingo vinilos de los Beatles. Por no hablar de lo vacía que está tu cocina. —Alma se incorporó, enérgica—. Venga, levanta el culo, aparca tu mala hostia y acompáñame a Ikea.

El rostro de Roberto no dejaba lugar a dudas: si lo hubieran llamado comunicándole el asesinato multitudinario de una secta de cien personas lo habría encajado mejor. Se puso de pie con la misma intensidad con que acababa de hacerlo su compañera y un pellizco en el menisco le recordó sus recientes limitaciones. Alma tuvo que esforzarse para no romper a reír. Roberto se abalanzó sobre aquel rostro sugerente, adornado por unos labios carnosos, obra de una sutil cirugía, y una mirada gatuna del color que tiene la hierba de los jardines adinerados. Ella lo besó con ansia; él, con cierta rabia contenida.

—Pinchas —dijo Alma, sorprendida al percatarse de que tenía la camisa totalmente desabrochada, el botón del pantalón liberado y el sujetador a punto de hacer mutis.

—Me conociste sin afeitar, no es un asunto negociable.

—No tienes consideración —lamentó la oficial sin mucho afán, centrada en liberar el torso de Roberto de su camiseta interior—. Eres cruel, tengo la piel muy delicada y tu barba me la destroza.

Roberto se apartó unos centímetros y constató que, efectivamente, una mancha rosada merodeaba el labio inferior.

—Tú lo has querido, sexo sin besos —anunció Roberto risueño—. ¿Vamos mejor a la cama?

Alma palmeó insistentemente sobre la mesa, se liberó de los vaqueros y utilizó como imanes el par de piernas infinitas que tan buen resultado le habían dado en circunstancias similares.

—No me sea clásico, señor inspector.

3

El hombre de la mirada con las horas contadas recorrió el cuarto con asombro. Consultó el reloj y estimó que aún tenía una hora por delante. De una suerte de bandolera extrajo una máquina de escribir de aspecto vetusto, plateada y que constaba únicamente de siete teclas. A pesar de que su tamaño no sobrepasaba los cuarenta centímetros de longitud, alcanzaba los cuatro kilos. Acarició la Perkins con la misma delicadeza con que lo había hecho su madre durante toda la vida. Con cuidado, dejó la máquina en el interior de la maleta y manipuló al azar la combinación de números que exigía el dispositivo de apertura para cerciorarse de que estuviera bien cerrada. Se apostó tras la ventana de la habitación, observando la tramontana, que vapuleaba el puerto de Ciutadella. Esa imagen desde la lujosa atalaya tenía algo de infame, hasta el punto que esbozó una sonrisa malvada. La misma que le había mostrado un preso dos días atrás.

—Siempre has sido un desgraciado. Como lo fue tu madre —había sentenciado indulgente aquel interno desde el otro lado de la mampara de cristal. Tenía la piel cetrina, los dientes podridos por el tabaco y la misma expresión de cordero degollado que siempre le había acompañado.

—Querrás decir un desgraciado como tú —replicó el hombre de la mirada con las horas contadas.

—No, yo solo soy un perdedor —matizó el otro con voz

alquitranada, demasiado sonora para aquel cuerpo diminuto que se encogía de un modo expeditivo. Echó el cuerpo hacia atrás, acentuando más las distancias—. No has venido a verme durante todos estos años... ¿Por qué hoy?

El hombre lanzó una mirada de soslayo al funcionario de prisiones, que andaba embebido en el sugerente escote que una brasileña ofrecía a su cornudo esposo. Pensó la respuesta durante un largo minuto, consciente de que si había algo que no soportaba el interno era esperar.

—Necesitaba constatar que eres mi fuente de maldad.

—¿De qué cojones estás hablando? —escupió el interno sin perder de vista los pechos de la brasileña.

Cuando el hombre hizo ademán de levantarse de la silla, el interno emitió una orden: no conocía otro modo de hablar.

—Acércate. —El hombre obedeció inconscientemente a esa voz feroz del pasado. Se observaron fijamente—. Tu mirada se apaga como se apagó la de ella. —Y fue entonces cuando el preso sonrió con tal desprecio y superioridad que, de no ser por la mampara que los separaba, se le habría lanzado al cuello y le habría arrebatado esa vida que jamás debió haber existido.

«Todo a su tiempo», se dijo.

El aciago diagnóstico del preso ya le había sido confirmado unas semanas antes. La retinosis pigmentaria avanzaba sin remisión, con la memoria precisa que le otorga la genética. En cuestión de días una ceguera definitiva pondría fin a los matices cromáticos, a la belleza de los cuerpos, a la bravura de la naturaleza como la que veía en ese justo momento desde la ventana de la habitación. A pesar de que su madre se había dejado la piel en prepararlo para ese momento, de nada le servían sus palabras y mucho menos sus recuerdos.

La echaba de menos con rabia, con ese dolor imposible de digerir. «Ser escritor, la ilusión de mamá que ella nunca pudo ver», lamentó. Sin embargo todavía estaba a tiempo de tatuar su nombre en la memoria colectiva de las letras negras.

Invadido por un pasado estéril que solo podía entorpecer

los planes, decidió pasar a la acción. Corrió la cortina y arrastró un sillón tapizado de blanco hasta el escritorio de madera noble. Tomó asiento y de un pequeño maletín extrajo un ordenador portátil. Levantó la cubierta y, tras oír los acordes de bienvenida del sistema operativo, localizó una conexión wifi abierta. De no haber sido así, ya se habría ocupado él de abrirla. Se sirvió de Google para localizar un proxy ruso. De este modo, hiciera lo que hiciese en la red, el único rastro que quedaría sería el de una IP de conexión falsa, difícil de localizar. Creó un perfil en YouTube, insertó una memoria externa en una de las conexiones de salida del ordenador y eligió un vídeo de entre todos los archivos. En cuanto hubo comprobado que el vídeo estaba subido a la red, accedió al correo electrónico que había creado para ello. Envió un breve mensaje a un tipo que se hacía llamar Darwinblack, un hacker sin vanidad, según rezaba su propia tarjeta de visita digital: «Dentro de una hora y quince minutos ataca la web y cuelga este enlace. Inauguremos la Semana Negra de Ciutadella.»

4

El remodelado teatro exhibía su nuevo aspecto con el mismo esplendor de antaño. Lo cierto era que no había ni una sola butaca vacía y el rumor de los asistentes excedía los límites que un evento literario suele tolerar. Leo Valdés, el proclamado vencedor del Primer Premio de la Semana Negra de Ciutadella con su novela *Una muerte documentada*, permanecía de pie en el estrado, junto al editor Julio Soler.

El mediático autor de cincuenta años y figura desgarbada, vestido con su característica sudadera negra y los maltrechos vaqueros, lucía una tupida barba rojiza y un eterno gesto de fastidio existencial. Rapado al cero y con la mirada escondida tras unas gafas negras de pasta, desde hacía un par de años tenía la industria literaria rendida a sus pies. La expresión del todopoderoso Julio Soler, propietario del grupo editorial Júpiter, con ramificaciones por todo el planeta, lo decía todo. De aquel hombre nacido para editar se decía que solo sonreía los años bisiestos en los que el Real Club Deportivo Español ganaba una copa. Sin embargo, frente a ese autor adicto a la marihuana y sobre todo a la adulación, Julio Soler ya había despilfarrado un par de sonrisas que dejaban en entredicho el mote por el que se le conocía en el sector, el Caniche, sobrenombre que poco casaba con su presencia arrolladora y su figura oronda, pero que describía a la perfección otras circunstancias del acaudalado editor, a quien le sobraban el dinero y la mala leche a partes iguales. A sus espaldas un proyector plasmaba sobre una gran pantalla el logotipo del evento, la enigmática silueta de la Naveta des Tudons.

En la primera fila de butacas, María no disimulaba las reiteradas consultas al reloj. Acostumbrada a la inflexibilidad de su ámbito laboral, el hecho de que sobrepasaran veinte minutos de la hora prevista y la principal autoridad no hubiera hecho acto de presencia se le antojaba una gran falta de respeto a todos los presentes, algunos de ellos verdaderas vacas sagradas de la literatura negra del país.

—¿No podemos empezar sin él? No creo que la cultura se resienta por su ausencia —soltó la policía, visiblemente indignada.

—Querida... —dijo Raquel Nomdedeu, atrayendo hacia sí el antebrazo de la policía—. Sin el concejal de Cultura esto no existiría. Y ya sabes que quien paga manda. Además, me consta que fue él quien insistió al organizador para que incluyera vuestra novela en un par de actos.

Galván y María intercambiaron una fugaz mirada. El profesor de Criminología enarcó las cejas, María se encogió de hombros, indiferente ante lo que acababa de oír.

De pronto la recia figura de Joan Maimó asomó entre bambalinas. La algarabía fue reduciéndose y el auditorio terminó de acomodarse en las sillas. De aspecto atlético y mandíbulas pronunciadas, el concejal rondaba los cuarenta y cinco años, y arrastraba consigo una *trolley* y un rictus que le impedía sonreír. Algo tan habitual en él como el traje que lucía. Antes de subir al estrado dejó la maleta en la butaca etiquetada con su nombre y reparó en María. Se acercó hasta la policía y le dio dos besos antes de susurrarle:

—No pensarías que iba a perderme la oportunidad de tenerte tan cerca, ¿verdad?

María obvió el comentario y miró con descaro su reloj.

—Acabo de llegar de Palma —se excusó el concejal sin que la policía se lo pidiera.

En cuanto Maimó subió al estrado, María intercambió al

instante la butaca por la de Galván. El concejal se disculpó ante Leo Valdés y Julio Soler, los saludó como si fueran viejos conocidos a pesar de que era la primera vez que se veían y dirigió la mirada hacia la mesa en la que destacaban un par de botellines de agua y algunos ejemplares de la novela ganadora puestos en vertical.

Al concejal Maimó el cambio de butaca de María le provocó una primera sonrisa que aprovechó para captar la atención del público. Nombró a los escritores más mediáticos que iban a visitar la isla durante aquella semana, mencionó los sellos editoriales que extendían sus tentáculos a ultramar y no reparó en elogios a la hora de hablar sobre la novela policiaca autóctona, obra de un profesor de Criminología y una condecorada policía nacional. «Antes muerta que diplomática», pensó Galván, quien sabiéndose observado tuvo que forzar el gesto de agradecimiento en aras de compensar el mohín de desagrado de su compañera.

Maimó cedió la palabra a Julio Soler, que dedicó más de tres minutos a los preceptivos agradecimientos. En el mismo instante en que el editor sostenía un ejemplar de la novela y mencionaba a Valdés, se oyó un incipiente sonido de mensajes de teléfonos móviles y un creciente murmullo en la sala. Un número importante de asistentes consultaba sus dispositivos. De hecho, el propio Julio Soler sintió que el suyo vibraba en silencio en el bolsillo del pantalón.

En la pantalla del proyector había desaparecido la Naveta des Tudons, el logo del evento, y uno de un vídeo de YouTube había ocupado su lugar. Por un instante todos creyeron que se trataba del *booktrailer* de la novela de Valdés. Un círculo móvil en la pantalla indicaba ciertos problemas con la conexión wifi y ello impedía su visualización.

En cuanto el vídeo arrancó, el grito desgarrador de Julio Soler paralizó a todos los presentes. Valdés y el concejal Maimó trataron de sujetar a aquel mastodonte de sesenta años que entre sollozos pronunciaba en bucle el nombre de Álex. Ante las imágenes que el proyector emitía, tras ese grito se sucedieron otras reacciones de consternación. María y Galván atendían la pantalla de sus teléfonos móviles con gesto compungido.

Un adolescente aparecía sentado en el centro de lo que se podía considerar un sótano o trastero. Estaba maniatado al respaldo de la silla y tiritando de frío. Estaba amordazado con un trapo sucio metido en la boca y de las muñecas caía un reguero de sangre que ya había formado un charco considerable en el suelo de linóleo. Los párpados del joven parecían estar a punto de perder la batalla, apenas tenía fuerza para levantar el mentón y encararse a la cámara. Seguidamente sufrió varias convulsiones. Quien había grabado la escena se recreó al principio con las últimas gotas de sangre que chapoteaban sobre el piso y en los profundos cortes de las muñecas. Después, durante un espacio tan prolongado que parecía haber pausado la imagen, lo hizo sobre aquellos ojos rendidos. Una dicción metálica, irreconocible, fruto de algún *software* de tratamiento de voz, lanzó el mensaje: «La oscuridad os traerá la luz. ¿Duele perder a un hijo, editor?»

De repente un folio en blanco se interpuso entre el adolescente desfallecido y el dispositivo que grababa la macabra escena. Contenía una sola palabra escrita en braille. La reproducción de aquella palabra se prolongó durante más de treinta segundos. Al retirar del objetivo aquel folio, el hijo del editor se había transformado en un cuerpo sin vida y sin ojos.

5

Si alguien hubiese preguntado a Roberto en qué andaba metido cuando su vida estaba a punto de adentrarse en terreno pantanoso, probablemente habría confesado que su cabeza deambulaba por el futuro —escrutando todas las posibilidades relativas a su situación personal—, que su mirada lasciva recorría el cuerpo de Alma, y que sentado en el suelo de aquel salón impersonal escuchaba *Nowhere Man* de los Beatles.

La melodía aún no había terminado de confirmar que el protagonista de la canción hacía planes de ningún lugar para nadie, cuando irrumpió el sonido del timbre de la puerta. Alma permanecía entregada a una *tablet* cubriendo sus oídos con unos enormes auriculares, ajena a cuanto acontecía en aquel antónimo de hogar. De hecho, en ella era habitual ese aislamiento tras un revolcón. A la Alma poscoital todo la molestaba. Roberto detuvo el tocadiscos, levantó el brazo para evitar que la aguja dañara aquella joya que había heredado de su madre y abrió la puerta.

Apenas la vio supo que los problemas habían adquirido el rango de inminentes. Le pidió unos segundos con la mano alzada, se adentró de nuevo en el piso desandando lo andado, comprobó que Alma continuaba en su particular evasión y se hizo con un juego de llaves. Ajustó la puerta y eligió el rellano como el lugar donde debía transcurrir aquella conversación.

Daniela de Aliaga y Busay desprendía abolengo en sus apellidos, en el atuendo y en los genes. Ostentaba ese aire condescendiente de quien se siente por encima del suelo que pisa y de las personas con las que comparte su tiempo, precioso y único. Y es que el dinero, cuando procede de una dinastía, termina por inmiscuirse en la genética, logrando que el cabello y la piel gocen de una textura y un tono impropio del resto de los mortales. Daniela era la prueba palpable de que los cincuenta años de hoy, bien impregnados de euros, son los treinta de ayer. El calor de las mejillas acreditaba que no había catado las gélidas calles de Madrid, a pesar de que en una mano sujetaba una de esas bolsas de *boutique* selecta cuyas asas acolchadas están pensadas para no lastimar dedo alguno.

Roberto dedujo que un chófer para todo debía de esperarla frente al portal. Daniela descansó el cuerpo en la pared dejando que las manos le sirvieran de respaldo. Tras estudiar su objetivo ladeando la cabeza, le bastaron un par de segundos para sondear el entorno.

—No debe de ser fácil vivir en la mediocridad —soltó Daniela, satisfecha.

Roberto prefirió no contestar; algunos clones de aquella mujer le habían enseñado que la petulancia se nutre de las respuestas.

—Nos queda poco tiempo y visto lo visto... —Daniela miró en derredor con menosprecio—. No tienes demasiada elección.

—Dime qué cojones quieres y lárgate.

La mujer utilizó las manos para impulsarse y se detuvo a un palmo del cuerpo del inspector.

—Modales, Roberto, no hay que perder los modales. Eso decía siempre mi padre, pero claro, eso tú no puedes saberlo.

El inspector sintió el impulso de dejarse llevar, pero eligió la opción estudiada. En el fondo esa visita entraba en los planes, sabían que Daniela terminaría dejándose ver. Tenía que aguantar el tipo a pesar de los dardos envenenados que esa mujer le lanzaba.

—Olvídate de mi familia, Roberto. ¿Cuántos años te quedan para jubilarte? ¿Cinco? —Lo escrutó de arriba abajo y sonrió con maldad—. Te ofrezco el doble de tu sueldo durante los próximos diez años. Una vez que te des de alta como autónomo, recibirás mensualmente una transferencia por tus servicios como asesor en seguridad de algunas de mis empresas. —Roberto abrió la boca, pero no llegó a decir nada: Daniela no había terminado—. No te preocupes, nunca trabajarás para mí, simplemente será un modo de camuflar una donación de más de quinientos mil euros. Puedes hacer lo que quieras, pedirte una excedencia, buscarte un piso de verdad...

—¿Ya has terminado? —Roberto insertó la llave en la puerta, dándole la espalda.

—Tu respuesta.

—No —rezongó Roberto, percatándose de que la puerta cedía. Estaba abierta. La presencia de aquella mujer lo turbaba, no sabía ni lo que hacía.

Daniela tomó aire con exageración y lo expulsó con el mismo énfasis. Trató de sacudirse de su abrigo unas inexistentes motas de polvo y carraspeó.

—Esto es para ti, como acto de buena fe. —Le entregó la bolsa de asas acolchadas—. Era suyo, y a mí el oro me produce alergia.

Roberto la encaró sin mover ni un solo músculo. Daniela dejó la bolsa sobre el felpudo que daba la bienvenida en inglés.

—Piénsalo bien, Roberto, te doy veinticuatro horas. Sé muy bien cómo convertir una vida en un infierno.

Daniela era una mujer acostumbrada a hacer uso de los puntos y aparte. Abandonó el edificio con premura y con la desagradable certeza de que a aquel hombre no le asustaban las palabras.

Roberto tardó unos segundos en recoger la bolsa del suelo, ni siquiera se había dado cuenta de la presencia de Alma, apoyada en la jamba de la puerta.

—¿Quién era?

—Vamos adentro.

Roberto extrajo de la bolsa un estuche negro, en cuyo interior descubrió un reloj. Se trataba de un Omega antiguo, bañado en oro y con la correa, raída, de cuero marrón. El armazón de la caja llevaba impresa la palabra SEAMASTER y el cristal presentaba una pequeña fisura. El tiempo permanecía detenido, las agujas marcaban las tres y media. Roberto se ajustó el reloj en la muñeca izquierda, dedicó a Alma una mirada indulgente y se dejó caer sobre el incómodo sofá.

—¿Me vas a contestar? —insistió Alma.

Roberto negó sosegadamente con la cabeza. Era la segunda vez en menos de cinco minutos que una mujer le exigía una respuesta. Concluyó que, al igual que el viejo reloj Omega, él también estaba detenido en el tiempo.

6

María sostuvo en la mano el teléfono oficial a pesar de que al otro lado de la línea ya habían colgado. Desde el despacho de la Judicial alcanzaba a ver a Julio Soler, el padre del joven asesinado, en la sala anexa. Una mujer extremadamente delgada y de mirada insondable encaraba al editor desde otra silla cercana y le acariciaba el pelo con dedicación. A esas horas Julio Soler era solo un hombre malherido y pronto se convertiría en un hombre deshecho, pensó la policía.

—¿Qué te han dicho? —Pol Fiol, sentado frente a ella, la arrancó de sus pensamientos.

María colgó el teléfono y dirigió una tibia sonrisa al compañero más joven del grupo. Pol era menorquín, windsurfista y amante de la bicicleta de montaña. A sus veintiocho años poseía un envidiable aplomo para afrontar la vida y María solía bromear al decir que tenía el temple ideal para ser un miembro de los TEDAX, la unidad policial especializada en desactivar explosivos. Pocas situaciones lo alteraban o le hacían perder la compostura. Amante de la ropa holgada e informal, propia del deporte que practicaba, escondía una colección de tatuajes estratégicamente situados y, aunque afable y solícito, era poco dado a hablar de su vida privada.

—Un compañero me dijo una vez que en los homicidios cosificara a la víctima y a sus familiares, al igual que hacen los asesinos —rememoró María, nostálgica—. Solo así se puede evitar que te afecte lo sucedido y logras ser más eficaz. Y, ya ves, han pasado años y sigo sin hacer ni puto caso del consejo.

Pol dirigió una efímera mirada al editor.

—¿Piensas informarme de lo que te han dicho los Mossos?

—¿Todos los de tu generación sois así de bordes e impacientes?

Pol reprimió una sonrisa, no le gustaba cabrear a la única mujer del grupo.

—Es mi primer caso de homicidio.

—No, Pol, no lo es. O al menos eso es lo que me han dicho los compañeros de Mossos.

—Tanto como compañeros...

—No me seas gilipollas, Pol. No te dejes llevar por las tonterías de nuestros jefes y los suyos. Hay una tradición no escrita por la que las cúpulas policiales empujan a que sus subordinados odien a otros cuerpos. Ya sabes, a los de verde ni agua, a los del norte ni hola, y ahora, tal y como está el patio en Cataluña, parece que hay mayor colaboración con los de Hezbolá que con los Mossos. ¿Sabes qué te digo? Que ya no tengo edad para que me vendan motos. Para mí todos son policías hasta que se demuestre lo contrario. Vale, está bien, no me mires así, parece que te moleste que te diga cuatro verdades. Antes los pipiolos siempre escuchábamos a los veteranos.

—Hace ya dos años que juré el cargo —le recordó Pol.

—Dos años patrullando por la Quinta Avenida de Ciutadella y su Bronx —dijo María alzando las cejas y, ante el gesto desdeñoso de Pol, recuperó el tema que estaban tratando—. He hablado con un sargento muy majo; me ha dado detalles, pero también me ha recordado muy amablemente, eso sí, que el caso es competencia suya ya que el cuerpo fue hallado en Cadaqués.

—Eso está en Girona, ¿verdad?

María asintió.

—Queda confirmado lo que nos ha dicho Julio Soler

—prosiguió—: el vídeo fue grabado en el sótano de una de las segundas viviendas que tiene la familia, en concreto la de Cadaqués. —María se levantó de la silla, no podía evitar seguir observando al editor. La mujer que lo acompañaba ahora lo abrazaba con una intensidad impropia de su seca figura. María cerró la puerta del despacho para evitar que alguien la oyera—. Esta mañana el propietario de un bar ha llamado a los Mossos para decirles que a los pies de la estatua de Dalí, en pleno centro del pueblo, había hallado los restos de un ojo humano junto a un libro.

Pol meditó unos segundos la información que acababa de recibir.

—¿Un solo ojo? —expuso el novato—. ¿Por qué un ojo y no dos?

—Eso mismo he dicho yo. Un solo ojo junto a una novela editada por Júpiter. Están pendientes de la confirmación oficial de que el ojo sea de Álex Soler, pero vamos, blanco y en botella...

—¿Un mensaje del asesino?

María asintió convencida.

El subinspector Garrido entró con una inusual energía al despacho. Al veterano policía cordobés le quedaban apenas unas semanas para alcanzar la edad de jubilarse. Tal vez aquella energía era el último estertor del guerrero antes de su descanso, se dijo María, acostumbrada a ver en aquel hombre esmirriado y de piel cetrina a un funcionario rancio que estaba de vuelta de todo. Desde que lo habían nombrado jefe de la Judicial se limitaba a dejar que ella llevara las riendas.

—El niño mintió a su madre —anunció Garrido, quien volvió a cerrar la puerta—. Le dijo que iba a pasar el fin de semana a Tarragona, pero en un descuido le robó las llaves de la casa de Cadaqués y se hinchó a follar con un pintor del pueblo.

—Los años no logran convertirte en poeta, compañero —observó María—. ¿Quién te lo ha dicho?

—La madre de la víctima o, lo que es lo mismo, la mujer del editor —respondió Garrido, apuntando un pulgar hacia el despacho en el que Julio Soler sollozaba.

—¿Quieres que le tome declaración? —se ofreció Pol.

—Esa de ahí no es su mujer —se adelantó María a Garrido—. Los que ya hemos catado las miserias de la convivencia sabemos bien que esas caricias son fruto de una relación clandestina. ¿Me equivoco, Garrido?

El subinspector sonrió a modo de respuesta.

—Efectivamente, esa de ahí es una compañera muy cercana del editor. ¿Te gusta más así o mejor la llamamos fulana? —inquirió Garrido a María—. Soler insiste en que a su hijo le iban los trabucos y que el pintor, un tal Quimet, está muy zumbado y ya se lo había beneficiado en alguna ocasión.

—¿A un menor? —recalcó Pol.

—Un menor de diecisiete años a quien el año pasado tuvieron que rescatar tres veces de distintas saunas gays de Barcelona —añadió Garrido—. Vamos, que le iban los rabos más que a mí los carajillos.

—Continuamos con la poesía —gruñó María.

—Un pintor del pueblo es sospechoso del crimen y un ojo extirpado aparece en la estatua de Dalí —expuso Pol en voz alta sin darse cuenta.

—¿Qué dice este de Dalí? —preguntó Garrido a la policía—. ¿Has hablado con los catalinos?

A María, barcelonesa de pura cepa, aquel modo de referirse a sus paisanos le resultaba irritante. Los años en la policía le habían enseñado a distinguir entre mentes amplias y estrechas. Calificar la de Garrido de estrecha era decir demasiado a su favor. Estaba a punto de ponerlo al día cuando Kike Zambrano, el cuarto integrante del grupo, se sumó al intercambio de información. De la misma edad que Pol, a Zambrano le sobraba músculo y promiscuidad, le faltaba discreción y andaba necesitado de grandes cantidades de sentido común. La ausencia de maldad y las ganas de trabajar fueron los argumentos que defendió María para convencer a Garrido de que sería un buen investigador. Aunque ese momento todavía no había llegado.

—La jefa nos quiere en su despacho —informó Zambrano.

—Dame el parte completo, cojones —exclamó Garrido—. ¿Cómo está la Zurda? ¿De mala hostia o esta noche el juez la ha puesto mirando para Cuenca?

Zambrano se encogió de hombros.

—¿Ha bromeado sobre tus pezones? —preguntó María a aquel armario humano, que en pleno febrero solía llevar camisetas ajustadas tratando de llamar la atención del personal femenino. Y la Zurda no era una excepción.

Zambrano negó con la cabeza.

—Entonces está de mala hostia —pronosticó Garrido.

La inspectora jefe Celia Yanes, conocida como la Zurda desde el día en el que Garrido afirmó que la nueva jefa no tenía la mano izquierda imprescindible para solventar ningún conflicto, apoyó el trasero en la mesa y los encaró con los brazos cruzados por debajo de los pechos, realzándolos de un modo que a María se le antojó innecesario.

Zambrano, el último integrante de la Judicial en acceder al despacho, tuvo que esforzarse en prestar atención y no dejarse llevar por las fantasías que aquella mujer con poder le sugería. La Zurda presumía de bronceado todo el año, llevaba siempre el pelo recogido en una coleta y hacía un par de años que debía esmerarse en cuidar su dieta. Se había vuelto adicta al café tras leer en un artículo de una revista de salud que la cafeína erradicaba la reciente piel de naranja que había descubierto en sus glúteos. Ignoraba que si algo la condenaba a ser una mujer poco atractiva era su expresión rancia, la mirada apagada y esas sonrisas que jamás emitía.

—Lleva una hora y media sonando sin parar —dijo la Zurda, sosteniendo en la mano un teléfono móvil—. Ni en mis tiempos en la embajada de Roma tuve tanta presión política como hoy. Para vuestra información, Julio Soler es el editor más importante de Hispanoamérica y me ha quedado claro que debemos ponernos a su entera disposición. Desde Madrid se nos ordena que cualquier información que tengamos, repito, cualquier información, sea comunicada a la capital. Nada de saltarnos a la torera las órdenes y contactar directamente con la policía autonómica catalana. —María notó que Garrido la miraba, pero prefirió no darle réplica visual, no fuera a ser que la Zurda cazara ese diálogo mudo—. O con la prensa. Ya sabéis cómo funciona esto, ahora habrá hostias para ver qué cuerpo se anota el tanto de la detención.

—El asesinato se ha cometido en Girona —puntualizó María aprovechando la pausa que había hecho la Zurda—. Poca información podemos obtener.

—Lo sé, Médem, pero la información que tengamos vamos a canalizarla como he dicho, no sé si me he explicado bien.

Nadie asintió. Aquella era una de las frases recurrentes de la Zurda.

—¿Qué va a ocurrir con la Semana Negra de Ciutadella? —preguntó María.

—¿Te inquieta como escritora o como policía?

—Que yo sepa, estoy en su despacho obedeciendo una orden; los escritores no acatan órdenes.

—Me alegra que lo tengas tan claro, Médem —respondió la Zurda, tratando de esbozar una sonrisa que se quedó en un vano intento—. Y sí, *the show must go on.* Se han invertido muchos recursos y esfuerzos en este evento literario y, como bien dices, el muerto no está en la isla. La Semana Negra no se detiene. —La Zurda escrutó con detenimiento a los cuatro subordinados—. ¿Alguna pregunta más?

Garrido negó con la cabeza.

—Como es tarde para ir al juzgado... —recordó María ante el semblante tenso de la Zurda, harta de que fuera siempre esa mujer la única que tenía algo que decir—, ¿podría pedir a su señoría que nos preparara un mandamiento judicial para dirigirlo a YouTube y averiguar desde qué IP se colgó el vídeo del asesinato?

La Zurda se incorporó, bordeó la mesa dando la espalda a todos los presentes y asió del perchero una cazadora de piel que combinaba a la perfección con los tejanos y los botines que llevaba ese día.

—Médem —dijo la Zurda enderezándose el cuello de la cazadora—, yo ceno y me acuesto con mi marido, no con un juez. Mañana os acercáis al juzgado y pedís vosotros mismos a su señoría lo que estiméis oportuno.

7

El tintineo sincopado de los cubiertos los escoltó durante la cena, silenciosa y gélida. A Roberto no le inquietó aquella guerra fría nutrida de silencios intencionados, ni tampoco trató de condimentar el momento con comentarios triviales. Alma, por el contrario, no enterraba su enojo. En el germen de la relación acordaron que el pasado fuera ese terreno dotado de cierta inmunidad. Lo que aconteciera en el presente era otra cosa. Para el inspector todo se había precipitado durante el último año y se preguntaba cuándo ocurrió, en qué instante Alma pisó el acelerador mientras él se limitaba a acoplarse a su lado —todo hay que decirlo— sin miedo alguno a estamparse. Al fin y al cabo, pensó, solo te pueden perforar las entrañas una vez en la vida.

La irrupción de Daniela de Aliaga en su existencia lo había anestesiado. Todavía ensimismado ante la posibilidad de haber sido engañado por quien jamás lo había hecho, no advirtió que la rueda del mundo seguía girando impasible y que la díscola Alma cada día le quería más. No era un hombre aficionado a visitar el pasado, más bien lo rehuía, pero necesitaba saber quién era y, a pesar de los escollos que Daniela pretendía crearle, el inspector contaba con un apoyo clandestino y entregado. Se trataba de Diego, el hermano mayor de la condesa, quien a las puertas de su muerte decidió dejar de callar.

El tono del iPhone lo arrancó de su viaje mental y le mostró el nombre del comisario de la UDEF Central en la pantalla. El semblante de Alma se relajó al oír el tratamiento que Roberto dispensaba a su superior jerárquico, a pesar de que se tuteaban desde hacía más de dos décadas.

—¿Qué te cuentas, jefe? —Roberto consultó por inercia el viejo reloj Omega olvidando que las manecillas permanecían detenidas.

—¿Alguna vez te he llamado solo para saludarte? —ironizó Navarro.

—El día que lo hagas me acojonaré.

—Esta tarde los Mossos han encontrado en Cadaqués el cuerpo sin vida de Álex Soler, un adolescente de diecisiete años, con las venas cortadas, maniatado a una silla y los ojos enucleados.

Roberto se acercó hasta la ventana del comedor y la abrió un palmo. El frío seco de Madrid le golpeó en la cara. Siempre necesitaba una señal de la vida para afrontar las noticias de la muerte. El bullicio de la calle le supo a gloria.

—Me llamas por el asesinato de un crío en Girona... —caviló Roberto—. Suéltalo ya, ¿de quién es hijo?

Al otro lado de la calle un vagabundo construía su alcoba de cartón en el interior de un cajero.

—De Julio Soler, el capo de la editorial Júpiter.

—Ya.

—En cuanto cuelgue recibirás un *email* con el número del localizador de tus billetes de tren y una reserva en un hostal de Cadaqués.

Silencio.

—¿Me escuchas, Roberto?

—Ahórrate las molestias, me llevaré un vehículo del grupo.

—Como quieras.

—¿A qué hora me esperan?

—A la que tú me digas.

—A las ocho en el viejo Casino de Cadaqués. Y pásales mi número de teléfono, tal vez yo llegue antes que ellos. Si nada ha cambiado en Cadaqués, no hay comisaría de los Mossos y los de Homicidios vienen desde Girona.

—Conoces bien el terreno, por lo que veo.

—¿A quién me llevo? —Roberto había puesto la directa, no estaba para contar historias del pasado.

Alma permanecía atenta a lo que se estaba cociendo, sin disimulos. De no ser ella la elegida para aquel viaje, los efectos colaterales podían ser peores que el caso que acababan de asignarle.

—Eso es cosa tuya, Roberto. Me dicen que la mujer de Álvaro está a punto de parir; no seas cabrón y llévate a otro compañero. Por cierto, se comenta por ahí que llevas tiempo sin dormir solo. —Roberto podía imaginar la expresión pícara del comisario—. Tú sabrás si quieres seguir durmiendo acompañado. Y aprovecha que de momento no nos haga falta viajar con pasaporte a tu tierra. Haz el favor de mantenerme informado de lo que hacen tus paisanos.

—Últimamente en Madrid hay cierta ansiedad por todo lo que hacen los catalanes.

Navarro hizo caso omiso del comentario.

—Julio Soler es algo más que un editor, Roberto, tenemos que hilar fino, y si se trinca al culpable por nuestra participación directa, mejor que mejor.

—Año de elecciones, año de anotarse tantos. ¿Qué pintamos en Girona nosotros?

—Siempre dando por saco —gruñó el comisario. Tomó aire y decidió empezar por el principio—. ¿Sabías que estos días se celebra en Menorca la primera Semana Negra de Ciutadella?

En cuanto Roberto oyó el nombre de aquella localidad, se apartó de la ventana y clavó la mirada en los ojos expectantes de Alma. Ni siquiera fue consciente de estar atendiendo la explicación de Navarro con la respiración más acelerada de lo habitual.

8

María esperó a que la Zurda se esfumara de comisaría y Garrido hiciera lo propio cinco minutos después. Que el cuerpo del adolescente asesinado hubiese sido hallado en Cadaqués era un hecho inapelable. Sin embargo, nadie podía obviar que los enlaces del escabroso vídeo habían sido enviados a todos los asistentes de la Semana Negra de Ciutadella. Y ese sí era su territorio, pensó arrellanándose en la silla que solía ocupar Garrido. El asesino del hijo del editor había esperado el evento para llevar a cabo su plan, quería lograr la máxima humillación de Julio Soler. Ese modo de exhibir su obra decía mucho del perfil del criminal, así como la manera que había elegido para matar al joven, la extracción de los ojos y la palabra escrita en braille con la que firmó la grabación. Necesitaba saber si la extirpación de los ojos había sido *post mortem* o si, por el contrario, se había llevado a cabo mientras vivía la víctima. Una fuerza interior la impelía a querer saber más.

Lo que habría dado por estar en Cadaqués, escuchar al médico forense e inspeccionar el lugar en el que se halló el cadáver, pensó. A María aquel rencor materializado en extrema maldad le había provocado un malestar estomacal que no terminaba de identificar. Recordaba haber oído días atrás en un programa de radio que unos científicos confirmaban la existencia de un segundo cerebro en el estómago con más de cien millones de neuronas, más de las que contiene la columna vertebral, remarcaban. María estaba segura de que su estómago trataba de advertirle de un peligro, sin embargo no lograba asignar un nombre a esa dolencia que rara vez se equivocaba. Tal vez otro tipo de mujer habría regresado a casa, besado a su hijo y después de cenar se habría quedado dormida en el sofá soñando que en el futuro alguien la llegaría a querer. Los días en los que su ex marido se hacía cargo del pequeño Hugo resultaban extraños y vacíos. No sabía muy bien si se trataba de una voz interior instalada en ese segundo cerebro descubierto recientemente, o si al nacer le insertaron a ella y al resto de las mujeres del mundo una suerte de sentimiento de culpa que se multiplicaba al ser madre. Y ese chip invisible era el que le impedía disfrutar de la anhelada libertad que toda madre de hoy suele reivindicar a viva voz por los parques infantiles. Lo cierto era que regresar a casa sin Hugo se le antojaba un escenario desolador. Y ello a pesar de que, desde su separación, la compartía con Lola Luna, una mujer que podía ser muchas cosas a la vez pero que en la mayoría de las ocasiones era pura alegría.

La soledad de una madre separada sabe a desengaño y a esperanza; la de María siempre tuvo el regusto de la culpabilidad. Sentirse diferente, alejada de lo que la sociedad consideraba que debía ser una madre y esposa, no evitaba que su voz interna, forjada en esas normas sociales y en su educación primaria, colisionara a diario, al menos un par de veces, con su esencia. María se había resignado a catar a fogonazos aquello que los demás llamaban felicidad. Se obligó a regresar a los terribles hechos acontecidos durante la tarde, no eran el momento ni el sitio más adecuados para ponerse a divagar. Sabía que el uso de ciertas webs como YouTube dejaba rastros certeros que seguir.

Consultó en su teléfono móvil el nombre de Álvaro Aldea y lo llamó. Álvaro era el compañero de la UDEV Central que dos años atrás había contribuido de forma decisiva al esclarecimiento de los asesinatos de las ancianas. En aquel entonces era el policía que el inspector Roberto Rial eligió, recién llegado de la Unidad de Investigaciones Tecnológicas y por tanto ducho en todo lo relativo a las nuevas tecnologías. Cuando concluyó la investigación del caso de las ancianas, Álvaro visitó clandestinamente la isla en más de ocho ocasiones. Ambos sabían que el otro lo sabía. A pesar de no alcanzar los treinta, detrás de esa mirada repleta de gélidos matices azules, Álvaro ocultaba a un tipo hastiado de sábados con racionamientos de sexo preestablecido y domingos en la cola del cine agarrado por las manos de siempre. En cuanto su compañero le contestó, María notó una innegable frialdad en su voz. La conversación no se prolongó más allá de lo imprescindible. Álvaro la informó de manera apresurada sobre los pasos que debía seguir respecto al supuesto ataque informático que había sufrido la web de la Semana Negra de Ciutadella. Los intentos de María por saber qué era de su vida resultaron baldíos. Ni siquiera pronunciar el nombre de Lola, el único motivo de los viajes de Álvaro a Menorca, logró recuperar la simpatía que caracterizaba a ese experto en internet. Más bien tuvo el efecto contrario y María optó por elegir otro momento para hablar de trivialidades.

Tal vez Álvaro temía que le preguntara por Roberto, sopesó algo decepcionada y herida en su orgullo, pues no había utilizado aquel recurso desde hacía mucho tiempo. Tal vez los polis de ojos azules eran así de raros; es lo que tenía trabajar cerca de Roberto, concluyó.

Pol se había entretenido en el grupo de la Científica tratando de saber qué opinaban los compañeros respecto a la edición del vídeo del asesinato del adolescente. Todo indicaba que se trataba de una grabación hecha con un *smartphone*, pero al no disponer del archivo original no podían aplicarle ningún programa informático que desvelara la marca y el modelo del teléfono, como tampoco un registro de usuario. A menudo en lo insignificante reside la solución del enigma. Sin embargo, con un vídeo subido a YouTube, no había mucho que hacer en cuanto a metadatos se refería.

Al adentrarse en el despacho de la Judicial para recoger la sudadera RipCurl, no le sorprendió ver a María apurando las últimas horas del día. Aquella imagen empezaba a ser una constante con la que todo el personal de la comisaría ya estaba familiarizado. Pol se lanzó al teclado del ordenador en cuanto María lo puso al día, reproduciendo las palabras de Álvaro sobre cómo averiguar desde qué IP se había atacado la web oficial del evento literario. Al parecer el asesino se había apoderado de las claves del administrador para ejecutar la orden de enviar el enlace del vídeo macabro a los móviles de todos los participantes del evento.

Una vez más la protección de datos era una falacia; una vez más quedaba patente que la seguridad en internet, como en la vida real, era simple cuestión de dinero. Dime de cuánto dispones para proteger tu web y te diré lo vulnerable que eres. El policía menorquín halló la respuesta antes de lo esperado.

—La sociedad Giga S.L. es la encargada de administrar las webs que posee el Ayuntamiento de Ciutadella —informó Pol sin apartar la vista del monitor— y su administradora única es... —carraspeó— Teresa Bonín, esposa del concejal Joan Maimó.

—Todo queda en casa —lamentó María, negando con la cabeza—. ¿Qué te apuestas a que la pobre Teresa no ha pisado jamás la sede social de esa empresa?

—Detecto cierta aversión hacia nuestro concejal de Cultura.

—Llama a la tal Teresa y que se pase por aquí, a ver qué te cuenta, y que te facilite datos sobre los registros de IP que atacaron la web.

—Pero la Zurda ha dicho...

La pétrea mirada de María bastó para que Pol no titubeara. Si algo había aprendido durante los años compartidos con Roberto era esa colección de gestos, expresiones y desplantes hacia los subordinados o novatos, que solían servir para que hicieran justamente aquello que no querían. Un mensaje de Galván en su móvil anunciaba que la esperaba en la puerta principal de la comisaría. María se enfundó apresuradamente el anorak y encaró la salida.

—Mañana me lo cuentas.

—A sus órdenes, jefa —musitó Pol.

Al salir a la calle la tramontana la pilló desprevenida y poco le faltó para perder el equilibrio. Galván había decidido resguardarse entre dos furgonetas aparcadas a escasos metros de la puerta principal. Cuando el viento del norte sacudía la isla, esta adquiría una personalidad oscura y latente que hacía olvidar la armonía y la hermosura que la caracterizaban, convirtiéndose en un lugar inquietante e imprevisible.

—¿Por qué no has esperado dentro? —preguntó María.

—Ya sabes que me incomoda incomodar.

La explicación de Galván suscitó un chasquido de lengua de la policía.

—Además, estar en la calle casi me permite ser testigo de algo interesante.

María alzó las cejas.

—Acaba de marcharse Calderé, tu amigo el periodista —añadió Galván con socarronería.

—Ya está el buitre buscando carroña.

—Un respeto, María, que es de mi quinta.

—Eso crees tú. Lo que pasa es que está muy envejecido, debe de ser que la maldad envejece. ¿Ha contactado con alguien?

Galván negó con la cabeza.

—Al verme ha hecho una llamada desde el móvil y se ha esfumado, pero lo cierto es que venía directo hacia aquí.

María se quedó pensando.

—Habla con tu jefa.

—¿Con la Zurda? Antes me dedico a vigilar a Calderé.

Galván sonrió y atemperó un repentino escalofrío. La edad no perdonaba y llevaba demasiado tiempo a la intemperie.

—¿Quieres que te lleve a casa? —se ofreció María.

—No voy a dejar que una dama recorra ochenta kilómetros a estas horas por mí.

María evaluó aquella mirada de viejo perro guardián.

—Anda, suéltalo ya, ¿qué has visto en ese vídeo que no haya visto yo?

Galván sonrió satisfecho: su antigua alumna parecía estar en plena forma. María se agarró fuerte al brazo de su profesor y emprendieron un paseo desafiando la fuerza eólica que los sacudía.

—Menuda presentación de novela —dijo María en un tono entre el lamento y el sarcasmo.

—Publicidad no nos va a faltar.

María echó la cabeza hacia atrás y lo miró con asombro.

—No me dirás que no —insistió Galván—. No temas por mi sensibilidad, querida, todavía no la he perdido.

—Sé que para ti esta novela es muy importante y lamento todo lo que...

Galván interrumpió la perorata de María levantando una mano.

—He comprobado qué significa la palabra en braille que aparece al final del vídeo.

De pronto, inoportuno y molesto como la tramontana, frente a ellos emergió de la nada la figura de Joan Maimó.

—Buenas noches, escritor y escritora —saludó el concejal con la mirada clavada en los ojos de la policía y sosteniendo una carpeta en las manos.

Solo Galván le devolvió el saludo asintiendo con la cabeza.

—Alguien de tu grupo acaba de pedir a mi mujer cierta documentación sobre la gestión de la web de la Semana Negra —informó el concejal a María— y con este tiempo de perros he preferido que no se moviera de casa. Aunque sean asuntos suyos.

«Demasiadas explicaciones que no te he pedido», pensó María.

—Todo un caballero —aguijoneó la policía—; no eras tan considerado con ella hace unos meses.

Maimó suspiró hastiado. Galván parecía no respirar, dirigiendo la atención visual a un punto lejano.

—Supongo que ha sido un día duro para todos —dijo Maimó—. Por cierto, como escritores del evento os comunico que en menos de media hora el bar Ulises inaugura la Carpa Vázquez Montalbán. Habrá música de cine negro y los mejores cócteles de la isla.

—Tentador, Joan, pero estoy agotado —se excusó Galván.

—Si te apetece, María, podemos discutir mi considerada actitud allí, con dos *gimlets* en la mano.

—Soy de las que prefiero el *gimlet* en soledad. Me apunto al plan de Galván, la bohemia no va conmigo y ya sabes que las mentiras tampoco.

—Muy bien, como queráis, pero alegrad esas caras, *the show must go on*, señores escritores —exclamó el concejal, y reemprendió su camino.

María tiró del brazo de Galván para recuperar el sentido de la marcha. Se quedó pensando en aquellas palabras, título de una célebre canción de Queen, y la misma expresión que la Zurda había utilizado para dejar claro la continuidad del evento literario. Que la jefa se codeara con el estamento político solo podía traer problemas, pensó.

—No voy a husmear en tu vida, María, pero ten cuidado con Maimó. No conviene tenerlo como enemigo, o al menos eso es lo que dicen.

—Solo fue uno de esos errores que no se pueden lanzar a la papelera de reciclaje de la vida —lamentó la policía—. ¿Qué tal si me cuentas cuáles son esos planes que tienes?

—Esta tarde me he comprado ropa para cinco días, un neceser con lo imprescindible y he decidido aceptar la oferta de alojarme en el hotel Can Paulino, como autor —explicó Galván, orgulloso—. Ya tendré tiempo de estar solo el resto del año, ¿no crees?

María detuvo el paso y lo miró con ternura.

—¿Qué significa esa última palabra que aparece en el vídeo del asesinato del hijo del editor?

Galván tomó aire.

—«Prólogo», María, significa «prólogo».

9

Martes, 17 de febrero

Alma se despertó por el vaivén de las curvas que integraban la angosta carretera, una serpiente de asfalto que los cadaquenses adoraban. Muchos turistas se lo pensaban dos veces antes de hacer ese recorrido, y cualquier residente sabía que el mejor modo de preservar aquella maravilla de la naturaleza era evitando la presencia masiva de extraños. Roberto se preguntaba cómo había sido capaz, veinte años atrás, de realizar ese mismo trayecto todos los veranos con cinco Jack Daniels en el cuerpo, la música de Bon Jovi desafiando los cristales del Ford Fiesta, y la constatación por el retrovisor de la presencia de un par de guiris pidiendo guerra.

—Para que luego digan que son minoría —dijo Alma con voz ronca, rescatando a Roberto de sus recuerdos.

A pesar de que el entorno no había cambiado, llamaba la atención el incremento de mensajes independentistas escritos sobre las rocas que formaban el paisaje y la masiva presencia de banderas esteladas.

Roberto le dedicó una fugaz mirada y se encogió de hombros.

—Eres catalán, pero nunca te has pronunciado sobre la independencia.

—No he votado en mi vida —respondió él con la mirada puesta en el trazado de la calzada.

—Pero alguna opinión tendrás, digo yo.

Roberto suspiró profundamente.

—Eres gallega, tenéis vuestro propio idioma, así que espero que eso ayude a que no tergiverses lo que voy a decir —empezó Roberto. Alma prestaba toda su atención—. El nacionalismo es un sentimiento integral, afecta al pasado, al presente y al futuro, y con esas cosas no se juega, no se especula. Por otra parte, te diré que en la vida siempre ha habido oportunistas. Hay quien roba los equipajes de un avión siniestrado sin que le afecte la presencia de los restos humanos que les rodean, hay personal sanitario que fotografía muertes escabrosas para alimentar un blog *gore*, e incluso policías que hacen su propio alijo del alijo intervenido.

Alma tragó saliva.

—Acabas de describir al peor tipo de oportunistas que existen. No creo que todos sean así.

—Los peores, dices. Entonces, ¿cómo llamarías tú a los oportunistas que, para su particular beneficio, fomentan el odio entre millones de personas?

Alma no respondió.

—Además, dos no están juntos si uno no quiere.

—Sigues sin definirte, Roberto.

El inspector regateó el comentario y tomó un desvío hacia la izquierda poco antes de llegar a Cadaqués. Señaló con un dedo un cartel que rezaba PORTLLIGAT.

A Alma le sorprendió ese viraje.

—Tenemos tiempo de sobras.

—¿Adónde me llevas? —inquirió Alma en mitad de un escalofrío repentino.

Roberto subió la temperatura del climatizador y le sonrió.

—Al primer lugar donde amanece en este país.

Alma hubiera pagado por saber a qué país se refería.

Pasaron por delante del acogedor hotel S'Aguarda y el inspector sintió una punzada en el estómago al evocar la noche de San Juan en la que por primera vez cató el cuerpo de María. De cuando en cuando le ocurría. Sin avisar, sin darle tiempo a prepararse, un recuerdo de ella se plantaba en su mente y le provocaba una sensación de soledad y azoramiento. Por un momento sintió asco de sí mismo. No sabía muy bien qué estaba haciendo con Alma, qué fuerza le empujaba a comportarse así. Esa mujer lo atraía, lo excitaba, y la idea de compartir techo, cuando uno ya ha cumplido los cuarenta y seis, no resultaba tan mala. Pero una voz en sus entrañas le advertía de que hay sentimientos que no se pueden clonar, aunque se conozca la fórmula de la composición. Nunca saben igual.

—Estás loco —aseveró ella, convencida—. ¿Toda esa prisa por salir de Madrid se debía a un amanecer?

Alma tuvo que tragarse sus palabras en cuanto descendió del vehículo. Se cubrió con el anorak de color verde —encargado de realzar sus ojos— y siguió a Roberto, emocionado como un niño. Rodearon el solitario faro sin hablarse. Se trataba de una construcción humilde, adquirida veinte años atrás por un inglés y convertida en hospedería y restaurante. No había nadie más.

Roberto se detuvo al filo de un acantilado desde el que se podía contemplar el Mediterráneo y los Pirineos. Los promontorios que les rodeaban daban al paraje un aspecto lunar, donde el tiempo no existía, o tal vez sí, pero era un tiempo blando, como el de los relojes que pintaba Dalí. En ese momento Roberto se palpó el reloj que le había entregado Daniela. Un reloj detenido, una vida en pausa. La mano de Alma buscó la del inspector cuando el sol emergió del mar, puntual y sin prisa, regalando a esas bravas aguas un tono morado que mutaba por segundos. El cielo ardía a pesar de las nubes, a pesar de lo que acontecía en tierra firme.

—Ha valido la pena —admitió Alma ante el silencio que Roberto ofrecía a la naturaleza como muestra de respeto y sumisión.

Alma seguía conmocionada cuando estacionaron el vehículo en el centro de Cadaqués. Roberto conocía bien la sensación de bienestar que brindaba aquel pueblo blanco de suelos empedrados. Dejó que la oficial tomara asiento en un banco municipal mientras él se acercaba a un cajero automático ubicado en la plaça del Passeig. Lo que hubiera tenido que ser una gestión mecánica y rutinaria se convirtió en un problema. Alma atendía los gestos de enojo del inspector, quien con una mano sujetaba el móvil pegado al oído mientras con la otra parecía segar el aire como si de un campo de espigas molestas se tratara.

—La madre que los parió —exclamó Roberto, ya cerca de su compañera.

—¿Qué ocurre?

El inspector se frotó repetidamente la cara con las manos al tiempo que negaba con la cabeza.

—Me han bloqueado todas las cuentas.

—¿Qué?¿Y eso?

Roberto empezó a dar vueltas alrededor del banco en el que permanecía Alma. Ella se limitó a seguirlo con la mirada. «La amenaza de Daniela», se dijo el inspector, enmarañado en sus cavilaciones. Aquella mujer no hablaba por hablar. Se trataba de una familia poderosa, eran parte de la nobleza española. Y el mundo no había cambiado tanto, pensó. Todo se reducía a patricios y plebeyos, por más que la Revolución Francesa hubiese abolido durante un rato las prerrogativas que nunca desaparecieron del todo.

Daniela estaba ejecutando todo lo que había anunciado. No seguirle el juego tenía consecuencias. No debería haberla subestimado; no todos los delincuentes peligrosos tienen las marcas del odio y las miserias impregnadas en los surcos de la piel. La heredera de los Aliaga y Busay no estaba dispuesta a que una bacteria perturbara su hábitat, por mucha placa de policía que llevara esa bacteria.

—Anda, no te preocupes, saco yo dinero y ya haremos cuentas. Sé dónde vives —bromeó Alma.

—¿Inspector jefe Roberto Rial? —preguntó un joven que no alcanzaba los treinta años, con barba recortada y el pelo oscuro y desordenado, demasiado largo para un policía, pensó Roberto. El joven mostraba un rostro terso y transido de frío, le costaba incluso hablar. Su cazadora de motorista no dejaba lugar a dudas sobre qué medio de transporte utilizaba—. Soy el sargento Toni Boix. —Estrechó con energía la mano a Roberto y a continuación hizo lo propio con Alma. A ella le dedicó una sonrisa sobrevenida, involuntaria—. Fue allí, a sus pies —añadió, señalando la estatua de Dalí que con pose altanera asomaba a sus espaldas—, donde encontramos el ojo de la víctima sobre un libro de la editorial Júpiter.

—Los ojos —matizó inspector.

—El ojo —insistió Boix—. Estoy muerto de frío, ¿os parece bien que os ponga al día tomando un café en el Casino?

No hubo objeción. El Casino de la Amistad, uno de los establecimientos más emblemáticos de Cadaqués, siempre estaba abierto al mar, al residente y al turista dispuesto a dejar en la puerta las ansiedades y el absurdo trajín diario. Y es que ese edificio modernista, que había dado cobijo a personalidades como Dalí y Josep Pla, conservaba entre sus muros una enigmática energía transmitida de generación en generación, capaz de reducir al absurdo todo aquello a lo que se le otorgaba la etiqueta de prioridad. Una noche, acompañado por María, Roberto había tenido la oportunidad de escuchar la historia del lugar. El tiempo le daba la opción de experimentar el poso de sentido común que aquellas mesas ofrecían. Sentado frente al sargento Boix y a la espera de recibir un café con leche bien caliente, era el momento de dejar las cosas claras.

—Gracias por atendernos, sargento —arrancó Roberto, apresurado—, como sabrás, las cosas están tensas en Madrid y supongo que también en Barcelona. —Boix asintió—. Ya sabes de qué va esto; nos guste o no hay muertos de primera y de segunda división. No cabe duda de que este es de primera.

—De Champions —puntualizó Boix, jocoso.

—De Champions —repitió Roberto más tranquilo: todo indicaba que se encontraba frente a un tipo avispado—. Sé que no es competencia nuestra y de hecho quiero que sepas que me siento incómodo por hacer lo que durante años no he permitido que me hicieran a mí. Así que lejos de mi intención está el entrometerme...

El sargento Boix detuvo la introducción de Roberto chasqueando la lengua.

—Disculpa que te interrumpa. No te preocupes, sé que somos todos unos mandados. Aquí traigo... —Boix dejó en el suelo la pequeña mochila que hasta entonces llevaba colgada a la espalda y se puso a hurgar en su interior. De la misma extrajo una carpeta que dejó sobre la mesa, al tiempo que el camarero servía tres tazas humeantes—... el informe del forense y una copia de nuestros atestados. Podéis quedároslo, pero con una condición.

Alma buscó en la mirada de Roberto, pero el inspector apenas respiraba al acecho de la exigencia que iba a emitir el sargento.

—Cuando necesite algo de las Españas —vaciló Boix—, ya sea una copia de atestado o información de vuestras bases de datos, espero que solo me haga falta descolgar el teléfono. Sin papeleo, sin tener que rellenar impreso alguno.

Roberto le estrechó la mano, le entregó una tarjeta con sus datos y se puso a leer los documentos con fervor. Alma y Boix se lanzaron a catar el café.

—Causa de la muerte: exsanguinación —leyó Roberto en voz alta.

Alma frunció la nariz y Boix cazó el mohín.

—Murió desangrado —apuntó el sargento.

Ella desplazó la silla hacia la de Roberto, aniquilando toda distancia, y leyó para sí. El sargento Boix tuvo que esforzarse en no fijarse en exceso en las sugerentes formas de la oficial, ya liberada de su anorak.

—Veo que hallaron residuos de marihuana y GBH —continuó Roberto.

—Creo que voy a necesitar un diccionario —refunfuñó Alma.

—El GBH también es conocido como droga de la violación. Anula la voluntad del que la ingiere en menos de quince minutos y su efecto dura entre dos y tres horas —respondió el inspector sin apartar los ojos del informe—. Se puede ingerir en polvo, líquido o en pastillas, es inodora y carece de sabor. Vamos, una maravilla para los depravados.

—Según el forense, el asesino posiblemente le suministró casi dos gramos de GBH mezclada con el hachís —intervino Boix—. Lo llamativo también es la cantidad de rastros de alcohol, en concreto vodka.

Roberto alzó la cabeza y miró hacia el mar que enmarcaban las ventanas del Casino. Unos segundos después volvió la vista hacia el sargento.

—El alcohol es un anticoagulante —explicó el inspector como si estuviera a la vez consultando unos apuntes mentales. Muchos años en las calles, demasiados fiambres—. Tal vez le obligó a beber vodka para evitar que se detuviera la hemorragia. No tenía todo el tiempo del mundo, y una muerte por desangrado, salvo que afecte a una arteria vital, puede ser muy lenta.

Boix alzó las cejas ante esa posibilidad que no había tenido en cuenta.

—¿Podemos visitar la escena principal del crimen? —quiso saber Roberto.

El sargento negó con la cabeza.

—En cuanto la policía científica hizo su trabajo —explicó Boix—, los Soler cerraron la vivienda y la han convertido en un fortín.

—¿Prefieren salvaguardar su intimidad a que resolvamos quién se ha cargado a su hijo? —preguntó Alma, ofendida.

—¿Tienes al menos el reportaje fotográfico del lugar de los hechos? —preguntó Roberto.

Boix se dio dos suaves golpes sobre la sien con los nudillos y lamentó su mala memoria. Desbloqueó su teléfono móvil, realizó una búsqueda de los archivos y se los mostró al inspector.

—Ve pasándolos hacia la derecha —le indicó Boix con el gesto de un dedo—. Si quieres, luego te los envío en un *email*.

Roberto asintió y acto seguido se sumergió en el escenario que le ofrecía aquella diminuta pantalla. A pesar de que había visualizado el vídeo de YouTube al menos cinco veces, él siempre apreciaba la precisión de la fotografía, esa caja cerrada de la que ni el tiempo ni la verdad lograban escapar. Puso atención en los cortes del brazo del hijo del editor, en la posición de los pies, muy juntos, con las zapatillas puestas y los cordones atados. En las cuencas de los ojos que parecían gritar su horror. Ordenó a su cerebro que capturara la escena; tal vez más adelante necesitaría alimentar ese subconsciente al que tanto le costaba hablar y hacerse entender.

—Antes has comentado que solo apareció un ojo a los pies de la estatua de Dalí —intervino Alma.

—Así es —respondió Boix, encandilado por la mirada glauca de la policía—. Y no tenemos idea de dónde puede estar el otro ojo ni qué ha hecho con él el asesino.

—¿Una especie de trofeo? —sopesó Alma.

—No te adelantes —advirtió Roberto, sin reparar en que a la oficial no le sentaba nada bien que le hicieran observaciones delante de otros. Boix sí percibió el disgusto en su expresión y trató de calmar los ánimos.

—Según el forense, los ojos fueron enucleados de manera torpe, «brusca» fue el término que utilizó —recordó Boix—. Basándose en el tipo de heridas, planteó la posibilidad de que los hubiera extraído con una cuchara.

Se hizo el silencio.

—No sé si sabréis que me han llamado de la UDEV de Menorca. —Roberto levantó la vista de golpe. Escuchar el nombre de aquella población lo ponía en estado de alerta—. Me dijeron que el editor Julio Soler acusaba a una persona de esta salvajada. Parece ser que no llevaba demasiado bien la homosexualidad de su hijo. En este pueblo las malas lenguas dicen que el niño era una completa loca y que en verano se lanzaba a los brazos de cualquiera que estuviera bien dotado, pero el editor está obsesionado con el Quimet.

Roberto frunció el cejo.

—Es un pintor local, un personaje algo raro, aunque reconocido en Francia y muy popular por sus excentricidades. Sin ir más lejos, el verano pasado se pintó el miembro de verde y paseó por el pueblo en pelotas sosteniendo una cámara. Hizo fotos a todo aquel que lo miraba. Meses después inauguró una galería en Montpellier donde mostraba un enorme mural en blanco y negro en el que aparecía él desnudo. Alrededor del mural, como si de planetas rodeando al sol se tratara, expuso esbozos al carboncillo de rostros sorprendidos, avergonzados por la puesta en escena al natural. Bueno, ya sabéis, idas de olla de los artistas. Quimet tiene unos cuarenta años y no niega haberse cepillado al menor cuatro horas antes de que muriera; de lo demás no quiere ni oír hablar.

—¿Lo habéis trincado? —preguntó Roberto.

—Sí, de hecho vamos a tomarle declaración esta tarde. Si el forense está en lo cierto en lo que se refiere a la hora de la muerte, al Quimet lo vio mucha gente poniéndose hasta al culo de cubatas aquí mismo. —Boix señaló hacia el suelo—. Dicen que estuvo desde las diez y media de la noche hasta que lo echó el dueño del garito. ¿Queréis hablar con él? Creo que podría arreglarlo. Lo tenemos custodiado en Roses.

Alma asintió entusiasmada, incluso antes de que Roberto dijera nada. El inspector trataba de encajar las piezas que poco a poco le ofrecían.

—Sí, claro —dijo finalmente.

Al salir del Casino les sorprendió la repentina violencia del oleaje. Las pequeñas embarcaciones de pescadores, amarradas a escasos metros de la costa, danzaban al son que el gran azul les marcaba. Las nubes enfoscaban aquel pueblo blanco al igual que las conjeturas sobre el caso del hijo del editor.

A escasos metros de la estatua de Dalí, Alma no pudo reprimir un grito. Un pequeño jabalí con aires distraídos había surgido de la nada. El animal, de pelaje negro y ojos diminutos, olisqueó una pierna de la oficial, que desenfundó el arma y le apuntó.

—Guarda eso, anda —ordenó Roberto, divertido. Alma

obedeció sin perder de vista al animal—. ¿Esto es normal, Boix?

El jabalí regresó a la arena de la playa en busca de posibles residuos que le alimentaran.

—Este último verano hemos sufrido una invasión y la gente es la hostia —lamentó el sargento—; por mucho que les prohibamos que les den comida, ni caso. Y claro, estos animales compensan su escasa visión con su gran olfato, y si huelen comida ahí que van. ¿Sabéis que son la primera causa de accidente de coche en la provincia de Girona?

—¿Dónde dijiste que habíais encontrado el ojo de la víctima? —preguntó Roberto.

—Aquí. —El sargento señaló los pies de la figura de Dalí.

Roberto midió en palmos la distancia que había desde el suelo y esta era mínima.

—No estarás pensando que un jabalí... —comentó el *mosso*.

Roberto asintió.

—No te adelantes —se vengó Alma con sorna.

—No lo hago —respondió Roberto—, pero en estos momentos me parece lo más probable.

Boix extrajo el teléfono móvil de la cazadora y solicitó presencia de la policía local a fin de poder dar caza al jabalí. Al fin y al cabo se trataba de un animal peligroso, a pesar de que la población sentía una inevitable simpatía hacia ellos. Cuando colgó, el sargento dedicó su atención a la mirada que el inmortal pintor depositaba a los vecinos del pueblo.

—Si Dalí levantara la cabeza, tal vez incluiría jabalíes en sus cuadros.

—La cuestión es si los pintaría con un ojo humano en la boca —puntualizó Roberto.

10

A las 07.30 de la mañana María estaba preparada para afrontar el día. Necesitaba levantarse una hora y media antes de entrar a trabajar, el tiempo mínimo con el que ensamblar sin enfados el mundo de los sueños con la realidad; los días en los que una llamada urgente le exigía salir apresurada de la cama solían tener un mal inicio y un peor desenlace. Vestía calzado deportivo, vaqueros de pitillo y un camiseta de manga larga y negra donde se podía leer estampado el mensaje LO MEJOR ESTÁ POR VENIR.

Lola Luna arrastraba los pies con la ayuda de unas pantuflas que emulaban a un oso panda y el cuerpo cubierto con una bata de felpa de color malva. Con los ojos todavía pegados y el pelo recogido en una coleta, se dejó caer sobre una silla de la cocina. A modo de saludo levantó la mano con torpeza, asió la cafetera y se sirvió una taza sin abrir la boca. Lola acababa de cumplir cuarenta años, tenía un hijo a las puertas de la adolescencia y la acompañaba un morbo latente que no daba visos de abandonarla.

María sonrío al descubrir la nueva adquisición de calzado de Lola. Dejó de untar la tostada y se dirigió a su compañera:

—Escucha esta voz y dime cómo te lo imaginas.

María elevó el volumen del transistor. «Los ojos que hablan merecen ser escuchados», pensó la policía al recordar la mirada que le regaló el periodista a través del espejo retrovisor.

Lola lanzó un suspiro ante tal petición de esfuerzo matinal.

Eric García era la voz y el alma que dirigía el programa radiofónico *Chandler and Hammett P.I.* Entre los editores se decía que participar en ese programa era la diferencia entre convertirte en un escritor de novela negra mediático o en un ave de paso. Aquella mañana Eric comenzó el espacio con una disertación sobre la maldad humana.

No se trata de la excepción y aunque nos cueste admitirlo forma parte de nosotros, se hospeda en nuestra psique y en nuestra alma, y no siempre requiere de una razón para que llegue a aflorar. Somos malos desde el mismo momento en el que empujamos a un semejante por un tobogán, desde que nos jode que nos enseñen que hay que compartir las cosas. Somos malos cuando el dolor ajeno nos causa indiferencia a pesar de los disfraces que utilicemos, cuando el éxito del vecino nos produce ardores y fantaseamos con que una desgracia nos lo quite de en medio. Somos malos cuando en pleno acto sexual eyaculamos y la mera presencia de la piel del otro nos molesta, y, a pesar de ello, pronunciamos un cruel «te quiero».

—Tiene una voz bonita —irrumpió Lola, afónica—. Pero yo de ti pasaría de él, ya lo has oído: te va a pegar un polvo y, en cuanto termine, te va a mentir.

Las dos mujeres rieron, pero al poco volvieron a prestar atención a la voz.

Somos malos, y por eso muchos leemos sobre la maldad. Sin embargo, ayer la vida se mofó de la ficción y nos enseñó que hasta los escritores más encarnizados suelen quedarse cortos. Somos malos, a pesar de los ingenuos que proclaman lo contrario.

Eric García hizo una pausa dramática. En otros tiempos hubiera sido completada con el sonido de los aplausos de un público entregado.

Antes de escuchar unos consejos publicitarios les voy a advertir que no me sean impacientes y no me cambien de dial. Un tal Galván, toda una personalidad en el mundo de la criminología y ahora escritor de novela negra, tal vez se anime a refrendar o a rebatir mi idea sobre el ser humano. Están escuchando *Chandler y Hammett, P.I.*

Lola buscó la mirada de María.

—¿Qué cuerpo y qué rostro tiene esta voz? —preguntó Lola rodeando con las manos la taza de café.

Un adolescente de doce años, ataviado con unos vaqueros rotos y una sudadera roja, asomó por la cocina y, tras un tímido amago de emitir un sonido, lanzó al suelo una mochila repleta de libros de texto.

—Buenos días, Daniel —saludó María a modo de regañina.

—Déjalo —intervino Lola—, ya sabes cómo somos los Luna por las mañanas.

—Hola —respondió Daniel con desgana mientras escudriñaba el interior de la nevera—. ¿Me preparas el bocata, que tengo prisa?

Lola apuró el café, se acercó a su hijo y le besó en la cabeza. Le preparó un sándwich con el cariño único de una madre, lo envolvió con una servilleta y, sobre esta, papel de aluminio. Recogió la mochila que descansaba en el suelo y se la entregó a Daniel con una sonrisa que no fue correspondida.

El chico se marchó dejando en el debe de los gestos afectivos uno más por anotar. Lola se cubrió con el batín y reprimió un repeluzno inoportuno y delator. Tomó asiento frente a María. Esta apagó el transistor y se quedo inmóvil y expectante.

—¿No vas a escuchar a Galván? —preguntó. María negó con la cabeza—. ¿Ni al tío buenorro? —María sonrió y Lola suspiró—. Es la mierda esta de la adolescencia que me tiene...

—¿No será que Daniel echa de menos a su madre?

Lola se mordió el labio inferior repetidamente, se incorporó y dio la espalda a María mientras se preparaba un bol con cereales.

—No me sueltes eso de que llevar un negocio es complicado, que si dejaste de ser *escort* fue por él... No te estoy reprochando nada —aclaró la policía—. Pero tal vez deberías gestionar tu tiempo pensando más en Daniel.

—Habló la madre dedicada.

—Yo soy caso aparte y no te llego ni a la suela de los zapatos como madre —reconoció María, inmune al comentario—. Sé que no sirvo como ejemplo.

Lola apartó de un golpe la caja de cereales de su vista y se encaró a María.

—Cada día más de doscientas cincuenta chicas me envían información de sus horarios, de los servicios que de repente han decidido hacer o dejar de hacer, de las opiniones del último cliente que quedó satisfecho, de las inolvidables mamadas que creen que hacen y merecen ser reseñadas... Y toda esa información ha de ser actualizada desde ese mismo momento, ¿sabes? Para eso pagan mis servicios y justamente por eso dicen que Sex Advisor es la mejor aplicación de chicas de compañía que ofrece la telefonía móvil de hoy. Y a Daniel —enfatizó Lola con la mirada dirigida hacia la puerta por donde acababa de salir su hijo—, ese adolescente que me niega sus besos, no le falta de nada gracias al trabajo que desarrollo desde casa y sin necesidad de tener que abrirme de piernas ante nadie. —Lola se tomó unos segundos de pausa y se frotó los ojos, llorosos—. El problema es que eso él no lo sabe, que no tiene ni puta idea de lo que su madre hizo para que en esta casa esto —señaló hacia el frigorífico— esté siempre lleno.

María se acercó a su amiga y abortó un abrazo ante el regateo del cuerpo de Lola, quien trató de esbozar una sonrisa conciliadora, en vano.

—Me voy a duchar —anunció Lola.

María se apostó tras la ventana, observando cómo la tramontana zarandeaba las tres palmeras que escoltaban el acceso principal a la casa. Se preguntó qué clase de viento había sido el responsable de llevarse por delante la familia que había construido junto a Bruno. Invadida por esa nostalgia sobrevenida asió el teléfono móvil y se recreó con las fotografías de su pequeño. Se detuvo en aquellas en las que Hugo regalaba su mejor sonrisa a la cámara. Sin saber muy bien por qué, tuvo miedo del tiempo que se va. «Cosas de madre», pensó con cierta resignación. Pero lo cierto era que, si hubiese podido detener ese momento de su vida, lo habría hecho. Sin duda se trataba del gesto más egoísta que un ser humano podía llevar a cabo. Y sin embargo, qué mujer no entendería que prolongar la infancia de un hijo resultaba el modo más eficaz de no sentirse sola. Le entraron unas ganas locas de hablar con su peque. Consultó el reloj y convino que era demasiado temprano para llamar a su ex marido. Le escribió un wasap con la esperanza de que le respondiera pronto.

«Abriga bien a Hugo y ponle la bufanda azul que le queda tan bien.»

Pulsó el icono de enviar y se cubrió con un anorak corto y verde de cintura entallada. Recogió apresurada las tazas y la cafetera de la mesa y sonrió al escuchar los cantos de Lola bajo el agua. Comprobó los mensajes del móvil antes de abandonar el piso, pero no había respuesta alguna.

Al pisar la calle se topó con la silueta de un viejo faro y un mar crispado. Montada en su bicicleta se sintió perseguida por una tristeza de la que no se podía desprender. Por mucho que acelerara, sabía que la huida más estéril es aquella que pretende alejarse de uno mismo. Y aun así encaró veloz la Avenida del Faro, desafiando la tramontana y creyendo una vez más en imposibles.

11

Área Básica Policial de Roses, Girona

—¿Así que pintas las emociones que el ojo no ve? —dijo Roberto, repitiendo las palabras que acababa de escuchar al tiempo que se comprimía con los dedos el entrecejo.

Quimet el pintor, vencido y sin ánimo para cambiar el resultado de aquel partido que no quería jugar, se limitó a asentir.

El inspector llevaba cerca de una hora tratando de descifrar qué contenía el cerebro del detenido. Concluyó que albergaba pensamientos anárquicos, sueños inconfesables y un número importante de agujeros oscuros vedados a su memoria. Alcohol y drogas. No había percibido ningún rastro de maldad, únicamente secretos de una infancia sórdida y un presente insustancial. De no ser por la pintura, aquel hombre se alimentaría de antidepresivos y de telebasura.

La mención expresa a «lo que el ojo no ve» hizo que Roberto buscara a Alma con la mirada. La oficial de policía observaba la escena de pie, apoyada en la gélida pared de aquel cuadrilátero policial pintado y decorado con un absoluto blanco. Roberto y el artista se enfrentaban cara a cara sentados en las dos únicas sillas de la sala adjunta a los calabozos, separados por una mesa y unas cuantas dudas.

Quimet aparentaba diez años más de lo que indicaba su DNI. De aspecto consumido y parco en palabras, costaba creer que aquel hombre sedujera a jóvenes ávidos de experiencias. Roberto ya había detenido en otras ocasiones a seres insignificantes, supuestamente frágiles, pero los hechos acreditaban que en un momento determinado habían sido capaces de arrancar una vida. Los monstruos existen, ven con nuestros ojos, asesinan con nuestras manos y se sirven de nuestra mente, cuando esta ya no es nuestra. Sin embargo la mirada no suele engañar y la de Quimet traslucía solo una cosa: sumisión a la vida. El tono amarillento de los dientes y su aliento alquitranado no pasaron desapercibidos a Roberto.

El inspector extrajo del bolsillo del tres cuartos un paquete de tabaco rubio todavía precintado. Se tomó todo el tiempo del mundo para extraer un cigarrillo y prescindió del gesto de Alma señalando un cartel en el que se prohibía fumar. Roberto ofreció un pitillo al pintor y este lo aceptó como agua bendita.

—¿Qué es eso que el ojo no ve? —insistió el inspector mientras le daba lumbre.

Quimet se recreó en la primera calada, reteniendo aquel sabor que en sus labios corría peligro de extinción a tenor de cómo se estaban desarrollando las cosas.

—¿En serio le interesa mi arte, inspector?

—Hoy sí.

El pintor sonrió tímidamente e inclinó el cuerpo hacia delante, apoyando los codos sobre la mesa.

—Ya le he dicho que le doy a todos los palos, y sí, la jodí al creer que Álex... —El pintor tuvo que reponerse al pronunciar el nombre del joven. Dio otra calada al cigarro y soltó el humo y su timidez—. Pensé que era mayor de edad, ese chaval ya había pegado muchos tiros, inspector. De hecho tenía prisa para que me largara en cuanto terminamos la faena.

—Eso ya me lo has dicho.

El sargento Boix irrumpió en la estancia con sigilo, se acercó a Alma y le indicó mediante un susurro que estaba prohibido fumar. Antes de que la policía abriera la boca, Roberto se dirigió a Boix sin mirarle a la cara.

—Yo me ocupo.

Boix ponderó durante un momento si valía la pena replicar a esa leyenda de los homicidios. Roberto Rial se había marchado de Barcelona cuando los Mossos d'Esquadra relevaron al Cuerpo Nacional de Policía en el año 2005. El nombre de aquel inspector jefe aparecía en todos los expedientes policiales que el cuerpo autonómico había heredado sobre asesinatos resueltos en la Ciudad Condal. Boix no parecía dispuesto a confesar a nadie que gran parte de sus atestados estaban basados, inspirados y prácticamente copiados de los de Rial. Que alguien trasladara su vida a otra ciudad por el simple hecho de seguir dedicándose a la investigación de homicidios lo convertía en todo un adicto a la cacería. Y a los cazadores en plena faena era mejor no distraerlos. «Siempre se les puede escapar un tiro», pensó. Además, Quimet el pintor se encontraba cómodo con el inspector.

Boix le dedicó a la policía una tierna mirada que esta no le correspondió. Antes de abandonar la sala, el sargento decidió marcar territorio.

—Cinco minutos, inspector.

Quimet aprovechó aquel cruce de palabras para apurar el cigarro, pero la voz grave de Roberto volvió a percutir en su oído.

—¿Qué ocurrió entre vosotros para que de pronto Álex quisiera largarse? —preguntó el inspector estirando el cuello.

El pintor cerró durante un instante los ojos y apretó los párpados, como si de ese modo pudiera recuperar los recuerdos.

—El mensaje —exclamó Quimet ante los atentos ojos de los policías—. Álex recibió un mensaje por el móvil y después de leerlo se cruzó y la pagó conmigo. No tengo ni puta idea de quién se lo mandó. En nuestros encuentros... apenas hablábamos.

Roberto asintió sin dejar de mirarlo.

—Tienen que creerme, inspector, yo no lo maté.

Roberto le pidió con un gesto que se levantara. Una vez de pie, el inspector le sacó el cigarrillo de la boca, lo tiró al suelo y lo aplastó con la bota.

—Sé que no has sido tú —le musitó Roberto.

Quimet el pintor contuvo el aliento. Alma hizo lo propio ante el anuncio de su compañero.

—Solo los que matan apasionadamente tiemblan al pronunciar el nombre de sus víctimas. Y el asesinato de Álex dista mucho de ser pasional.

Quimet respiró tranquilo y agradeció el comentario con unas lágrimas silenciosas.

—Eso es justamente lo que pinto, inspector —explicó Quimet entre sollozos—, eso que solo algunos ojos ven, como los suyos.

—Voy a pedir que lo incluyan en tus pertenencias —dijo Roberto, sosteniendo el paquete de tabaco—. Mañana el juez te soltará y necesitarás algo para celebrarlo.

12

«Los hoteles son los camerinos en los que se maquilla la soledad», pensó Galván mientras apuraba su café. La tramontana invitaba a quedarse en el interior de la cafetería de aquella casa señorial reconvertida en un alojamiento majestuoso. El viejo profesor acababa de descubrir que los escritores madrugan.

Escrutó los rostros abotagados de más renombre en el ámbito de la literatura negra y apartó el plato con los restos de las tostadas, acomodando el espacio para poder leer cómodamente la prensa. Buscó en el rotativo alguna mención a lo sucedido el día anterior en el Teatro. Cuando reparó en que el artículo ocupaba dos páginas de Sucesos y ninguna línea en la sección de Cultura, supo que María iba a estar muy ocupada.

Galván dobló el periódico, extrajo un bolígrafo de su plumón rojo y anotó en mayúsculas la palabra «prólogo» en una esquina del diario. La imagen del hijo del editor, exangüe y con las cuencas vacías, le martilleaba en la cabeza. La voz que emergía de las entrañas, esa que nunca lograba acallar, le gritaba que toda aquella representación audiovisual no se limitaba a una simple venganza o acto de odio contra el editor de Júpiter. Si algo caracterizaba una mente psicopática era el egocentrismo. El viejo profesor tachó con rabia la palabra «prólogo», soltó el bolígrafo y se cubrió la cara con las manos. No tardó demasiado en reconocer un miedo cerval que le nacía en el estómago. Lamentaba haber hecho caso omiso en más de una ocasión de esa intuición que rara vez se equivocaba. Cansado de cooperar en las detenciones de los asesinos más perversos, sentía que ya iba siendo hora de adelantarse a los planes de esas mentes degeneradas.

Galván permanecía sumido en sus pensamientos cuando Noemí Vilanova, propietaria del sello editorial Blackcelona, llamó la atención de todos los presentes. Aquella mujer andrógina, que rondaba el medio siglo, sollozaba con desesperación a pesar de los intentos del personal de recepción por lograr extraerle una palabra. Cuando Galván se acercó a ella, le pareció oír el número de una habitación: la 21. A Noemí le faltaba el resuello y en su mirada se traslucía el terror que en otras ocasiones Galván había presenciado, aunque siempre desde la atalaya del transcurso del tiempo, en forma de diapositiva o de archivo informático. Jamás había sido testigo directo del terror en el lugar de los hechos. Desde la muerte de su mujer, el viejo profesor ya no temía no regresar a casa; nadie le esperaba y esa soledad irreversible le proporcionaba cierta levedad que él llamaba «paz interior». Se armó de un inédito valor y, mientras el personal del hotel trataba de calmar a la editora, se dirigió apresurado a la habitación.

Apenas abandonó el ascensor en la segunda planta, descubrió abierta la puerta de la 21. Sus actos no eran muy sensatos, pero no podía evitar seguir adelante. Se cubrió el puño con la manga del jersey y empujó la puerta. Al acceder a la estancia, lo primero que le llamó la atención fue el objeto que había en el centro de la cama, impoluta y sin deshacer. Se trataba de un libro abierto de par en par. En una página suelta, añadida, distinguió varias palabras escritas en braille, mientras que sobre la parte más gruesa del libro descansaban dos ojos humanos que parecían prestarle toda la atención. En la pared que hacía de cabecera y escrito con sangre leyó: NAVETA DES TUDONS.

Galván extrajo el teléfono móvil del bolsillo del pantalón y fotografió la escena.

—¿Qué es todo esto? —gritó asustado el director del hotel, escoltado por un mozo.

Galván se volvió hacia la voz sujetando con una mano el teléfono móvil.

—María —dijo el viejo profesor, clavando la mirada en la del director—, acabamos de pasar del prólogo al primer capítulo.

13

Cuando el subinspector Garrido recibió la llamada de María, resolvió que todos los componentes de la Judicial se desplazaran hasta el hotel. Una vez que constataron por sí mismos la información proporcionada por Galván, salieron disparados hacia la Naveta des Tudons, situada a escasos cinco kilómetros de Ciutadella. Fue idea de María que Zambrano y un agente uniformado se quedaran protegiendo el posible escenario de un crimen, y así de paso recopilaran datos más precisos sobre Marga Clot, la agente editorial desaparecida, de treinta y seis años, que ocupaba la habitación 21.

A pesar de que Garrido puso todo su empeño en localizar a la inspectora jefa Celia Yanes, era bien sabido que esta no encendería el teléfono móvil hasta las diez de la mañana, hora en la que solía empezar su actividad profesional, enfurruñada y alegando un cúmulo de ficticios asuntos pendientes. Desde la carretera que unía Ciutadella y Maó, el prehistórico monumento parecía no albergar ninguna sorpresa para los policías.

Descendieron del vehículo en silencio y una lluvia afilada los recibió al son que la tramontana dictaba. El cielo era plúmbeo y eso explicaba la ausencia de turistas. Cruzaron el verde terreno enfangado sin abrir la boca, dejando que fueran sus aceleradas respiraciones las que hablaran por sí solas. Garrido permitió que fuera María quien encabezara la escueta comitiva formada por los tres policías. Los homicidios eran lo suyo y nadie esperaba encontrar con vida a la propietaria de un par de ojos expuestos sobre una cama de hotel.

Fue María la primera en divisar el lateral de la Naveta, que quedaba oculto para quienes pretendieran ver algo desde la carretera. Garrido lo supo en cuanto vio la expresión de su compañera. «No hay quien se acostumbre», pensó el subinspector; la muerte jamás nos recibe del modo que habíamos imaginado.

—Fría y rígida —pronunció María al explorar el cuerpo sin vida de la agente editorial—. Ya hace un rato que el asesino la dejó aquí.

Marga Clot estaba sentada en el suelo con la espalda apoyada en el monumento que en otra época albergó entierros colectivos. Su cuerpo formaba un ángulo de noventa grados y las piernas presentaban una posición antinatural, propia de una muñeca rota. Llevaba puesto unos vaqueros de pitillo, un jersey negro de cuello alto y unas zapatillas deportivas. El asesino había tenido el detalle de apoyar la cabeza en el abrigo doblado de la propia víctima. María tomó nota del detalle. Los brazos con las mangas subidas mostraban los cortes encargados de vaciar sus venas. Un gran charco de sangre informaba de que aquel sitio era, sin lugar a dudas, la escena del crimen. Sobre las piernas de la víctima y enmarañada en sus manos se extendía una red de pescador, en cuyo interior María contó hasta siete libros, todos ellos de autores distintos del género negro. No pudo evitar alegrarse por no formar parte de aquella macabra selección literaria. El pelo rubio y rizado cubría el rostro de la agente editorial en su totalidad. En el momento en el que la policía le apartó los mechones de su cara no pudo contener un grito ahogado. Tenía la boca taponada con una suerte de trapo y las cuencas de los ojos vacías. Como si de un llanto alquitranado se tratara, la sangre se había coagulado.

María sabía que aquel rostro la perseguiría de por vida, como todos los anteriores. Segura de que esa instantánea la acecharía cuando menos se lo esperara, al igual que el niño que teme la oscuridad, también ella correría en otra dirección. Daños colaterales que no se incluyen en la nómina y que nadie tiene en cuenta. Se trataba de esas atrocidades ajenas que se colaban para siempre y sin permiso en la mente de quien las presenciaba. El teléfono móvil de Pol quebró el silencio al recibir un mensaje en el mismo momento en que este vomitaba a escasos metros de sus compañeros.

—No es tu primer muerto —le recriminó Garrido, casi ofendido.

—Pero sí su primer asesinato —precisó María.

El subinspector no quiso entrar en disquisiciones absurdas. Para él los de las nuevas generaciones eran unos blandengues y quien no valiera para ver fiambres debería plantearse ser secretario de la Zurda.

—La escena es idéntica —opinó Garrido.

María no necesitaba preguntar al subinspector a qué se refería. El crimen del hijo del editor era obra del mismo autor. Pol se acercó, avergonzado, sujetando en la mano el teléfono móvil. Sin mirarlo a los ojos, mostró la pantalla al veterano. María, ajena al gesto de su compañero, seguía observando cualquier detalle que se le hubiera escapado, deslizándose lentamente alrededor del cuerpo de la agente editorial asesinada, en un intento de captar todos los detalles.

En esos momentos siempre se hacía la misma pregunta desde que había visto a Roberto en acción una mañana de abril del año 2005, en el que fue su primer caso de homicidio en un piso del Eixample barcelonés. Preguntarse qué haría en su lugar la persona más capacitada que conocía para ello era un modo directo de escarbar entre sus conocimientos y exprimirlos a fin de evitar absurdos olvidos que podrían resultar fatales en la investigación. En más ocasiones de las que ella habría deseado, se sorprendía escarbando en el pasado que había compartido junto al inspector. «Tenemos la misma profesión y casi las mismas obsesiones. Eso es todo», se mintió.

—Es un mensaje de Zambrano —dijo Garrido ante el rostro desencajado del novato del grupo—. Nos manda la foto del DNI de Marga Clot. —Garrido lanzó una mirada a aquella cara con dos cuencas vacías—. Es ella, sin duda.

María asintió, pero seguía absorta en sus cavilaciones.

—También dice —continuó Garrido— que el mensaje escrito en braille en el libro que hallamos en la cama significa «La mala ficción nunca supera la realidad».

María se volvió bruscamente, meditó aquellas palabras y las repitió en voz alta como si se tratara de una letanía.

—Resentimiento —musitó al fin—. El asesino está resentido con la literatura. Nos habla de la mala ficción.

—Si tuviera que cargarme a todo aquel que me provoca resentimiento... —soltó Garrido.

Decepcionada ante las caras de incomprensión de sus compañeros, resolvió aplazar la confección de un posible perfil criminal y se acercó hasta Pol.

—¿Estás mejor? —preguntó la agente. El joven asintió con una tímida sonrisa—. Llama a la Científica y que ellos se pongan en contacto con el forense; aquí todavía hay mucho por hacer antes de que la lluvia se lo lleve todo por delante.

—La que debería venir es la Zurda —gruñó Garrido—, y no comerme yo estos marrones.

—Te quedan dos telediarios para jubilarte, ¿ni siquiera te motiva eso? —replicó María, molesta, tomando fotografías del entorno con el móvil.

—Cuando cumplas treinta años en el cuerpo ya me dirás si algo te motiva.

—Conozco a alguien que lleva veinticinco y tiene la ilusión de un novato.

—Adictos al trabajo los hay en todas partes, también en la policía. No hay como tener una vida de mierda para motivarte laboralmente.

—Será eso —respondió María, negando con la cabeza. Garrido era un caso perdido.

—Además —insistió el subinspector—, en las películas de

polis, el primero que palma es el que está a punto de jubilarse. Y este caso me da mal rollo, compañera.

El comentario del veterano logró arrancar a María una fugaz sonrisa. Garrido se pasaba tres cuartas partes del servicio despotricando sobre el cuerpo y la cuarta, recordando lo fantásticos que eran antaño los compañeros y los delincuentes. Para el subinspector el pasado era el único tiempo válido; el presente representaba un suplicio y el futuro, un verdadero infierno.

Cuando Pol terminó de hablar con los integrantes de la policía científica, evitó mirar el cuerpo de la agente editorial.

—Pol, ¿y si vas a por la cinta policial?

El joven policía agradeció la propuesta de María y se dirigió rápidamente al vehículo. Al regresar siguió las instrucciones de su compañera para acordonar la zona. Ya hacía mucho tiempo que ni Pol ni Zambrano esperaban instrucciones de Garrido, empeñado en delegar su responsabilidad incluso a la hora de elegir un bar donde tomarse un café. La indolencia del subinspector les había llegado a irritar, pero con el paso del tiempo habían aprendido que aquel rasgo era un mal menor.

—Cuando estudiaba los perfiles criminales en la universidad me interesé por los dibujos que algunos asesinos realizaban cuando eran detenidos —explicó María a Pol, todavía afectado—. Recuerdo que pregunté a un profesor el significado de dibujar los ojos y me dio varias respuestas. —En ese punto incluso Garrido atendía expectante—. Los que dibujaban un rostro con ojos perfilados denotaban un fuerte carácter narcisista. Aquellos que los exhibían sin pupila parecían ser personas sin una mirada crítica determinada, incluso con ciertas tendencias *voyeurs*.

—¿Y los que pintaban una cara sin ojos? —preguntó Pol, impulsado por un resorte interno muy parecido a la impaciencia.

—Son personas que ocultan un problema, que no han logrado el objetivo que esperaban y que temen ser humillados por ello —explicó María, encarando una vez más el rostro de Marga Clot—. El que dibuja una cara sin ojos no quiere mirar y tampoco ser visto.

La policía suspiró profundamente.

—No pregunté al profesor qué opinaba de quienes arrancan los ojos de sus víctimas y los exhiben en lugares distintos de donde las matan.

14

Al término del interrogatorio de Quimet el pintor, el sargento Boix ya no resultó ser el agradable compañero que aquella misma mañana les había abierto todas las puertas. Una llamada desde la Comisaría General de Investigación Criminal de Barcelona bastó para modificar su mirada y sepultar todas las buenas intenciones. Curtido en esas estúpidas batallas policiales fruto de los antojos políticos del momento, el inspector no quiso echar más leña al fuego. El asesinato del hijo de Julio Soler no era un caso más. La editorial Júpiter tenía dinero y poder, dos razones de peso para que las cúpulas gubernamentales quisieran anotarse un tanto en la resolución del crimen.

A Roberto le irritaba esa sumisión tan propia del policía novato como del ambicioso. Fuera lo que fuera Boix, no tenía intención de perder el tiempo en averiguarlo. Decidió que la visita a Roses ya había terminado. Aquella no era su guerra y una retirada a tiempo solo le podía beneficiar. En el pasado todo habría sido muy distinto, pero ya hacía mucho que una placa de la Policía Nacional en Cataluña equivalía a un carné del Carrefour.

Acomodado en el coche pidió a Alma que escribiera en el GPS una dirección de Calella de Palafrugell. Durante el trayecto el inspector evitó intencionadamente hablar sobre el asesinato de Álex Soler y se recreó en la descripción del lugar al que se dirigían. Le habló del viejo hotel Can Batlle, donde

Serrat compuso su célebre canción *Mediterráneo*, de las níti-
das aguas que besaban esa población donde la nostalgia se
mojaba con ron quemado, y de los pescadores que cantaban
habaneras nocturnas con las que aplacaban sus llantos.

La playa d'En Calau recibió al inspector con la misma calma con la que hacía diez años se despidió de ella. Apenas había cambiado nada de aquel pueblo marinero, intacto en su
esencia y prueba evidente de que la naturaleza jamás sucum-
birá a las chapuzas humanas.

Roberto aborrecía la improvisación, todo aquello que pudiera escapar a su control le causaba vértigo. Posiblemente se
trataba de una fobia a no saber qué le deparía el destino durante los siguientes diez minutos, algo que únicamente podía
combatir planificándolo todo. Un gélido día de febrero era el
condimento perfecto para disfrutar de las vistas y del *suquet*
de rape que el restaurante Can Gelpí preparaba con maestría.
Un rugido en la barriga del inspector, poco antes de estacionar el vehículo, dejó claro cuáles eran las preferencias.

Sentados frente al mar. Roberto bromeó sobre ciertos pri-
vilegios que de vez en cuando les regalaba su trabajo. «*Los
lunes al sol*», bromeó mientras el camarero les servía una botella de vino blanco de Perelada y unos calamares a la romana
a modo de entrante. Alma solía ser dicharachera, pero esos
días parecía otra. Embelesada por la hermosura del entorno,
la oficial de policía transmitía equilibrio, aunque este fuera
frágil y efímero, pendiente de un simple comentario inapro-
piado o de una mirada no correspondida. Aun así, el aire de
tristeza que asomaba a sus ojos no menguaba la belleza que
conformaba su conjunto. En momentos como ese, el inspector entendía a la perfección a los coleccionistas de arte, esos
compradores de piezas millonarias que únicamente soñaban
con poder contemplar en privado la beldad cazada en un lien-
zo. Aquel día Alma era su cuadro.

—¿Qué te hace pensar que Quimet no se cargó a Álex Soler? —soltó Alma, interrumpiendo los pensamientos de Roberto.

El inspector necesitó catar el vino blanco ampurdanés antes de responder. Cerró los ojos un instante y disfrutó de aquel sabor de uva abrigada por el mar.

—A veces detenemos por un conjunto de indicios. Eso implicaría que, cuando ese mismo conjunto de indicios indica lo contrario, deberíamos poner a algunos detenidos en libertad —respondió Roberto—. Pero el miedo es muy cabrón. —Alma esbozó una mueca complicada con los labios, no entendía a qué se refería—. Si tienes miedo a que desde arriba te den un palo, entonces no prestas atención al sentido común ni a lo que tu experiencia te dicta. Cuando dejé el paquete de tabaco en sus pertenencias, comprobé que el teléfono móvil de Quimet tenía más de seis años. Además leí en el informe ciertos detalles sobre el registro que practicaron en su domicilio. No hallaron ni siquiera un ordenador: se trata de un tipo analógico, alejado de las nuevas tecnologías y del mundo de internet. ¿Te fijaste en cuando le pregunté si tenía una web profesional? —Alma asintió, expectante—. Me miró como si le hubiera preguntado si practicaba la zoofilia. La persona que asesinó al hijo del editor supo camuflar la IP desde la que se colgó el vídeo en YouTube, se trata de una mente retorcida pero a la vez inteligente. Quimet solo sabe pintar, o al menos eso es lo que dicen los entendidos.

Roberto vio que Alma digería aquella disertación con poco convencimiento: necesitaba más argumentos. El inspector sirvió otra copa de vino a su compañera y esta le detuvo con un gesto de la mano.

—Tengo que conducir —le recordó la oficial de policía. Roberto le sirvió un vaso de agua. «Otro síntoma más de que no está el horno para bollos», pensó el inspector.

Casi sin querer recordó las infinitas ocasiones en que María le había recriminado esa tendencia suya a investigar en solitario, a dar por hecho que los demás llegaban a las mismas conclusiones que él porque observaban los mismos detalles. Los tiempos en que María y él habían formado un binomio inseparable en el grupo de Homicidios de Barcelona acudían a su memoria en color sepia, que es el color con el que se tinta la melancolía. Reconocía estar cometiendo los mismos errores, lo que implicaba que muy probablemente obtendría un mismo desenlace, pero era algo superior a él.

—Si dedicas toda tu vida a una tarea, al final estableces ciertas conexiones que no tienen una explicación... digamos científica —continuó Roberto, cómodo—. Con los años uno aprende a escuchar ese sexto sentido que se instala en alguna parte de la cabeza y te habla. Tengo una fórmula aritmética que nunca falla: cuantos más años tienes, más acudes a ese sexto sentido. Y esta mañana, frente a ese tipo, observé el modo en que recordaba los acontecimientos del día de ayer, la avidez con que buscaba en mi mirada las respuestas que él no tenía. Sé que no es él, Alma.

—Ya. ¿Y ese sexto sentido lo tienes en todo?

—Solo en aquello en lo que me dejo la piel.

Una nube de decepción merodeó por la mente de Alma. La llegada del camarero con la cazuela de rape se produjo en el momento oportuno. Roberto se inclinó ante el manjar y olfateó el guiso de pescado con devoción. Distinguió el punto de romesco, el sofrito de pimientos y cebolla, el salitre y la tradición culinaria transmitida de abuelas a nietos.

Antes de que pudiera hincarle el diente, el móvil del inspector vibró endemoniado en el interior del bolsillo. Al comprobar quién lo llamaba se incorporó sobresaltado y salió directo hacia la playa, donde se dejó caer sobre la arena. Dando la espalda a una Alma malhumorada y cansada de tanta exclusión, el inspector escuchó con atención el anuncio esperado.

—La exhumación... —pronunció Diego con una fatiga palpable— ha sido aprobada.

Diego era el duque de Aliaga y Busay desde que cumplió la mayoría de edad y recibió el título tras la desaparición de su padre. Acababa de cumplir cincuenta y dos años y, desde hacía cinco, la enfermedad de Huntington había sentenciado su destino. Decían de él que era un luchador nato, que había crecido en la abundancia y que la humildad no era precisamente la mayor de sus virtudes. Heredó de su padre una mirada olivácea, una rebeldía mal vista en el seno familiar y esa maldita enfermedad, que en su fase final le impedía articular bien las palabras, coordinar los movimientos más básicos y lo sometía a una intermitente depresión, cada vez más aguda. Diego temía al futuro más que nadie en el mundo. La inquina de ese castigo genético lo empujó a desenterrar un secreto familiar, consciente de que ello irritaría a Daniela, su única hermana, y a gran parte de la sibilina nobleza española.

—Te paso con mi abogado... —logró articular en un último esfuerzo que le supuso un verdadero infierno.

Contrariado, Roberto contempló el flojo devenir de las olas. Detestaba ser un mero espectador del plan trazado por un duque del que apenas seis meses atrás no había oído ni hablar. Y, a pesar de todo, no pensaba echarse atrás.

—Hola, Roberto, soy Manuel Martín, el abogado de don...

—Sé quién eres.

—He activado el manos libre del teléfono para que don Diego pueda escucharle.

—Daniela vino a hacerme una visita a mi casa —protestó el inspector.

Al otro lado de la línea la voz de Diego murmuró algo.

—Dice don Diego que la condesa solo ladra, no tema.

—Y una mierda, la condesa también muerde. Desde esta mañana tengo mis cuentas bancarias bloqueadas. ¿A eso lo llama solo ladrar?

De nuevo el murmullo de Diego, inaudible para el inspector.

—Facilítenos el número de una cuenta bancaria de algún amigo y le ingresaremos diez mil euros —propuso el abogado—. De momento podrá ir tirando.

Roberto se incorporó de la arena y buscó a Alma con la mirada mientras sujetaba el móvil en la oreja. Les separaba la cristalera del restaurante y el germen de una desconfianza que no remitía. Alma tenía el mentón apoyado en las manos, los codos sobre la mesa y no le quitaba los ojos de encima.

—¿Qué he de hacer? —preguntó el inspector.

Una vez más la voz quebrada de Diego impartía las órdenes.

—No gran cosa. Esperar el resultado definitivo y prescindir de Daniela mientras tanto. Nada más —transmitió Manuel Martín de la manera más neutral que pudo.

—No puedo prescindir de quien quiere joderme la vida.

—Dame esto —ordenó el duque al abogado, cansado de no valerse por sí mismo—. No te olvides de que serás tú quien le joderá la vida a ella.

Después de aquel vago recordatorio, el duque de Aliaga y Busay cortó la comunicación.

Roberto devolvió el teléfono móvil a su bolsillo y desanduvo lo andado sin cortar el contacto visual con Alma. Se preguntó cómo sería vivir la vida sin frentes abiertos. Incapaz de responder a ello se sorprendió canturreando para sí el *Mediterráneo* de Serrat: «Eres como una mujer perfumadita de brea, que se añora y que se quiere, que se conoce y se teme...»

15

María acababa de enviar la nota informativa de los hechos acontecidos a la Jefatura Superior de Palma de Mallorca y a la Unidad Central de Madrid, cuando de pronto sintió un escalofrío. Se sorprendió al comprobar que el termostato de la calefacción central indicaba veinticuatro grados. Era la única integrante de la Judicial que no había comido. Al regresar de la inspección ocular en la Naveta des Tudons, declinó la oferta de Garrido de irse todos juntos a almorzar, excusándose en que debía ocuparse de Hugo durante unas horas. No sabía muy bien si su temperatura corporal había descendido al utilizar a su hijo como pretexto o si se debía al malestar que sentía después de explorar un cuerpo sin alma. Apoyada en la esquina de una de las mesas recordó las carcajadas de Hugo, los abrazos sinceros y el calor que su cuerpo regordete le dispensaba. Aquel renacuajo se había convertido en su particular oasis.

Nunca le habían atraído los niños, más bien los rehuía cada vez que accedía a un restaurante, o buscaba un hueco para su toalla en la playa, o elegía un asiento en un vagón del metro. Le habían advertido que la maternidad significaba convertirse en otra persona. María siempre había entendido aquellas palabras como un eslogan propagandístico por parte de determinadas mujeres sectarias que habían enterrado su identidad y se definían únicamente como madres. Le asustaba reconocer que en el fondo algo en ella estaba cambiando. No había perdido el norte y jamás formaría parte de ese grupo de mujeres abducidas por la maternidad que en las cenas de los sábados buscaban adeptas a su causa y celebraban un segundo embarazo más que sus maridos un mundial de fútbol. Y a pesar de tener un caso de asesinato conectado con otro de Girona, de estar inmersa en plena Semana Negra de Ciutadella, siendo la coautora de una novela policiaca, de tener libertad personal para hacer en su tiempo libre lo que le viniera en gana, no podía evitar pensar en Hugo. Y justamente a ese hallazgo de sentimientos inéditos le llamaba ser madre.

Arrastró hacia sí el teléfono oficial que obraba sobre la mesa y marcó unos dígitos que aborrecía.

—¿Qué tal tus minivacaciones? —preguntó Bruno Parra en cuanto vio en la pantalla el número de extensión de la comisaría.

—Estoy muy ocupada —replicó María mirando de soslayo el expediente de Marga Clot.

—Desde hace tres años, para ser exactos.

Hubo un silencio breve por el que transcurrieron las imágenes solapadas del periodo al que se refería Bruno. Durante aquel tiempo trataron de hacer frente a la enfermedad mortal de Amparo, la madre de Bruno, y al declive de una relación con graves defectos de forma y contenido.

—Creía que lo habíamos dejado claro —arremetió María; siempre un buen ataque era la mejor defensa—. Cuando tengas a Hugo contesta a mis llamadas y a mis mensajes. No es algo opcional.

—Si lo dices por la bufanda, le puse la azul que me indicaste —respondió Bruno con una repentina e inusual templanza—. El niño está fenomenal, María, y si no te contesto es porque no hay nada urgente que decir.

—Al final mi abogada va a tener razón. —A la advertencia le siguió un sonoro suspiro.

—María, somos dos personas civilizadas, no necesitamos llegar a juicio alguno para cuidar de nuestro hijo por separado. Simplemente esta mañana he ido de culo. He tenido una entrevista de trabajo para una empresa alemana y ya sabes el tiempo que lleva vestir a Hugo y darle el desayuno. Además, a media mañana he asistido a la reunión de la guardería.

La mención de la guardería hizo que María obviara el hecho de que su ex marido, en paro desde hacía más de seis meses, hubiera tenido una entrevista de trabajo.

—¿Una reunión? ¿Y no me dijiste nada?

María tiró al suelo sin querer y de un manotazo el cuerpo del teléfono, sosteniendo el auricular de manera acrobática.

—No quería molestarte esta semana, ¿no fue así como quedamos? Simplemente se trataba de una charla informativa con la profesora. —Bruno quiso quitar hierro al asunto.

—No lo vuelvas a hacer —ordenó María.

—No pienso enfadarme contigo, aunque te empeñes.

Aquel tono conciliador era impropio de Bruno. Lo normal era que ambos se enredaran en una madeja de reproches y terminaran la conversación colgando el teléfono.

Una semana después del entierro de Amparo, María estalló en mitad de una cena rutinaria con el telediario de fondo. De haberse tratado de un desliz, María se lo habría llevado consigo a la tumba. Pero su aventura con Roberto era una de esas pasiones que, si se entierran en vida, una termina marchitándose. Aquella confesión fue el detonante que necesitaba la pareja para poner fin a aquellos días insípidos, llenos de sinsentido y de una incipiente desazón.

Garrido irrumpió en el despacho con su habitual desgana.

—Dentro de una hora tengo reunión con la Zurda. —Al subinspector le importaba un comino que María estuviera manteniendo una conversación telefónica, algo que irritaba sobremanera a la policía—. Y para colmo de males con toda la cúpula política. La cosa está que arde.

María señaló bruscamente el auricular con un dedo.

—¿Garrido? —preguntó Bruno, divertido: todo lo que molestara a María le producía placer.

—No pases de mis mensajes ni de mis llamadas, Bruno.

María colgó el auricular con un golpe seco y lanzó una mirada viperina a su superior inmediato.

—¿Tienes algún dato nuevo que deba saber? —preguntó Garrido, haciendo caso omiso del gesto contrariado de María.

Cuando ya se disponía a enzarzarse en una discusión con el subinspector, la llegada de Pol y Zambrano detuvo sus intenciones. De haber estado a solas, habría cantado las cuarenta a aquel ser insensible, muchas de cuyas costumbres detestaba, pero era un superior inmediato y tampoco merecía ser la diana de todos sus problemas. María asió el anorak y abandonó la estancia, furibunda, en busca de un tentempié. Si hubiera permanecido un minuto más en aquel habitáculo, las probabilidades de herir verbalmente a Garrido se hubieran disparado. Y en una ensalada de tiros, todos salen heridos.

16

La comida había transcurrido en una suerte de armisticio al que llegaron por una promesa. El inspector amansó a Alma garantizándole que todo aquel misterio de las llamadas y de las visitas a su domicilio tenía una fecha de caducidad. En cuanto todo aquello terminara le daría las explicaciones que precisara. De momento lo mejor era que ella se mantuviera al margen, al fin y al cabo era algo que no tenía nada que ver con ellos.

—Cuando el pasado se cuela en tu presente sin pedir permiso, solo te queda esperar a que el futuro lo eche —dijo Roberto mientras acariciaba el reloj Omega sujeto a su muñeca. El mismo que antaño había acariciado una piel desconocida y sin embargo tan suya.

Un mensaje del comisario Navarro a través del WhatsApp de Roberto les impidió probar los postres caseros de Can Gelpí. En menos de dos horas y media tenían que coger un vuelo hacia Menorca. La aparición del cuerpo asesinado de una agente editorial, en similares circunstancias al del hijo del editor de Júpiter, había propiciado que el Cuerpo Nacional de Policía tomara las riendas del caso.

Durante el trayecto hasta el aeropuerto Roberto se contuvo de llamar a Navarro. Pronosticaba el contenido de aquella conversación y no quería que Alma la escuchara. Mencionar Menorca era hablar de María, y bajo ningún concepto quería que

Alma supiera qué había significado aquella mujer en su vida. Se preguntó si aquel uso del verbo pasado era del todo sincero.

A la hora en la que salían los niños del colegio dejaron atrás la plaza España y encararon la Gran Vía para después tomar la autovía de Castelldefels. Roberto prefirió no responderse en ese momento: toda Barcelona seguía oliendo a María. Mintió a Alma cuando esta le preguntó por qué no llamaba al comisario y le pedía más detalles: Roberto le respondió que su teléfono no dejaba de comunicar.

Después de pasar el preceptivo control, tras acreditarse como policías y comunicar al piloto que llevaría a bordo a dos personas armadas, todavía le sobraron veinte minutos para relajarse en la terminal de salida. Roberto se acercó a una librería y husmeó entre las novedades editoriales. No tardó en localizar la novela de Galván y María. Leyó el título, la contraportada y se le escapó un suspiro antes de ver la fotografía de los autores. Justo en ese momento una oleada de perfume inundó su espacio.

—¿Fuiste tú quien una vez dijo que en las investigaciones no hay tiempo para leer? —planteó Alma.

El inspector no supo qué contestar. Le ofreció una sonrisa de complicidad y acercó la nariz al cuello de la policía.

—¿Un perfume nuevo?

—Llevo el de siempre —respondió Alma con un mohín de decepción.

La policía prefirió dejar pasar el comentario y le pidió que cuidara de su maleta mientras iba al baño. En cuanto ella se hubo marchado, Roberto pasó por caja, pagó el libro y llamó a Navarro.

—¿A qué viene eso? —escupió el inspector, sin preámbulos.

—Porque soy el comisario y decido lo que me sale de los cojones, ¿qué te parece?

—Tira de galones con otros, Navarro. Sabes muy bien que no puedo volver a la isla.

—¿Te he dicho alguna vez que hay órdenes que no se discuten?

Roberto resopló.

—Tienes a gente competente en la unidad, si me eliges a mí es solo para putearme. Nunca te he dicho que no a nada.

—No me hagas reír. Te has pasado toda tu carrera poniendo en duda cualquier cosa que te ordenaran.

—No soy una oveja más del rebaño, si a eso te refieres, pero al final he ido adonde se me ha mandado. —Roberto se ablandó: un cambio de estrategia—. Me lo debes.

—Venga, Roberto, no me vengas con esas, los dos nos debemos muchas cosas. En la cúpula pronto va a haber muchos movimientos, ya lo sabes. Y me juego mucho en este caso. Además, coño, ¿no vas a presentarte al examen de comisario en unos meses?

Aquel ascenso era algo que llevaba aplazando durante los últimos cinco años. Dar ese paso era colgar las botas como policía operativo. Sin duda era un inspector jefe poco común, distinto de la mayoría de sus compañeros de promoción, convertidos en gestores de personal y de medios y, sobre todo, en cocineros de la estadística para que los políticos sirvieran con números lo que no sabían expresar con palabras. Convertirse en comisario era poner un punto y aparte en su vida, algo para lo que todavía no estaba preparado. Prefirió no darle esa información a Navarro: él era uno de los otros.

Alma caminaba apresurada hacia Roberto mientras con un gesto le indicaba el vuelo anunciado en una de las pantallas que colgaban por todo el aeropuerto.

—Si vuelvo a Menorca voy a tener muchos problemas personales —anunció a modo de súplica el inspector.

—Tú siempre has tenido este tipo de problemas.

17

—Si aplicáramos el sentido común, teniendo en cuenta los recursos con los que contamos, todos los invitados deberían estar hospedados en el mismo hotel —propuso la inspectora jefa Celia Yanes con una expresión agria y la seguridad que daba estar en su propio despacho.

Garrido llevaba más de media hora ejerciendo de convidado de piedra, escuchando a su jefa, a la alcaldesa Olga Rius, al concejal Joan Maimó y a Mae, comisaria de la Semana Negra de Ciutadella, un cargo que al veterano subinspector le resultaba gracioso. Durante gran parte de la reunión fantaseó con que Mae, librera vocacional y propietaria de la librería La Torre de Papel, hiciera callar a la Zurda tirando de galones. Lamentablemente Mae no tenía más placa que la que le concedió un año antes el propio Maimó por el bien que hacía a la cultura menorquina.

La librera de origen asturiano le caía bien, decían de ella que era una enciclopedia viviente del género negro y una mujer a la que los autores tenían un especial aprecio. Ella había sido la verdadera artífice de que aquel evento tantas veces imaginado se convirtiera en realidad. La Zurda no dio a Garrido la oportunidad de opinar en ningún momento de la reunión y, tras aquel toma y daca de sonrisas y palabras más afiladas que un cuchillo, no parecía que se fuera a llegar a un acuerdo entre el estamento policial y el político.

—Eso no es tan sencillo, Celia —respondió la alcaldesa—. No están los tiempos para hacer tal dispendio.

—A mí, personalmente, se me han ido las ganas de todo —dijo Mae, vencida.

—Estoy valorando seriamente suspender el evento —dijo la alcaldesa en tono severo, evitando el contacto visual con el concejal. A pesar de que Olga Rius era una política de raza con más de cuarenta años en el partido, era sabido que se había convertido en la marioneta de Maimó. Una sumisión como mínimo extraña a tenor del carácter indomable que siempre había demostrado.

—Si suspendes el acto, dimito —anunció Maimó, desafiante, clavando la mirada en la alcaldesa sin reparos—. No me he tirado un año y medio de mi vida dejándome la piel con Mae para que ahora nos vengas con esas. Y tú, Mae, levanta el ánimo, se trata de que la policía detenga al culpable. ¿No te gusta tanto lo negro?

—Han asesinado a dos personas, concejal —intervino la inspectora, no tanto por defender a la alcaldesa, sino por la altanería insoportable que Maimó desbordaba—. Nadie pone en duda su esfuerzo —mintió—, pero el mío justamente debe orientarse a evitar más muertes.

Garrido asintió. Otro comentario acertado de la Zurda y tendría que aplaudirla.

—Lo que quiero decir —aclaró Maimó— es que un partido de fútbol no se suspende porque un desalmado mate a alguien. Se juega el partido y la policía hace su trabajo.

La Zurda escrutó los ojos inyectados de maldad del concejal, sin responderle. Era un mal bicho que imploraba a gritos el uso de un repelente. La inspectora estaba dispuesta a encontrar el adecuado. Si apartaba a Maimó del medio todo sería más sencillo.

—Si el problema es de recursos humanos, podemos aportar policías locales para que vigilen allí donde digas, Celia —propuso la alcaldesa.

La Zurda no necesitó pensar mucho su respuesta. Llevaba

dos años recluida en esa isla tras haber estado destinada a las embajadas españolas de Roma, Budapest y París. Años inolvidables en los que había recibido el trato que se merecía, codeándose con personas de rango y abolengo. Le entristecía tener que verse lidiando con una desgraciada como Olga Rius, que a sus sesenta y dos años debería haber aprendido a vestir o estar programando sus viajes del Imserso; o con el patético y decadente Joan Maimó, que posiblemente veinte años atrás incluso pudo ser atractivo; o con esa librera que de tanto abrigarse con libros había perdido la noción de la realidad.

Ella merecía algo mejor y si había aceptado aquel destino era por su marido, el juez de instrucción Víctor Valiente, a quien le había caído por reparto aquel marrón de asesinato y en su día no tuvo otra opción que terminar destinado a esa isla asfixiante tan alejada de su querido Madrid. Si resolvía aquel caso, el ascenso para comisaría sería pan comido. De un tiro mataría dos pájaros. Si hasta se imaginaba la sonrisa bobalicona que pondría ante Víctor cuando le describiera los efectos colaterales que suponía el hecho de ascender en la Policía.

—Cada cuerpo tiene sus competencias y aquí en Ciutadella los asesinatos son cosa nuestra —zanjó la inspectora—. Te lo agradezco, Olga, pero de momento no.

La alcaldesa se avino sin poner objeción.

Maimó prefirió atacar donde dolía.

—Podemos hablar con el subdelegado y pedir la colaboración de la Guardia Civil —sugirió Maimó a la inspectora—. Sería una solución que el contribuyente vería con buenos ojos. Mucho mejor que la opción de concentrar a todos los invitados en uno de los hoteles más caros de Ciutadella.

A Garrido le habría apetecido dar un golpe en la mesa, exhibir la información del Registro Mercantil que acreditaba que Giga S.L., cuya administradora era la mujer de Maimó, trabajaba para el Ayuntamiento de Ciutadella, pero no sería él la persona que salvara el culo de la Zurda. Además, si todo eso hubiera llegado a pillarle un par de años atrás, él mismo se habría ocupado de remover toda esa mierda que ya empezaba a oler mal, pero para lo poco que le quedaba en el convento...

—Eres muy amable, Maimó —respondió la inspectora, impostando una sonrisa—, pero hoy mismo nos llegan refuerzos de la UDEV Central de Madrid, un par de expertos en homicidios. Vamos a olvidar la propuesta de concentrar a los invitados en un pequeño espacio, al fin y al cabo no podemos poner un escolta para cada uno durante su estancia. Por lo que a nosotros respecta, y teniendo en cuenta que no estamos hablando de una novela, nos gustaría dirigir la investigación sin ningún tipo de injerencia. ¿Estáis todos de acuerdo?

Maimó recibió la opción de la Zurda con satisfacción. «Vive y deja vivir», pensó. Garrido lo tenía claro, estaba a punto de tachar un día menos de su calendario particular en el que contaba los días que le faltaban para el retiro. Mae continuaba ausente, preguntándose qué necesidad tenía ella de estar en ese lugar.

La alcaldesa consultó la hora en su teléfono móvil y pensó en acercarse hasta la casa de su hija a visitar a su única nieta. Cerró el bloc de notas sin darse cuenta de que con ese gesto todos los asistentes daban por terminada la reunión.

A escasos metros del despacho de la Zurda, los integrantes de la Judicial no tenían tiempo que perder ni estrategias políticas que diseñar.

—Han decidido que el evento continúe —informó Garrido, contrariado.

María no lo expresó, pero se alegró de aquella decisión. Todo hacía pensar que el asesino podía haberse camuflado entre los asistentes a la Semana Negra de Ciutadella. En sendos asesinatos había aparecido una firma probablemente involuntaria: el resentimiento hacia el ámbito literario y, más en concreto, a todo aquello que envolvía la novela negra. Si el evento se cancelaba, todos regresarían a sus hogares y con ellos también la mente depravada a la que tenían que dar caza. Menorca suponía una ventaja para cerrar el cerco al asesino, aunque también un inconveniente a la hora de atemperar los ánimos.

Pol dejó de teclear en el ordenador y ponderó las palabras de Garrido quedando a la expectativa. Ya empezaba a estar harto de que no hubiera un patrón en aquel barco. Por una parte había que comunicarlo todo al subinspector, pero él tenía claro que la única con iniciativa y conocimientos sobre homicidios era María.

—¿Habéis avanzado en algo? —preguntó Garrido, retrepándose en la silla. En su voz no había interés alguno, simplemente era la pregunta que tocaba hacer en ese momento.

—¿Quieres opiniones o datos? —inquirió María, sentada frente a él, consciente de que a su jefe le importaba un carajo su faceta de perfiladora criminal. Para Garrido toda afirmación que no se basara en pruebas documentales rayaba en lo esotérico.

—Datos.

La policía suspiró con hondura, armándose de paciencia. Lamentaba que la reunión con la Zurda no hubiera durado un par de horas más.

—Estábamos trazando un plan de gestiones que deben llevarse a cabo con cierto orden —explicó ante la mirada suspicaz de Garrido—. Solo somos cuatro, contándote a ti. —El subinspector estuvo a punto de comunicarles que tendrían el apoyo de la UDEV Central, pero decidió dejarlo para más tarde—. Propongo examinar la *tablet* que intervino Zambrano en la habitación de la agente editorial.

—Para eso necesitarás un mandamiento judicial —advirtió Garrido.

—¿Por qué? —desafió María—. ¿Acaso vulneramos la intimidad de una mujer asesinada? Si no hallamos nada sí que sería conveniente pedir ayuda al grupo de Pericias Informáticas de la Policía Científica de Palma y que ellos destripen el dispositivo.

—Haz lo que quieras. ¿Qué más? —apremió el subinspector.

—Comuniquemos a los Mossos el asesinato que se ha producido aquí y que nos mantengan informados de cualquier avance —continuó la policía—. Colaboración policial real, vamos, no la que se vende en prensa.

—Eso ya está hecho, o al menos eso me ha dicho la Zurda —respondió Garrido, suscitando un gesto de incredulidad en todos los presentes.

—Estamos a la espera de la llamada del forense para recibir el informe. En cuanto pueda realizaré un estudio de la victimología teniendo en cuenta los dos crímenes —dijo María, generando un mohín de incomprensión en Garrido—. Y pediremos un mandamiento judicial para que la compañía telefónica nos facilite información sobre las últimas llamadas de Marga Clot. El hecho de haber hallado su cuerpo en un lugar deshabitado puede favorecernos a la hora de cribar los terminales que a esa hora pudiera haber captado el repetidor más cercano.

Garrido tardó más de lo necesario en procesar toda la información. Al cabo, resolvió:

—Que uno de estos dos redacte la solicitud de mandamiento y me la pase —ordenó deslizando un dedo en dirección a Pol y a Zambrano—. Yo se la entregaré a la Zurda para que haga lo propio con su marido y eso que nos ahorramos. ¿Qué más?

A Garrido le urgía visitar el baño. Si era capaz de delegar el trabajo podría marcharse en cuanto la Zurda se esfumara. Necesitaba dedicar su tiempo y sus recuerdos a quien ya los había perdido. Desde hacía unos meses había aprendido que una desgracia es el mejor barómetro para saber en qué malgastamos nuestra vida. El trabajo era un saco roto de energía, y no andaba sobrado de ella para todo lo que tenía que afrontar. Ya ni siquiera un asesinato conseguía despertar al policía que una vez fue. Total, por mucho empeño que le pusiera, al final de mes la nómina iba a ser la misma, o incluso tal vez menos si los de arriba decidían proseguir con los recortes. Aquel pensamiento le avinagró un poco más la expresión.

—También deberíamos pedir el listado de los pasajeros que han llegado a la isla por aire y por mar, y visualizar las cámaras del hotel, del aeropuerto y del puerto de Maón —recordó María, leyendo de un bloc de notas que tenía frente a ella.

—El puerto no hace falta —recordó Pol—, desde hace cuarenta y ocho horas estamos marítimamente aislados. Tanto el de Maó como el de Ciutadella continúan cerrados. Ya sabes, alerta roja.

—¿A partir de qué fecha queréis pedir ese listado y visualizar las imágenes del hotel y el aeropuerto? —se interesó Garrido.

—Desde la hora que el forense haya fijado para la muerte de Álex Soler —respondió Pol con la intención de que el jefe comprendiera que María no estaba sola—. Si no me equivoco, el aeropuerto más cercano a Cadaqués con vuelos a Menorca es el del Prat.

—Me parece bien —convino María—, pero no descartes que se hubiera desplazado hasta Francia y desde allí hubiera comprado un vuelo en algún aeropuerto para viajar hasta aquí. En lugar de crear posibilidades pidamos el listado de todos los pasajeros que hayan llegado a la isla después de la hora aproximada de defunción del hijo del editor.

Pol y Zambrano asintieron convencidos.

—¿Y si se trata de dos autores distintos? —dejó caer Garrido, recorriendo con la vista a cada uno de los componentes del grupo.

Zambrano se dio por aludido al no haber abierto todavía la boca y se encogió de hombros. A continuación miró de soslayo a María y dejó que ella respondiera.

—Es posible. —Aquellas dos palabras arrancaron al subinspector una sonrisa de satisfacción que no tardó en desvanecerse—. Pero improbable —aseveró la policía.

—Eso ya es una opinión —contraatacó Garrido.

—Una opinión basada en teorías criminalistas y en la propia experiencia —se defendió María.

—Me voy a mear —resolvió Garrido—. Que alguien redacte la solicitud del mandamiento judicial.

—Una cosa... —intervino Zambrano, ajeno a los movimientos sincopados que el subinspector realizaba con ambas piernas—. Cuando me dejasteis en el hotel recopilé alguna información. —María detestaba de Zambrano justamente eso. No tenía maldad, pero una vez más había esperado a que Garrido estuviera presente para comentar algo que podría haber expuesto antes. «Cuando vayan perdidos y me busquen, que no se quejen», pensó la policía—. La agente editorial asesinada era conocida en el ambiente por desmelenarse en este tipo de eventos. —Zambrano se dirigió a María—. Toma nota ahora que ya eres una de ellos, señora escritora.

Únicamente Garrido le rio la gracia.

—Soy una policía que escribe, no te olvides —precisó María—. A mí me da por las letras y a otros por las mancuernas.

—Por las mancuernas y por las desmelenadas —añadió Zambrano, orgulloso.

—Al grano, Zambrano, joder —exigió Garrido.

—Parece ser que la muerta solía cepillarse a un escritor importante —continuó Zambrano—, un tal Leo.

—Leo Valdés —completó María.

—El mismo —agradeció Zambrano con un guiño que no le sentó nada bien a la policía.

—Pues ya sabéis —se apresuró a decir Garrido—. Dos de vosotros id al hotel en busca del tal Valdés y el otro que me tramite el dichoso oficio policial para dirigirlo a la compañía telefónica de la víctima.

—Lo del coche... —musitó Pol a María, reconociéndole implícitamente la autoridad del liderazgo, muy al margen de lo que indicaba el rango. María le dedicó un dedo pulgar alzado y consultó de nuevo el bloc de notas.

—Los de la Científica hallaron trazas de las ruedas de un vehículo cerca de la Naveta des Tudons —dijo María—. Coinciden exactamente con el vehículo Mini One color rojo y calcinado que la Policía Local ha hallado esta madrugada junto a la rotonda que te desvía hacia Cala Morell. El coche había sido alquilado a nombre de Marga Clot. Según la nota interna de la Científica, apenas ha quedado nada del vehículo excepto unos cristales de las lunetas y del retrovisor, que están analizando. Si logran obtener algo nos lo dirán. De los libros que el asesino depositó en la red que sostenía Marga Clot no han hallado nada.

—Así que sabemos cómo llegaron el asesino y la víctima al lugar de los hechos y cómo huyó del lugar el primero —concluyó Garrido—. Pero toda la información que tenemos es una mierda que no vale nada... Hablando de coches, voy a pedir a la Zurda que me asigne algún compañero de otro grupo para que vaya al aeropuerto a buscar a los de Madrid. Y ahora, con vuestro permiso, me voy a mear.

—¿Los de Madrid? —preguntó María con un hilo de voz.

Garrido hizo caso omiso de la pregunta y salió raudo hacia el baño.

—Según lo que pone aquí —dijo Zambrano, leyendo la anotación que Garrido tenía sobre la mesa—, dieciocho treinta horas, aeropuerto. I. J. Roberto Rial. Hostia, ¿ese no es tu amigo? —se dirigió a María, aunque en realidad no tenía demasiada información. Preservar la intimidad se había convertido en una obsesión para ella. Que una comisaría de policía se convirtiera en un *Gran Hermano* con placas y pistolas solo dependía de lo que una estuviera dispuesta a difundir.

—¿Quién es Rial? —preguntó Pol.

María se esforzó por parecer indiferente a la mera mención de aquel apellido. Necesitaba unos minutos a solas para asimilar la noticia que había recibido de sopetón, y, sobre todo y por encima de cualquier otra cosa, evaluar la elección de la ropa que se había puesto esa misma mañana. Se dirigió al baño y, en cuanto comprobó que no había nadie más, se detuvo frente al espejo. Acercó el rostro y se enojó al constatar que las líneas verticales que nacían sobre el labio superior no se habían esfumado a pesar del tratamiento que le había indicado Lola. La lucha contra el tiempo era un sinsentido, pero también era inevitable. Se retocó el pelo con gestos propios de un ritual que solo ella comprendía y se alzó la camiseta obteniendo un resultado aceptable en la evaluación del grado de flacidez de su cintura y abdomen. Todo seguía terso y en su sitio, de modo que, animada por aquella exploración realizada con carácter de urgencia, dio la espalda al espejo y salió con paso decidido.

Dos años atrás le sobraban ocho kilos, un marido y una suegra. Una sonrisa malévola se formó en su expresión cuando una palabra tomó cuerpo en su cabeza, hasta tal punto que casi podía leerla reflejada ante el espejo: «libre». Dos años después volvía a ser una mujer libre. Abandonó el baño enérgica, consciente de que la María fría y reflexiva permanecía latente y, aunque no tardaría en gritar a viva voz que no había motivos para tal júbilo, la María alocada no pensaba preguntarse por el germen de aquel sentimiento.

—Vamos, Pol, acompáñame al hotel Can Paulino mientras Zambrano se ocupa de redactar el oficio —decretó María sin importarle que Garrido estuviera allí—. Y por el camino te informo sobre quién es el inspector jefe Roberto Rial.

A Pol no le hizo ninguna gracia ser el elegido. Meditó la opción de excusarse, pero concluyó que no sería lo más inteligente. Solo le quedaba confiar en que Leo Valdés no lo reconociera.

18

Durante la maniobra de descenso las fuertes rachas de viento lograron angustiar a todo el pasaje. Cuando el tren de aterrizaje se aposentó en la pista, un aplauso multitudinario, al que se sumaron espontáneamente algunos miembros de la tripulación, indicó el nivel de miedo alcanzado.

Al abandonar el aparato, todavía aturdido por el milagro de seguir vivo, Roberto comprobó que el temporal en tierra era todavía peor. La tramontana le dejó claro que nada iba a ser fácil durante su estancia allí y la paupérrima luz de febrero tampoco le ayudó a mostrarse demasiado optimista.

Durante el breve trayecto desde Barcelona, Roberto había contado a Alma la lista interminable de maravillas que albergaba la isla. En ningún momento le habló de María ni tampoco de Paco Galván. No estaba dispuesto a que el subconsciente lo traicionara en un descuido y activara esa intuición femenina a la que le bastaba la mención de una mujer para que se encendieran todas las alertas. Los días en los que necesitaba pronunciar su nombre para sentirse más cerca de ella ya habían quedado atrás.

Le había llevado más tiempo del previsible salir de María. Dos años después regresaba al lugar de los hechos, allí donde se había hecho palpable lo que sus analíticas emocionales habían detectado como intolerancias sentimentales. Los recuerdos que sostenían aquella historia eran ya viejos y seguían azotados por la memoria. No hay relación más inexistente que aquella que se nutre únicamente de recuerdos, quiso creer.

El aeropuerto rezumaba una tristeza contagiosa. Los tiempos en los que el pasajero de un vuelo se apresuraba a dirigirse a la cinta transportadora del equipaje ya eran historia. Para Alma y el resto del pasaje, la prioridad absoluta era la recuperación de la cobertura de los teléfonos móviles. Salieron todos cabizbajos, humillados frente a las diminutas pantallas, ajenos al panorama gris que ofrecía Menorca y que tanto distaba de la imagen idílica que Alma se había forjado en las alturas. A la orilla de la parada de taxis un joven escuálido, con media melena rojiza peinada hacia atrás y unos pómulos invadidos por diminutas pecas, se les acercó. Se llamaba David Scott e interrumpió las divagaciones de Roberto.

—¿Sois los compañeros de Madrid? —preguntó Scott como si de un ventrílocuo se tratara, con los labios pegados y mirando nervioso en derredor. Roberto alzó las cejas ante el atavío del personaje, consistente en unos vaqueros dos tallas superiores a lo que demandaba su chasis y una sudadera fucsia del Real Madrid. «El atuendo ideal para realizar una vigilancia policial», pensó el inspector.

Scott dedicó más segundos de lo necesario en apartar la mirada del cuerpo de Alma. De hecho, solo lo hizo al toparse con la expresión severa de la policía.

—¿Y si nos mostramos las placas y así sabemos quién es quién? —Roberto disfrazó la orden cubriéndola con una sutil sonrisa—. Ya no tengo edad para subirme al coche de un desconocido en una isla donde, dicen, corre suelto un zumbado.

Cuando Scott descubrió que debía llevar hasta la comisaría a un inspector jefe y a una oficial de la UDEV Central, aniquiló de cuajo el descaro de su mirada y se limitó a conducir.

Roberto estaba acostumbrado a ese repentino silencio al que se sometían los policías de menor graduación en cuanto lo conocían. Lejos de provocar un distanciamiento, su único propósito era que nadie se olvidara de quién era. La experiencia le decía que tirar de galones en su hábitat era a veces tan necesario como saber decir que no en la vida. Cuestión de sopesar ante quién hacerlo, dónde y en qué momento. A pesar de los intentos de rebajar las formas por parte de Alma, el joven se limitó a responder con monosílabos a los lugares comunes que la policía proponía. Por su parte, hacía tanto tiempo que Roberto habitaba en los silencios que no experimentaba ningún tipo de incomodidad ante una situación así.

—Parece el norte de España —masculló Alma ante el verde intenso que cubría los campos una vez que se adentraron en la isla.

—Vacas, una lluvia pertinaz y mucho verde —corroboró Roberto—; se diría que los ingleses se dejaron en la isla mucho de lo suyo.

Scott de buena gana habría añadido que uno de esos ingleses también dejó veinte años atrás a su mujer y al hijo que le venía en cuanto supo del embarazo de aquella, pero no tenía por qué hablar de su vida con aquel par de engreídos.

El paisaje condujo a Alma inexorablemente hasta su Galicia natal, a la época en que decidió hacerse policía tras haber recorrido durante años todas las discotecas de Vigo y hacer del baile y la exhibición su profesión. Ofuscada por la huida, ignoraba que alejarse de sus raíces terminaría escociéndole.

Ingresar en la academia de policía la había alejado de los vicios, sobre todo por el miedo a que en una analítica descubrieran la sustancia blanca que consumía más para compensar la carencia de autoestima que por las simples ganas de consumirla. Noche y cocaína son una pareja bien avenida, y el tercero en discordia siempre termina mal.

El primer día que Alma se incorporó a la UDEV Central venía de celebrarlo por todo lo alto. Roberto detectó en su mirada gatuna unas pupilas demasiado contraídas, se la llevó al bar más cercano de la comisaría, dejó su reloj de pulsera sobre la mesa y le dio un minuto para convencerlo de que no tenía que echarla. Alma le lanzó una mirada de súplica y se sinceró en quince segundos. «Soy fruto de la noche, llevo tres años sin tomar y hace cinco horas era demasiado tarde para acostarme y confiar en mi recuperación. No volverá a ocurrir.»

Alma necesitó bajar un par de dedos la ventanilla para que aquel recuerdo se diluyera. Menorca olía a tierra mojada y a tiempo estancado. La oficial de policía comprendió que la morriña siempre está al acecho y, cuando te asalta, ya es demasiado tarde para detener la imperiosa necesidad de abrazarse a una madre. Con el mayor disimulo que pudo se secó una solitaria lágrima.

—¿En qué grupo trabajas? —preguntó Roberto al joven desde el asiento del acompañante.

—En Información.

—¿Tenéis muchos okupas por aquí? —preguntó Alma—. Con ETA inactiva no estaréis muy estresados en el grupo —bromeó, ya recompuesta de su viaje emocional.

—De eso nada —se ofendió Scott—, están por todas partes.

—¿Quiénes? —preguntó Roberto, atraído por la nueva mirada del policía.

—Yihadistas —respondió el joven, hierático.

Roberto y Alma se buscaron con la mirada.

—¿No me digas que aquí también ha llegado el terrorismo islámico? —provocó Roberto.

—Tras lo sucedido en París este año algunos abrieron los ojos; otros nunca los tuvimos cerrados.

Roberto se preguntaba si ese «nunca» era el adverbio más correcto para alguien que apenas llevaría en el cuerpo un par de años.

—¿Saben una cosa? —se lanzó Scott—. Ya hay cuatro lugares de culto para los musulmanes en Menorca. Antes de cinco años, en lugar de monumentos megalíticos los turistas se toparán con mezquitas.

—Ser musulmán no significa ser terrorista —aclaró Alma.

Scott volvió la cabeza con brusquedad y le clavó la mirada. Roberto no salía de su asombro.

—Lo que está claro es que todos los terroristas islámicos son musulmanes —concluyó el joven.

—Tan claro como que la mayoría de los psicópatas que he detenido son católicos —replicó el inspector—. Esa es una obviedad que no nos lleva a nada. Bueno, sí, nos lleva a la radicalización.

Scott suspiró prolongadamente, recordando que en su última visita al psicólogo había aprendido a controlarse mediante la respiración. De no tratarse de un inspector jefe le hubiera mandado a tomar por culo. Lanzó una procaz mirada por el espejo retrovisor y su mente empezó a fantasear. De buena gana enseñaría la isla a esa mujer de boca depredadora que ocupaba los asientos traseros del vehículo, pero la loba tenía un perro guardián, que, además, a la mínima mostraba los dientes. Sintiéndose incomprendido y harto de que nadie se tomara en serio aquella invasión que no era más que una guerra santa camuflada, sintonizó la radio.

—«Hoy tenemos el alma quebrada» —anunciaba la voz de Eric García—. «Hoy *Chandler y Hammett* no están para nadie.» —En cuanto el periodista aseveró que la novela negra nacional estaba de luto, Roberto y Alma solo tuvieron oídos para aquel desconocido de voz magnética que dedicó los primeros minutos del programa a la última entrevista que hizo a la agente editorial Marga Clot. «La tecnología es un almacén de personas muertas», pensó Roberto. Desde la ventanilla leyó el cartel que anunciaba que Ciutadella quedaba a quince kilómetros y se preguntó cuál era la distancia emocional que lo separaba de María. Se obligó a mirar a los ojos de Alma y la respuesta se evaporó, como tantas otras veces.

19

El hotel Can Paulino era un edificio del siglo XVII que había sido rehabilitado durante el último año de manera minuciosa. Hospedar a la mayor parte de los invitados entre aquellas paredes regias convertía la Semana Negra de Ciutadella en uno de los eventos literarios más apetecibles para sus participantes.

María y Pol dejaron de hablar en cuanto se adentraron en aquella casa señorial de techos abovedados, impresionados por una belleza arquitectónica cuyo principal mérito había sido dar voz a aquellos bloques de piedras con arraigo que acababan de ser tratadas. No tuvieron que esperar ni un minuto para que el director del establecimiento los recibiera en persona.

—El señor Leo Valdés les espera en el patio exterior —masculló el hombre con atavío clásico y buenos modales, amilanado tras el mostrador de la recepción. Haber presenciado la escena dantesca de la habitación 21 iba a ser algo complicado de asimilar.

María recibió la indicación con un mohín de disgusto al pensar en el temporal que les acechaba. Desde esa misma mañana en la Naveta des Tudons el frío la atenazaba, por lo que interrogar al divo de las letras negras en la terraza, lejos de parecerle una excentricidad, le resultaba una auténtica memez. Pol, en cambio, agradeció que Valdés los esperara en el exterior, eso le permitiría conservar la cabeza cubierta por una gorra de lana. Todo camuflaje era poco.

Los policías se adentraron en aquel patio rústico donde la vegetación se aferraba a la tierra a pesar de las sacudidas del viento del norte. Las pérgolas de madera, que en verano serían objeto de deseo, con la tramontana podían convertirse en una trampa mortal.

En medio del patio, la solitaria figura de Valdés los recibió con gesto displicente. Demostraba una gran habilidad para esparcir tabaco en un papel de fumar, depositar el filtro y a la vez escrutar con la mirada a los dos policías que se acercaban.

—Déjamelo a mí —susurró María a Pol, y este no puso ningún reparo.

A continuación ambos exhibieron sus placas de policía de manera sincronizada.

—Tal y como ya le he dicho por teléfono hace un rato, nos gustaría hablar con usted acerca de su agente Marga Clot —anunció María—. ¿Le importa que hablemos dentro?

A Pol se le encogió el estómago: el lugar elegido por Valdés era el ideal para mantener su rostro oculto. El escritor vestía la sudadera negra del día anterior y de cerca la célebre y tupida barba roja parecía alertar de su mal carácter. Sobre la mesa descansaban dos copas vacías con restos de hielo y rodajas de pepino y otra de idéntica composición de la que el escritor ya había dado buena cuenta. Junto a las copas descansaba un bolso de piel del tamaño de un monedero en cuyos compartimentos albergaba tabaco de fumar y el resto de los utensilios necesarios para liarlo.

El estado de Valdés era lamentable, destilaba alcohol por todo el cuerpo y escudaba la mirada tras unas gafas de pasta necesitadas de una urgente limpieza.

Valdés alzó el cigarro liado a modo de respuesta y le dio una profunda calada. Tras ello su mirada recaló en los rostros de los policías. Pol se cubrió media cara al protegerse la boca con una mano. María alzó hasta el cuello la cremallera de su anorak y tomó asiento con el cuerpo encogido, las manos en los bolsillos y una mirada lobuna. Su compañero la secundó, temeroso del carácter que ella ya había exhibido en otras ocasiones cuando alguien no le caía bien.

—El frío nos hace ser más agudos y nos ayuda a ir al grano, agente —aseveró Valdés—. Si me permites una observación, la próxima vez que publiques una novela deberías escoger una atmósfera gélida para tu historia. Elegir un tibio mes de septiembre en una isla como esta me parece una mariconada.

Aquel ataque directo a la novela de Galván y de María, lejos de herir el orgullo de la policía, logró sorprenderla. El autor más venerado de la novela negra nacional les había leído. Cuando se lo dijera a Galván obviaría el tono empleado por Valdés.

—No he venido a hablar de literatura —zanjó María y extrajo de un bolsillo una diminuta libreta.

—Yo sí —replicó Valdés—. De hecho me pagan más por hablar de literatura que por escribirla.

—¿Y por qué no hablar de letras? —preguntó Pol a María sin acritud. Ella intuyó que su compañero debía de tener motivos para tal planteamiento—. Háblenos de su laureada novela —propuso el joven policía, crecido al comprobar que su improvisado disfraz estaba dando resultado.

—¿Cuál de ellas?

—Esa tan original en la que un escritor de novela negra, para dar más verosimilitud a su obra, decide documentarse en primera persona matando a diestro y siniestro —aguijoneó María.

—Tienes toda la razón —respondió Valdés, tenso—, es mucho más original escribir una novela basada en un caso real acontecido dos años atrás.

El teléfono móvil del escritor emitió un tono de alarma. Él consultó la pantalla y lo volvió a dejar sobre la mesa. Entre tanto, el fuerte viento había logrado apagarle el cigarro. Chasqueó la lengua y trató de encenderlo de nuevo sin éxito. Lo lanzó por los aires con los dedos como si estos fueran una catapulta y cogió otro cigarro liado del bolso de piel. A María toda esa pantomima empezaba a resultarle irritante.

—¿Dónde estábamos? Ya me acuerdo... La envidia es muy mala, María.

—El asesinato es peor —añadió la policía.

Valdés apuró su *gin-tonic* de un trago y dio un par de caladas al cigarro. La pérgola soportaba los embates de la tramontana como María los del escritor.

—Está bien —se avino Valdés, acomodándose en la silla, ajeno a las bajas temperaturas, al molesto viento y a la aflicción que cabía esperar de un autor cuya agente editorial acababa de ser vilmente asesinada—. Lo confieso, disfruto matando. —Valdés se permitió una pausa malintencionada, a la espera de unas reacciones que no tuvieron lugar. Fracasado en su intento, continuó—: Pero siempre ante un ordenador. Ya lo dijo Eric García ayer en su cuenta de Twitter: «La violencia dormita bajo nuestra piel.» Por cierto, ¿ya te ha entrevistado Eric?

María hizo caso omiso de aquella pregunta aviesa.

—Tengo frío —anunció María—, así que vaya al grano, como usted mismo ha dicho. Que Marga Clot era su agente es un dato conocido; que fuera su amante es lo que se comenta. ¿Qué tiene que decir?

El escritor cerró los ojos por un momento, en un ademán que pasó inadvertido. Apagó el cigarro aplastándolo contra la mesa.

—Yo solo hablo de cómo son mis personajes. De las personas no hablo. Jamás se llega a conocer a nadie. Los seres humanos somos raros. La han matado y lo siento, pero creedme, el mundo hoy no es mucho peor que ayer. La dichosa manía de ensalzar a quien la palma aunque fuera una hija de puta.

—¿Así es como califica a la que fue su agente? —incidió María ante el resquemor del interrogado.

—Como agente Marga se dejaba los ovarios por conseguirme el mejor postor e incluso logró que fuera traducido a más de diez idiomas. El dinero era su motor de vida, por mucho tuit que escribiera sobre el presidente de Uruguay y su austeridad. Si se te ocurría citarla en un bar donde, en lugar de cruasanes de espelta, hubiera bandejas de lomo con más solera que patatas, sufría de esa especie de urticaria que solo los que han sido educados entre algodones pueden padecer. Como persona era una auténtica manipuladora, no movía un dedo si no era en su propio interés. ¿Sabéis cuál es la feria del mundo en la que las prostitutas locales apenas tienen trabajo? —Ninguno de los policías contestó—. La de Frankfurt, la favorita de Marga por el número de mujeres que asistían. No pongáis esa cara, las mujeres son las que dominan las letras y a Marga le gustaba más el pescado que la carne —eso último lo dijo dirigiéndose a María—, así que Frankfurt era su coto de caza favorito.

—¿Estuvo ayer noche con Marga? —atacó Pol, evitando mirarle directamente a la cara.

—Define «estar» —exigió el escritor con la intención de ganar tiempo, a la vez que apagaba el cigarro sobre el cenicero. Pol iba a replicar cuando María lo detuvo presionando una mano sobre su pierna. El juego de los silencios efectivos, algo en lo que Roberto siempre incidía. No hay mejor pregunta que un silencio oportuno—. No, ayer noche no. Estuve con Marga y dos personas más tomándome unas copas sobre las ocho de la tarde. —Señaló con un dedo hacia el interior del hotel—. Después ellas se fueron a cenar y yo seguí tomando con... No sé ni quiénes son. —Valdés se dirigió a Pol y el joven policía suspiró aliviado—. Si con lo de estar quieres decir follar, la última vez que nos acostamos fue en la Semana Negra de Gijón. En el hotel Don Manuel. ¿Quieres más detalles o así ya os vale? —Ante el silencio de los policías, Valdés continuó—. Marga siempre me ha utilizado.

María arrancó un folio de su bloc de notas y de un manotazo lo plantó sobre la mesa.

—Anote el nombre de esas dos personas que les acompañaron a usted y a Marga Clot —ordenó María.

Valdés obedeció: tras rechazar el bolígrafo de la policía y hacerse con uno que llevaba en el interior del bolsillo de su sudadera, escribió con desgana los nombres y le devolvió el folio con idéntica brusquedad.

María inspiró aire profundamente al leer el nombre de su editora, Raquel Nomdedeu, y el de una tal Paula.

—¿Paula qué más? —pidió la policía señalando el papel.

El escritor se encogió de hombros.

—La conocí ayer. Es como tú, una novata en todo esto. También se acercó más gente, pero no conocía a nadie. Cuando todo el mundo te llama por tu nombre, te sonríen sin motivo y se dan codazos para sentarse a tu lado, uno se olvida de preguntar cómo se llaman los demás. Supongo que será porque me importan una mierda.

Valdés apretó los labios.

—Me imagino que le resultó muy duro —ironizó María ante la pantomima que presenciaba. No había leído al venerado Leo Valdés, por lo que ignoraba si su obra merecía tanta repercusión, pero sobre lo que no tenía duda alguna era que la carrera de actor no estaba hecha para él—. Una mujer guapa exigiéndole sexo a altas horas de la madrugada... ¡desde luego, menuda putada!

—Lo superaré —respondió el escritor, esbozando una sonrisa cauta.

—Estoy segura.

—Mi madre murió siendo yo adolescente. Después de eso juré no sufrir por nadie más.

—Enternecedor —replicó María con la mayor brusquedad de que fue capaz. Aquel tipo le repugnaba.

—¿Qué esperabais encontrar? —preguntó Valdés imitando a una secretaria tonta—. ¿Un amante abatido? ¿Un hombre incapaz de articular palabra azotado por el dolor de una pérdida?

—Un ser humano.

La respuesta de María fue un directo al estómago del escritor. Este alzó el mentón, deslizó la lengua viperina por la cavidad bucal y respiró con hondura.

—Aplica esa faceta locuaz en tu literatura y tal vez algún día llegues a ser escritora.

María había dado en la diana: ese engendro no tenía corazón, pero le molestaba no alcanzar la etiqueta de ser humano. Ya sabía dónde tenía que seguir golpeando.

—Dentro de una hora tengo que asistir a una mesa redonda —añadió Valdés—. ¿Sabéis cómo se titula? El arte de matar.

—¿Cómo mata su personaje principal de la novela? —inquirió María.

—La venden en todas las librerías de este país, no te será difícil encontrarla. Espero que no te la descargues de webs piratas.

—¿Y si le detengo ahora mismo como presunto autor de un asesinato? Tal vez en comisaría me explique cómo mata su personaje. —María miró un instante al cielo—. Dado que al parecer le gustan los lugares inhóspitos, algo me dice que el calabozo le va a encantar. Podrá documentarse como tanto le gusta, con experiencias propias.

Valdés esbozó una sonrisa socarrona.

—Siento decepcionarte, pero tendrás que currártelo más para detener al asesino de Marga, yo no soy mi personaje. Hay cuatro asesinatos en la novela —acabó cediendo el escritor—, todos ellos muy distintos. La historia trata de un psicópata en construcción que experimenta su mayor placer en el control de los últimos minutos de vida de las víctimas. Las estrangula, les secciona miembros, las envenena... A ninguna le arranca los ojos ni le corta las venas.

María asintió, convencida.

—¿La extracción de los ojos fue antes o después de matarlos? —preguntó el escritor.

—Eso es asunto nuestro —respondió Pol.

—Noemí Vilanova también debería ser asunto vuestro —soltó Valdés—. Lo que pagaría por ver algún vídeo casero de la Vilanova con Marga. Lo de estas dos sí era pura pasión. Marga solo me utilizó para convencerse de que era bisexual.

—Todas tenemos nuestros errores —pinchó de nuevo María. Aquel nombre de mujer le era familiar—. ¿Quién es Noemí Vilanova?

—Es la editora de Blackcelona, una editorial independiente que va escalando posiciones. —En cuanto escuchó ese dato, María recordó que era la mujer que encontró los ojos de la agente editorial sobre su cama—. En el último Getafe Negro, en plena mesa redonda sobre nuevas formas de editar, la Vilanova tuvo que soportar los comentarios humillantes de Julio Soler relativos a su vida privada. La homofobia es como la halitosis: todo el mundo la percibe excepto el que la tiene. Ponte las pilas, agente, este mundillo se las trae. ¿O debería llamarte colega?

Pol tomaba nota de todo ello en un bloc regalado por un sindicato policial durante las últimas Navidades. La crisis no solo había reducido el número de vacantes en el cuerpo, los cursos de especialización y la motivación de una organización cuyos valores quedaban supeditados a la estadística que exigían las altas instancias. También había mermado los presentes navideños con los que los sindicatos pretendían captar afiliados.

—Soy una policía que una vez escribió una novela. No soy su colega —aclaró María, y se levantó.

Los dos hombres la secundaron sin perderse de vista.

—Me alegra escuchar eso, agente. No te imaginas la de policías a los que ahora les ha dado por escribir sobre aquello que no han vivido y afirman estar arrepentidos de haberlo hecho.

—Le preocupa demasiado la dosis de realidad que ha de tener una novela —observó la policía.

—Me obsesiona la verosimilitud. —Valdés tomó de la mesa uno de los vasos con restos de hielo y pepino—. Dos dedos de ginebra, no más, si te pasas ya no es un *gin-tonic*.

El escritor recogió de la mesa el bolso de piel en el que guardaba el tabaco y se incorporó sonriente, sintiéndose vencedor de aquel primer asalto. Se marchó sin decir nada, con la figura desgarbada y una infelicidad crónica a cuestas que no lograría sanar por mucho éxito que cosechara.

—No me gusta —pensó María en voz alta.

—Ni a mí —respondió Pol escribiendo algo más en su bloc.

—¿Qué estás anotando?

—Que Leo Valdés consume tabaco de la marca Golden Virginia, que creció sin una madre, que es zurdo, alcohólico y que tiene las yemas de los dedos amarillentas de tanto fumar. Un tío mío que se dedicaba a la pesca en Maó fumaba ese tipo de tabaco y, ¿sabes una cosa?, dejaba rastros de tabaco por todas partes. Es lo que tiene liar tabaco.

María meditó un instante aquella información. Pol la sorprendía a diario, y gratamente.

—Vamos a indagar quién es realmente Leo Valdés. Algo me dice que va a resultar más personaje que los que él mismo crea.

El director del hotel colgó el teléfono de recepción y les confirmó que Noemí Vilanova se encontraba algo más que indispuesta.

—Si me permiten una observación... —dijo el director, circunspecto; su voz parecía estar afectada por algún tipo de fármaco—. Ha sido un día muy duro para todos.

María lamentó no poder seguir allanando el camino que la llevara al esclarecimiento de los hechos. Entregó una citación policial al director del hotel para que se la hiciera llegar a Noemí Vilanova en cuanto se recuperara. A modo de despedida le dedicó una sonrisa sincera. Al fin y al cabo, aquel hombre ya pertenecía a ese microcosmos de personas que había presenciado la maldad humana. El hilo invisible que une a los que sufren por la vileza ajena ya los había conectado.

—Supongo que nuestra salida para estrenar tu *mountain bike* queda aplazada —dijo Pol ya en la calle con un mohín de decepción. Un día sin practicar deporte era un día desperdiciado. Su equilibrio mental pasaba por quemar calorías al aire libre. Jamás había sido socio de un gimnasio.

—A golpe de pedal no encontraremos al asesino.

Pol estaba conociendo a la María obsesiva, aquella que, una vez iniciada una investigación de homicidios, hacía pasar todo su mundo por un embudo cuyo destino solo ella conocía.

—Con todo este lío al final no me has contado qué tal es el inspector jefe Roberto Rial —recordó Pol, intrigado.

—Contéstame con sinceridad —exigió María, apresándole un brazo a la vez que detenía el paso. La tramontana los azotaba sin compasión—. ¿Crees que necesitamos un líder en el grupo? ¿Alguien que proporcione seguridad al equipo?

Pol meditó apenas un par de segundos la respuesta.

—Sí.

María reemprendió el camino encarando el viento y consultó el reloj de pulsera. No solo los elementos estaban en contra, también el tiempo.

—Antes de una hora tendremos un líder provisional en el grupo. Así es el inspector jefe Rial.

Pol recibió la noticia con satisfacción. Un día había soñado con ser policía e investigar casos como los que se veían en las series americanas. Quedarse en Menorca, su tierra natal y el lugar donde residían todos sus seres queridos, implicaba la renuncia a una vida intensa, repleta de experiencias impactantes de las que curten a uno. De repente todo se había confabulado para que él pudiera ser partícipe de uno de esos casos sin salir de la isla. La presencia de Rial se le antojaba una oportunidad única de aprender lo que ningún curso ni manual le podían aportar.

—Hace una tarde fantástica —dijo Pol al ver que la tramontana les impedía incluso avanzar—. Cuando terminemos me iré a correr un ratito. Necesito limpiarme de tanta crueldad.

María miró de reojo a Pol sin detenerse. Cuando su compañero hablaba de la mente y del cuerpo lo hacía en términos más propios de un gurú del crecimiento personal que de un policía. Tenía que admitir que Pol era un joven risueño, afable y desprendía equilibrio, algo que ella apenas divisaba en el horizonte de sus pretensiones.

—Desde ya elimina de tu particular diccionario el verbo

«planificar» —le aconsejó María, risueña—. Es lo que tiene investigar un homicidio.

Pol asintió fingiendo dispararse con dos dedos en la sien.

—¿Algún verbo más que eliminar durante la investigación?

—Sí —respondió María al instante—. «Vivir.»

20

Después de estacionar el vehículo en las plazas reservadas, David Scott les indicó de manera somera, como si de un edificio de treinta plantas se tratara, la ubicación del despacho de la inspectora jefa Celia Yanes. El joven policía les ayudó a recuperar el equipaje del maletero y se quedó inmóvil frente a la pareja, prolongando el momento de un modo que habría llamado la atención de cualquier psicólogo.

Roberto no fue capaz de determinar si el chico esperaba una propina, una palmada en el brazo o el número de teléfono de Alma. «No hay empresa de cincuenta mil personas en este planeta que no albergue una colección de tipos raros», pensó el inspector, y optó por darle las gracias pero no la espalda, no fuera que aquel espécimen sufriera un episodio violento justamente en ese instante.

Roberto y Alma se identificaron con sus credenciales policiales en la puerta principal de la comisaría y al momento recibieron un par de acreditaciones.

—¿Van a quedarse muchos días, jefe? —preguntó el policía del control de acceso mientras cumplimentaba un libro de registro de visitas.

«Más de los que yo quisiera», pensó Roberto, pero prefirió callar y pasar desapercibido, algo que siempre salía rentable entre los del gremio.

—Es que vamos justos de acreditaciones —lamentó el veterano—. Pero tenemos que estar tranquilos; el presidente del Gobierno ha dicho que el próximo año salimos del hoyo y que los recortes pasarán a la historia. Y aquí me tiene, jefe, currando a turnos en lugar de jubilarme por no perder trescientos euros al mes. Manda huevos.

Roberto se limitó a encogerse de hombros. En los años que llevaba en el cuerpo había descubierto que existían cantinelas dispuestas a no morir jamás. Por su parte, hacía mucho tiempo que había decidido dejar de lamentarse por aquello que el Gobierno no hacía por la policía. Él tampoco estaba dispuesto a hacer nada por el Gobierno.

Alma y Roberto rompieron a reír en la cabina del ascensor al rememorar los mejores comentarios que David Scott había soltado durante el trayecto desde el aeropuerto. Sumidos en ese paréntesis de diversión olvidaron pulsar el número de la planta en que se encontraba el despacho de Celia Yanes.

En cuanto se abrió la puerta, Roberto asomó la cabeza hacia el rellano y creyó reconocer la segunda planta, que correspondía a la Judicial. Regresó al interior de la cabina, presionó el botón y esperó al cierre automático.

Cinco segundos antes María había encarado las escaleras, cansada de esperar el ascensor. Al oír el sonido mecánico del elevador corrió en dirección al aparato e intentó interponer sin éxito la mano en el recorrido de la puerta. A Roberto le pareció atisbar una sombra, pero dejó que el sistema cerrara la cabina. Siempre le había incomodado compartir ese espacio con desconocidos. María se quedó detenida frente a las compuertas metálicas que le devolvían su propia imagen caricaturizada. Reconoció un aroma familiar y sonrió con la certeza de que Roberto ya había llegado. Solo él podía andar por la vida bañado en Esencia de Loewe.

Celia se había propuesto dar unas pautas claras y concisas. Por eso, en cuanto la llamó el policía de la puerta de acceso comunicándole que tenía visita de unos compañeros de la

UDEV de Madrid, se cubrió con un abrigo una talla inferior a la que de verdad necesitaba y se apoyó sobre la mesa en actitud de espera. No pensaba invitarles a que se sentaran, no fuera a ser que empezaran a sentirse cómodos y entablaran una de esas conversaciones triviales que terminaban robándole media hora. Su tiempo tenía otro valor que el de los demás y no sentía la menor lástima por aquellos que hacían de una comisaría su hogar. A esos pobres diablos la vida les había reservado una existencia mediocre e insustancial.

Ella nunca había sido de esos. Desde el primer día en el que juró el cargo como inspectora de policía supo que le esperaban los mejores destinos, y, de hecho, los años como enlace en embajadas europeas así lo acreditaban. En su vida Menorca solo era un paréntesis que estaba a punto de cerrar. Sin embargo, todos los planes y las elucubraciones sufrieron un revés inesperado cuando vio a Roberto Rial cruzar la puerta.

Celia se incorporó al instante y le faltó un segundo para fingir que aquel reencuentro era una agradable sorpresa. No esperaba que le enviaran a alguien de su mismo rango y con mejor prensa que ella en la capital. Se había estado preparando mentalmente para enfrentarse a un subordinado a quien poder manejar. Que hubieran mandado a aquel caimán de colmillos retorcidos no podía traerle nada bueno. Roberto leyó en su mirada la desilusión que la inspectora trataba de disimular.

—¡Cuánto tiempo! —exclamó Celia, ignorando por completo a Alma.

—¿Siete años? —calculó Roberto, tratando de encajar que fuera ella la responsable de la comisaría de Ciutadella. «Navarro me la ha jugado», pensó.

—Parece mentira que haya transcurrido tanto tiempo desde el curso de ascenso a inspector jefe —musitó Celia.

Roberto reparó en la austeridad de aquel despacho. No localizó ni una fotografía familiar, ni siquiera un diploma oficial o el típico toque femenino que alguna vez había visto en otras compañeras con un cargo importante en la organización. No había nada que aportara datos sobre Celia y, en opinión del inspector, eso solo podía significar una cosa: esa mujer estaba de paso en la isla, no quería aferrarse a nada, ni siquiera a la comodidad de esas pequeñas cosas tras las que uno se escuda día tras día.

Roberto hizo las oportunas presentaciones con Alma, a quien Celia sometió a un repaso visual que incluso llegó a incomodar al inspector.

Se pusieron al día con cautela, conscientes de las armas con las que contaba el otro. A pesar del tono amistoso y de las buenas maneras, aquella era una guerra encubierta. Para Celia estaba en juego una vacante de comisario y el billete de vuelta a Madrid. Los motivos de Roberto eran muy distintos. Por primera vez durante los últimos siete años se sentía engañado por Navarro y no sabía muy bien qué esperaba sacar el comisario de aquella forzada cooperación. Ponderó mentalmente los motivos por los cuales el comisario querría resolver el caso de aquel modo.

El primero de ellos no era otro que su interés personal, principal carburante que todo jefe consume. Detener al asesino del hijo de Julio Soler era algo más que un trampolín en la promoción interna. No descartó que Navarro buscara un puesto de director de seguridad en la editorial Júpiter y así poder triplicar su sueldo, una práctica habitual en la cúpula policial cuando veían asomar la jubilación y con ella el marchitar de un poder que ya nunca había de volver.

El segundo de los motivos tenía nombre y apellidos. Se trataba de Celia Yanes, sobrina de Navarro, que necesitaba urgentemente resolver un caso como ese para ascender al rango de comisaria. Desconocía los motivos que habían llevado a Celia a Menorca, pero pensaba descubrirlos. El comisario era un perro viejo que sabía bien lo que se hacía. Roberto era capaz de desobedecer una orden y la mismísima Constitución, pero jamás se habría negado a cazar a un asesino, algo que Navarro tenía muy presente. Se preguntó en qué punto de su vida había decidido hacer las cosas sin pensar en su propio beneficio. A falta de respuesta creyó encontrarla en la genética, que era un modo como otro cualquiera de zanjar aquel flujo de pensamientos que no le conducían a nada.

—¿Sabes cuándo le harán la autopsia? —preguntó Roberto.

Celia descolgó el teléfono y repitió la pregunta a alguien de la Judicial. Colgó sin dar las gracias.

—Dentro de una hora —informó la inspectora—. ¿Quieres que os acompañe alguien?

—No, con dos nos apañamos.

A Alma le alegró oírlo.

—Pero sí me hará falta un vehículo.

Celia asió un llavero que descansaba sobre la mesa y se lo dio a Roberto. Este agradeció el gesto haciendo tintinear las llaves.

—El forense es un tipo peculiar —advirtió la inspectora.

—¿Hay alguno que no lo sea?

A Celia el comentario le arrancó una sonrisa.

—¿Tienes a la prensa local controlada? —inquirió Roberto, prosiguiendo con el sondeo.

—De momento, sí.

—Eso es un «no».

—Eso es un «de momento, sí» —respondió Celia, hastiada de la desconfianza inicial de Roberto—. Solo hay uno que va por libre, un tal Calderé. Si le vamos dando algo, al menos no inventará.

—No suena tranquilizador.

—Esa es tu sensación, yo tengo otra. ¿Alguna cosa más que el señor de la UDEV Central necesite saber?

—Respecto a la prensa, nadie salvo yo está autorizado a hacer declaraciones.

—Tendrás que dármelo por escrito.

Las cartas habían quedado al descubierto. Ya no había lugar para formalidades.

—Lo tendrás mañana, escrito y sellado por quien corresponda. —A Roberto parecía divertirle aquel toma y daca. A Celia la superaba—. ¿A quién tienes como jefe de la Judicial?

—Al subinspector Garrido.

Roberto no emitió opinión alguna sobre él a pesar de que no era de su agrado. Durante la investigación del caso de las ancianas asesinadas ese hombre había supuesto un estorbo. Era el chivato del anterior jefe de la comisaría y un veneno para cualquier grupo de policía judicial. Una vez más se premiaba el perro obediente, pero perro al fin y al cabo, pensó. Si en la policía existieran los descensos Garrido habría sido un firme candidato a ello.

—Que mañana estén todos a las ocho en la sala de *briefing* —ordenó Roberto.

A Celia le desagradó el tono que había empleado el inspector. Decidió que llamaría a Garrido más tarde. No tenía por qué recibir órdenes de nadie en su despacho.

—Una última cosa —anunció Celia, equiparando su tono a las exigencias del inspector—. ¿Te importa esperar a tu jefe fuera? —dijo, dirigiéndose a Alma con una sonrisa de postín. La oficial obedeció devolviéndole la mirada escrutadora que antes le había dedicado la inspectora.

—No me puentees, Roberto —exigió Celia en cuanto se quedaron a solas.

El inspector descubrió un atisbo de miedo en aquel comentario.

—¿Debería pedirte yo lo mismo?

Celia tensó todo su cuerpo.

—Hoy he hecho una sola llamada a Madrid, si es a lo que te refieres. En concreto esta tarde he llamado al jefe de la SAC —dijo, refiriéndose a la Sección de Análisis de la Conducta—. Necesitamos que detecten posibles variables en los dos asesinatos y emitan un perfil psicológico del asesino, ¿no crees?

Roberto se tomó unos segundos para contestar.

—La SAC está bien como apoyo, son buena gente y competentes, pero deja que yo lleve la investigación y decida si los necesitamos o no.

Celia se disculpó alzando las dos manos.

—Además —puntualizó Roberto, asegurándose de que la puerta permanecía cerrada—, en tu caso tienes a una de las mejores perfiladoras en tu plantilla. No me digas que no lo sabes.

—Perfiladora... —repitió Celia mientras repasaba con celeridad el nombre de todas las mujeres de comisaría—. ¿Médem? —preguntó con mofa.

Roberto asintió.

—Me conozco el percal, Roberto. Vendedora de humo.

En la oscuridad del pasillo, Alma lo esperaba con los brazos cruzados, el cuerpo apoyado en la pared y el ánimo por los suelos. No advirtió que un par de ojos la escrutaban desde el rellano de la escalera.

—Menudas amistades cultivas —pronunció la oficial con desgana en cuanto vio a Roberto.

—Es la sobrina de Navarro.

Alma alzó las cejas, arrastró su equipaje hasta la puerta del ascensor y pulsó el botón.

—¿Te he dicho que de momento Menorca me encanta? —bromeó la oficial.

Roberto fue incapaz de sonreír, importunado por un sentimiento rayano en la compasión. Alma era joven, felina y le quería. No merecía que un hombre como él se cruzara en su camino y la impregnara con su extensa colección de dudas inmaduras.

21

Con la intención de animar a María, Pol le propuso que fueran al Ulises a tomar una copa. Ella declinó la oferta regalándole una caricia fraternal. Era la hora de cenar y le apetecía estar con Lola. No se sentía a gusto en ese ambiente literario al que no pertenecía. Pasaba por una etapa de cambios vitales en la que enterrar la hipocresía y alejarse de los engaños propios figuraban como las obligaciones prioritarias. Además, Roberto había regresado a la isla muy bien acompañado. Demasiado, para su gusto. Tal vez aquella irrupción inesperada había provocado en ella una suerte de rabia contenida. Lo cierto es que se sorprendió pensando en Eric, el periodista. Y a pesar de que el mero recuerdo la excitaba, sintió pereza al visualizar las conversaciones que tendrían que recorrer, las miradas que ambos dosificarían y los silencios determinantes que se encargarían de desvelar dudas. Los rituales humanos eran extraños y solían imponerse a los deseos. No era una constante en su existencia, pero en determinados momentos deseaba relaciones humanas básicas, ajenas a la razón. Puro instinto. Era consciente de que aquel tipo de pensamientos era más habitual entre la población masculina, pero qué se le iba a hacer si le apetecía una sesión de sexo con ese desconocido.

Montada en su bicicleta cruzó la avenida de Sa Farola ensimismada en sus cavilaciones y se sintió abrazada por la sombra nocturna de los pinos y el rumor de las olas. A pesar de la oscuridad que reinaba en el trayecto, vivir detrás del faro no tenía pérdida.

Lo primero que la recibió fue el aroma a incienso de canela que envolvía el comedor de la casa. Deslizó la mirada por la estancia, presidida por un sofá color crema invadido por cojines de tamaños desiguales de distintos tonos tierra. Le encantaba cómo quedaba la alfombra de tejidos naturales de Banak que le había regalado a su amiga unas semanas atrás. Sobre la mesa de centro descubrió una par de velas más. «Una enfermedad como cualquier otra», pensó la policía, restando importancia a la obsesión de su compañera por los adminículos aromáticos. Al rozar la estantería de libros con el hombro, María comprendió que su atracción por los libros no distaba mucho de la que tenía Lola por aquellos elementos decorativos.

Lola trajinaba en la cocina, ataviada con la misma bata de felpa color malva y las pantuflas de oso panda que llevaba esa misma mañana.

—¿No has salido de casa en todo el día?

Lola tardó un rato en contestar, centrada en trocear un par de tomates y en abrir una lata de bonito. La ausencia de una sonrisa en su rostro era siempre una señal de alarma. Que además escuchara en la *tablet* a Alejandro Sanz era la confirmación de que algo no marchaba bien.

—Acabo de ducharme —respondió con languidez—. Y he preferido ponerme cómoda.

—¿Ha ocurrido algo?

Lola suspiró y dejó el cuchillo sobre la encimera. Se limpió las manos con un paño y detuvo a Alejandro Sanz, que insistía en que «no es lo mismo arte que hartar».

—Esta mañana he tenido que ir al colegio de Daniel. Me ha llamado la directora como una loca; al parecer, él y dos amigos han pegado una paliza a un niño de su clase durante el recreo, en el baño.

María se acercó a su amiga y le acarició un brazo. Lola se dejó vencer por un llanto contenido.

—Venga, mujer, hoy en día somos todos unos exagerados con nuestros hijos. Hace años...

—Al niño le han metido un dedo por el culo —interrumpió Lola, desesperada. María no pudo evitar sorprenderse. El pequeño Daniel estaba sufriendo una completa transformación. Con el mero hecho de pensar que en un futuro ella podría verse en la misma tesitura le entraban todos los males—. No sé qué le pasa, María. Se lo doy todo y mira cómo me lo paga, avergonzándome. Me han dicho que si llega a tener catorce años hubiese acabado en comisaría, detenido. —María asintió, apenada. La imagen de su pequeño detenido terminó por derrumbar a Lola. María le acarició el brazo—. Han dado parte a Fiscalía de Menores y me han dicho que nos llamarán para declarar.

—¿Dónde está?

Lola señaló con el mentón en dirección a la habitación de su hijo, cuya puerta permanecía cerrada.

—¿Quieres que hable con él?

Lola asintió.

—Espera —dijo, agarrando un brazo de la policía—, mejor mañana. Hoy lo he dejado sin cenar y estará insoportable.

María detuvo sus intenciones y al quitarse el anorak mostró en la cintura el arma reglamentaria. Lola le dirigió una mirada inquisitiva. Cuando decidieron compartir el mismo techo, acordaron unas normas. La de tener la pistola fuera del alcance físico y visual de los niños fue la primera. El traerse hombres a casa requería de un acuerdo previo, quedaba prohibida la improvisación. Y en caso de extrema necesidad, debían mandarse un wasap comunicando el hecho, manteniendo al individuo en cuestión enjaulado en la alcoba hasta que Daniel o el pequeño Hugo estuvieran fuera de la casa. Para la limpieza, el abastecimiento y la decoración jamás les hizo falta acordar norma alguna.

—Ahora mismo la dejo en la caja fuerte; dame cinco minutos, que estoy muerta de hambre.

Lola le acercó el plato en el que había servido unos tacos de feta y se interesó por su amiga.

—¿Qué tal tu día?

—Han matado a una agente editorial de la Semana Negra —anunció María mientras cataba las delicias griegas.

Lola interrumpió el llanto de golpe.

—La cosa se complica —continuó María—. Empezó con el asesinato del hijo del editor en Cadaqués y ahora...

—Eso quiere decir que el asesino... —Lola prefirió señalar intermitentemente con un dedo hacia el suelo a pronunciar lo que pensaba.

María asintió.

Lola se abrazó a sí misma, aterrorizada, mientras negaba con la cabeza.

—¿Sabes quién ha llegado esta tarde a comisaría?

—No puede ser —se apresuró a responder Lola ante la viva mirada de María—. ¿Roberto?

—¿Cómo lo sabes?

—¿Te traigo un espejo? —replicó. María encajó divertida aquella observación—. ¿Has visto a Álvaro?

María no dejaba de comer.

—Venga, que me tienes en ascuas —la apremió Lola.

—No hablé con él. No pongas esa cara, no pude. Cuando me disponía a hacerlo, de repente lo vi acompañado, y no precisamente por Álvaro.

—¿No ha venido Álvaro?

María entendió que aquello no era una pregunta, más bien sonó a una amenaza directa al compañero de Roberto.

—En esta ocasión ha preferido venir con una diosa de las pasarelas —contestó María, contoneándose de manera exagerada.

—¿Quién es?

—Eso me gustaría saber a mí.

—Álvaro me está evitando —dijo Lola, abatida—. Hoy mismo me ha enviado un *email* y no me ha dicho ni pío de que Roberto venía.

—No seas tonta, seguro que ha sido idea de Roberto y para fastidiarme ha elegido traerse a la buenorra del grupo.

—No entiendo nada.

—Ninguna los entendemos.

—Me estoy refiriendo a ti —puntualizó Lola con una sonrisa—. Dos años después lo ves acompañado por una tipeja... —ambas rieron con ganas—... ¿y no le dices nada? ¿Pero tú dónde estabas?

—Escondida —murmuró María, avergonzada.

—Ya te vale.

—¿Cenamos?

Lola asintió, aunque su mirada todavía juzgaba las rarezas de su amiga.

—Dos cosas, antes de que se me olviden —anunció Lola, extrayendo del bolsillo de la bata una nota—. El *email* que me ha enviado Álvaro esta mañana es sobre Maimó. —Lola leyó el papel impreso—: «A las catorce horas y veinticinco minutos del domingo quince de febrero, el perfil Pussyeater de la aplicación de telefonía móvil Sexadvisor, cuya cuenta bancaria pertenece a Joan Maimó, solicitó los servicios de Paula la brasileña, una *escort* afincada en Barcelona.» Y el cabrón de Álvaro se despide en el correo con un beso, ni me menciona que Roberto venía a Menorca.

—¿En Barcelona? —insistió María, ignorando la mención a Álvaro—. ¿Estáis seguros?

—Álvaro me contó que nuestra base de datos es capaz de localizar la ubicación del usuario en ese momento a través de los servidores de telefonía.

—Así que Maimó mintió —pronunció en voz alta María, con la mirada dirigida a la nada—. No estuvo en Palma de Mallorca.

—A esa fecha y a esa hora su cabeza y su pito estaban en Barcelona. Si quieres detalles puedes contactar con la tal Paula —propuso Lola, entregándole el papel que contenía el *email*.

María asintió ante el ofrecimiento de su amiga. Inmersa en sus cavilaciones, asió un par de vasos, unos tenedores y servilletas para poner la mesa.

—Era un putero cuando se enrolló contigo y todavía sigue siéndolo. Hiciste bien en darle puerta —dijo Lola, y María le guiñó un ojo—. Otra cosa, esta tarde ha venido tu ex, muy simpático, por cierto. No sé yo si la alemana es el motivo de tanta alegría o es que es un falso de cojones. El tema es que quería coger algunas prendas para Hugo, me dijo que con este temporal no puede hacer lavadoras y que se había quedado corto de ropa.

María salió disparada hacia la habitación de Hugo. Abrió el armario y comprobó que faltaba gran parte del vestuario de su pequeño. Buscó en el móvil el nombre de Bruno y lo llamó. El que una vez fue su marido tenía el teléfono apagado. Sintió una ira creciente que la impelía a imaginar escenas violentas. Tal vez si algún día le presionaba los testículos con el arma que aún llevaba a la cintura lograría erradicar aquel juego sucio e incomprensible cuyas reglas nadie le había explicado. Ese repentino afán por aparentar ser un padre modélico, por querer estar tan presente en el ámbito escolar e incluso los buenos modales ante su amiga Lola, activaron todas las alarmas. Bruno planeaba algo. Antes de terminar la semana aclararía muchas cosas con aquel impresentable.

22

Nadie salió a recibirlos tras activar la apertura mecánica de la puerta. Siguieron las instrucciones que indicaba un cartel escrito a mano y recorrieron un pasillo estrecho que desembocaba en una sala.

—¿Así que esto es una morgue? —preguntó Alma a Roberto mientras esperaban en una diminuta antesala a que les recibiera el forense de guardia. La oficial permanecía sentada, con las piernas cruzadas, deslizando la mirada por esas paredes desnudas mientras jugaba con su pelo.

El aire estaba saturado de olor a productos químicos y sudor. La sala, pintada de un blanco hueso, apenas albergaba cuatro sillas de plástico negro engarzadas por unos hierros que las transformaba en una suerte de banco. Roberto pensó que aquel modo de ubicar las sillas tal vez era el acertado para un sitio donde nadie quería encarar a nadie.

—Sí —respondió Roberto, ausente.

—Huele a lejía perfumada.

—A pollo deshuesado, diría yo —replicó el inspector—. ¿Preparada para tu primera autopsia?

La oficial apenas dispuso de tiempo para responder.

—Pues tendrá que esperar a otro día, porque yo ya he terminado —soltó un hombre ataviado con una bata de color verde, enjuto y con voz de mujer. De una oreja le pendía un pequeño aro y el pelo de la cabeza era escaso, corto y rubio.

Tendió la mano a ambos policías—. ¿Se acuerda de mí, inspector? —preguntó. Roberto negó con la cabeza—. Soy el doctor Vicente Abarca. Coincidimos hace dos años en el caso de las ancianas asesinadas, aunque no fui yo quien realizó las autopsias, fue Fulgencio. —Con las manos dibujó en el aire a alguien grueso y pequeño—. Ya está jubilado.

—La verdad, no le recuerdo... —dijo Roberto.

—Hace dos años pesaba quince kilos más y tenía pelo —aportó el forense ante el mohín de desconfianza del inspector—. Fue cumplir los cincuenta y me dio por correr. Un día de estos acabaré yo en una de esas mesas de necropsia con la patata reventada —dijo golpeándose con el puño sobre el pecho—, pero qué le vamos a hacer. Adicciones de mediana edad, sucedáneos de experiencias juveniles, llámelo como quiera.

Roberto se fijó en el *piercing* que el forense tenía en la lengua. Todo un altruista, barajó el inspector, sin tener muy claro el género de aquellos que recibirían los beneficios en sus prácticas de sexo oral.

—Veo que a pesar de haber cambiado de compañera conserva usted un gusto exquisito —comentó el forense, despejando la duda interna del inspector al guiñarle un ojo a Alma. La oficial se quedó encallada en la referencia a otra compañera. Quedaba anotado el dato—. ¿Tenemos a María ocupada?

—No lo sé, doctor —respondió Roberto, sorprendido—, acabamos de llegar a la isla hace un par de horas y solo hemos podido hablar con la nueva jefa de comisaría.

—Casi coincidimos, yo regresé ayer de un viaje. Uno necesita aislarse de tanto en tanto —dijo con la mirada clavada en Alma—. ¿Y ha logrado comunicarse con esa mujer?

Roberto prefirió no manifestarse.

—¿Y usted se llama...?

—Alma —respondió la oficial, seca.

—Pues acompáñeme, Alma, y su jefe, claro está —indicó el forense, dirigiéndose a una sala que quedaba al final de un largo y oscuro corredor.

Cuando alcanzaron el habitáculo se enfrentaron al cuerpo desnudo de Marga Clot y a una luz artificial insuficiente, impropia de una sala de autopsias. Roberto buscó inquisitivo la mirada azul celeste del forense y este asintió, dándole permiso para que explorara el cadáver. Al inspector le extrañó ver sobre el suelo liso de linóleo un libro cuyo título rezaba *Una muerte documentada*.

—Me gusta la novela negra —aclaró el forense tras un ligero carraspeo.

Roberto se colocó a un lado del cuerpo y trató de alzar el brazo gélido y tieso de la agente editorial. Dado que el *rigor mortis* estaba en su fase completa, desistió en el intento. No era la primera vez que un cadáver parecía resistirse a que se supiera la verdad. El inspector no pudo evitar hacer un paralelismo entre el *rigor mortis* y algunas reacciones de los vivos. Treinta y seis horas después de la defunción, los músculos de una persona iban recuperando su laxitud. Y también los que pasaban más de treinta y seis horas en un calabozo experimentaban la distensión de su rígida memoria.

Se fijó en los cortes que aparecían en el antebrazo de Marga Clot: no eran transversales, sino que seguían el recorrido de las venas.

El forense entregó una copia del informe a Alma.

—El autor del crimen sabía lo que se hacía —dijo el forense, como si hubiera adivinado el pensamiento del inspector—. Cortando así se acelera el desangrado. Además, la obligó a ingerir una importante cantidad de aspirinas.

—Otro anticoagulante —señaló Roberto, dirigiéndose a su compañera.

—¿Como el vodka? —preguntó la oficial, recordando el dato que les había proporcionado el sargento Boix en Cadaqués.

Roberto asintió, sin poder evitar dirigir la mirada a las cuencas vacías que deformaban el rostro de la víctima. Cortes en los antebrazos, ojos extirpados y los anticoagulantes. Las coincidencias con el crimen de Álex Soler eran tan evidentes que dejaban de ser meras similitudes para convertirse en la firma de un mismo autor. El inspector ponderó por un instante la posibilidad de que aquello fuera obra de más de una persona, pero los años de experiencia le decían que encontrar una pareja de asesinos con metodologías tan parecidas era más propio de los guionistas de Hollywood que de los inspectores del Cuerpo Nacional de Policía. Si tuviera que apostar, lo habría hecho a favor de un solo autor.

—Y hablando de ingerir... —prosiguió el forense—. He hallado restos evidentes de marihuana y gamahidroxibutirato o GBH, la droga de...

—La violación... —añadió Alma, presta.

Vicente Abarca le sonrió. Si en esta vida algo seducía al forense era conquistar mentes inteligentes que además tuvieran un buen envoltorio. A pesar de que follarse a un ser inteligente solía acelerar sus eyaculaciones, en contrapartida eso las convertía en experiencias únicas e inolvidables. Aquella policía desprendía, además, una sensualidad en vías de extinción. Deseó que hubiera más muertes como aquella para repetir el encuentro con Alma. Al inspector tampoco le haría un feo, aunque empezaba a estar cansado de probar las carnes que estaban en la parrilla de salida de su decrepitud.

El sexo era el verdadero motor de su vida. Por sexo viajaba una vez al mes a Madrid o a Barcelona y se dejaba un tercio del sueldo para que una prostituta le acompañara a clubs de intercambio. Por sexo se despertaba a media noche rodeado de imágenes sombrías en las que una multitud de cuerpos lo sometían a todo tipo de fantasías. Por sexo era capaz de interrumpir una autopsia y masturbarse como un adolescente en la insufrible soledad de aquella morgue. De repente notó que se excitaba y se acarició el miembro con disimulo a través del bolsillo de la bata.

—Aunque se le llame éxtasis líquido, su efecto es totalmente contrario al convencional —continuó el forense—. Se trata de una sustancia depresora y si la víctima lo consume con alcohol le puede provocar una reacción cruzada que la lleve a la pérdida de conocimiento. —La de cosas que se le ocurrirían si tuviera a Alma bajo los efectos de aquella droga—. Los síntomas son variados, desde la desinhibición, pasando por una alteración de la percepción táctil y de la coordinación, delirios, alucinaciones...

—¿Hora de la defunción? —preguntó bruscamente el inspector al ver que el forense se extendía demasiado en algo que ya había quedado entendido.

Vicente Abarca captó el mensaje.

—Atendiendo a la temperatura del cuerpo cuando la exploré en el lugar de los hechos y la fase del *rigor mortis*... yo la situaría entre las tres y las cuatro de la madrugada.

A Roberto le bastó un leve movimiento de cejas para que su compañera tomara nota del dato.

—¿Alguna teoría sobre cómo le enuclearon los ojos? —preguntó el inspector.

El forense balanceó la cabeza y apretó los labios.

—Para mí es una chapuza, lo único que sé es que le causaron un verdadero desastre a la pobre.

—Si tuviera que decantarse por una herramienta o utensilio, ¿cuál cree que utilizó? —precisó Alma.

El forense se encogió de hombros, indiferente.

—¿Me permites? —El forense tendió una mano a Alma con la intención de que le devolviera el informe. La oficial de policía accedió y aplacó un suspiro de resignación ante la mirada lasciva que el forense le dirigió a los pechos. Le desagradaba todo de él, sobre todo aquella voz de mujer empaquetada en un enclenque cuerpo de hombre. Vicente Abarca extrajo un bolígrafo de un bolsillo y anotó algo sobre el informe—. Os dejo mi número de teléfono privado. Para cualquier cosa que necesitéis —añadió con la mirada clavada en los ojos de la policía.

Roberto se despidió del forense tendiéndole de nuevo la mano. Alma lo hizo con un simple movimiento de cabeza.

Alcanzaron la calle, donde les recibió un cielo oscuro en el que las nubes se perseguían unas a otras. La tramontana no había amainado, pero a Alma le sentó de maravilla respirar aire puro.

—¿Quién es María?

—Una compañera de la Judicial de Ciutadella. ¿Cenamos algo? —se apresuró a proponer Roberto antes de que la cosa se complicara—. Pero tendrás que invitarme tú.

—Eres un pesado.

—Anota todo lo que gastemos y en Madrid ya...

—Haz el favor de callarte. ¿Adónde piensas llevarme?

Roberto no conocía bien Ciutadella, ya que durante su anterior estancia había tenido a María como guía particular. Recordó las palabras que siempre repetía Álvaro: «Con un *smartphone* en tus manos se terminó ser un extraño en ningún lugar.» Pulsó en la pantalla de su móvil sobre una aplicación que facilitaba un listado de restaurantes cercanos y bien puntuados por anteriores comensales.

—Sígueme —ordenó Roberto en cuanto devolvió el teléfono móvil al bolsillo de la cazadora—. Tengo una teoría sobre los raritos —anunció Roberto una vez que inició el paseo.

—Yo me muevo más en el terreno de la intuición —dijo Alma, todavía asqueada por el comportamiento del forense—. Suéltalo.

—Nunca te fíes de un tipo que tenga la voz de su madre y que lea novelas negras en una sala de autopsias.

23

Al caer la noche Galván cruzó el vestíbulo del hotel y captó una voz de mujer que pronunciaba su nombre. Raquel Nomdedeu lo saludaba con efusividad desde el interior de una estancia con la puerta entreabierta. A esas horas en las que solía pasar la última página del día y se refugiaba en una melancolía voraz, el viejo profesor no tenía ganas de nada. Incluso pensó en fingir que no la había oído, pero su estancia en el hotel tenía un objetivo determinado.

Al acceder al salón le sorprendió la belleza de su techo abovedado de piedra rojiza y el orden geométrico que transmitía todo el conjunto, integrado por un sofá de formas rectas y muebles de diseño de madera noble. Le llamó la atención la presencia de una estantería vacía que cubría toda una pared y cuyo diseño emulaba el interior de un laberinto. Que aquel mueble no albergara un solo libro, con la cantidad de escritores que se hospedaban entre esas paredes, le pareció como mínimo irónico. Galván pensó que tal vez fuera una medida tomada por la dirección del hotel para no herir el ego de los huéspedes. Un escritor puede olvidar un halago, jamás un rechazo. Sobre la mesa de centro distinguió tres copas, una botella de Hendricks y varios botellines de tónica Fetimans. En el sofá vio la calva reluciente de Leo Valdés, una joven de cuerpo voluptuoso decidida a reducir las distancias con el escritor y los ojos empañados de Raquel, arropados por su sempiterna sonrisa burocrática.

—Querido Paco, bienvenido a nuestro particular confesionario literario —dijo la editora con voz pastosa. Con un gesto de mano le ofreció su sitio en el sofá y tomó asiento en un sillón que arrastró desde un rincón de la estancia—. Ya conoces al gran Leo Valdés —añadió la mujer. Galván tendió la mano, pero el escritor se limitó a alzar la suya con desgana y se sirvió otro *gin-tonic*—. Ella es Paula Pascual, una nueva voz en la literatura *noir*. —Galván se acercó para darle dos besos, pero ella prefirió estrecharle la mano. Un segundo después le dio la espalda y dirigió toda la atención a su idolatrado compañero.

—¿Entonces todos los premios de novela negra están previamente asignados? —preguntó Paula a Valdés haciendo un mohín. Él le lanzó una mirada atroz.

—Nena, no digas esas cosas —le regañó la editora—. Una recién llegada como tú ha de mantener las ilusiones. ¿No crees, Leo?

Raquel no podía negar que venía de una familia acomodada y su elegancia se advertía tanto en su indumentaria como en los modales. Sin embargo para Galván no pasó desapercibido ese condimento maligno con el que sazonaba algunos de sus comentarios cuando alguien no era de su agrado o simplemente le llevaba la contraria. La conocía desde hacía más de treinta años, cuando todavía era la mujer de uno de sus mejores amigos, Joan Balaguer, rector de la Universidad de Barcelona durante los años en los que él ejerció como profesor titular de Criminología. La muerte repentina de Balaguer cuando varios trenes de cercanías estallaron un día de marzo en Madrid hizo que su ausencia pasara tan desapercibida como su vida, siempre a la sombra de aquella mujer empeñada en parecer tan segura de sí misma y a la vez tan frágil.

—¿Pretendes decirme algo? —preguntó Valdés, chulesco, a la joven escritora.

—No, no, nada de eso... —trató de enmendar la joven—. Lo digo por otros premios, este de la Semana Negra de Ciutadella es nuevo. Además, para mí tú eres un referente.

La calva de Valdés cayó fulminada sobre los exagerados pechos de la escritora, lugar en el que permaneció más tiempo del que una broma permitía. A Paula no pareció importarle demasiado.

—¿Sabéis qué me dijo Marga Clot hace dos semanas?

Aquel nombre pronunciado en los cándidos labios de Paula provocó un profundo silencio.

La editora ofreció su copa a Galván y este la rechazó con un guiño cariñoso.

—Ya sabéis cómo era Marga —prosiguió Paula ante la estupefacción de la editora.

Solo hacía un mes que la agente editorial había accedido a representar a la joven escritora. Lo hizo más por ganarse un favor de la editora que por la novela en sí misma, que le parecía insulsa y sin alma. Marga conocía bien qué se cocía en las profundidades de algunas editoriales y que Raquel te debiera una era motivo suficiente para sucumbir a los deseos de una niña bien.

Raquel contaba con un mecenas para la primera novela de Paula Pascual, alguien que no solo estaba dispuesto a hacerse cargo de la tirada inicial de veinte mil ejemplares y de toda la estrategia de *marketing* —*online* y *offline*—, a la que no puso ninguna objeción, sino que también había claudicado ante las peticiones de rebajar los precios, en concepto de publicidad, que la editorial de Raquel pagaba religiosamente a los periódicos del grupo que el señor Pascual dirigía. A la editora le dolió esa frívola mención a Marga por parte de esa niñata. A punto estuvo de poner sobre la mesa cuatro verdades, cosa que ni la hubiera beneficiado ni pudo hacer, sorprendida por una llorera inevitable en cuanto recordó que hacía menos de veinticuatro horas que estaba compartiendo risas y anécdotas con la agente editorial.

Galván se acercó a la editora y trató de consolarla con un abrazo. Valdés esbozó una sonrisa torcida que al criminólogo no le pasó desapercibida.

—Joder, ya sé que todo es muy *heavy*, yo solo quería decir... —murmuró Paula.

—¿Qué coño querías decir? —exigió Valdés a la joven escritora, abandonando el confort que le proporcionaba su destacada delantera—. Venga, suéltalo. La puta manía de los novatos de no pasar por una Semana Negra sin que deis vuestra opinión. A ver si nos enteramos de una vez. —Valdés cada vez alzaba más la voz—. Tienen que valorarte por lo que escribes..., esto, ¿cómo te llamabas...?, no por lo que dices. Para eso hay otros lugares. ¿Lo vamos pillando? Dime una cosa, ¿qué cojones esperas llevarte de aquí? —soltó. La joven abrió la boca, pero el escritor no le dio tregua—. ¿Más seguidores de tu perfil en Twitter? ¿Los teléfonos de los escritores de moda? ¿Esa mierda de *selfies* para colgarlos en el puto Facebook?

A Paula se le empañaron ligeramente los ojos.

—Ahora no te calles, venga —insistió Valdés—. ¿Qué te dijo Marga?

—Que me presentara... —Paula trataba de arrancar, pero no le era fácil. Valdés resopló con todas sus ganas, se le acababa la paciencia—. Que me presentara a premios donde hubiera finalistas. Al menos a eso sí podía aspirar.

—Bravo, bravo... —vociferó el escritor, acompañándose de unos sonoros aplausos—. Bravo por Marga Clot y su sabiduría. ¿Ya estás contenta? Acabas de aportar tu contrastada experiencia a esta gran familia de la novela negra.

—Ya está bien, Leo —intervino la editora—. Ya vale. Lo siento, Paco, tenemos todos los nervios a flor de piel.

El criminólogo asintió apesadumbrado.

—No tuve la oportunidad de conocer a Marga Clot —añadió.

—Vaya, ¿y del asesinato sí has tenido la oportunidad de conocer detalles? —lo zahirió Valdés.

—No soy policía.

—Pues bien que trabajas con ellos, o al menos eso hacéis creer en vuestra novela.

—Leo. —Raquel trató de llamar la atención del escritor, pero no sirvió de nada. Una vez más estaba decidido a ser él mismo.

—Exhibe tus dotes de *profiler*. ¿Es así como os llamáis? Venga, déjame alucinado con eso de ... —Valdés mutó su voz. Aunque su intención era la de imitar la de Galván, atrofiada por la nicotina que había consumido durante años, parecía más bien la de un hombre agonizante—. Hombre entre treinta y cuarenta y cinco años, aspecto atlético, simpático con sus vecinos y, según el mapa geográfico, tras matar en Cadaqués y en Menorca vive en... —Valdés alzó un dedo y lo movió entre dos puntos imaginarios. Finalmente lo fijó en el centro de ese recorrido ficticio—... en el puto Mediterráneo. Y ahora te pillas una Zodiac con tu compañera escritora y os vais de pesca.

A pesar de las sonoras carcajadas del escritor, solo Paula lo secundó con una tímida sonrisa.

Galván se levantó del sofá y se acercó a Raquel. Cerró los ojos por un instante y negó con la cabeza, quitándole hierro al comentario. La editora le dio un efusivo beso en la mejilla.

—Buenas noches, Raquel —se despidió Galván, tomando nota del resentimiento que Valdés albergaba, de la poca empatía que había mostrado ante el asesinato de una mujer a la que conocía y de cómo la vanidad extermina todo lo humano.

24

Al divisar la fachada del pequeño hotel Rifugio Azul, Roberto supo que no era ni el lugar ni el momento más adecuado para hospedarse allí. Cercano a la catedral de Ciutadella, el edificio, coqueto y acogedor, distaba mucho de ser un albergue para cazadores de asesinos. Más bien contaba con todos los elementos necesarios para que una pareja saldara el cariño pendiente que pudiera arrojar la auditoría de sus cuentas emotivas.

—¿Quién hizo la reserva? —preguntó Roberto poco antes de adentrarse en el edificio.

Algo afectada por el vino que había tomado durante la cena, como paliativo emocional, la oficial alzó un dedo como quien responde al reclamo de un profesor, le guiñó un ojo y le dio un beso sin devolución. Roberto trataba de deducir de dónde había salido la idea de transformar una misión compleja como aquella en unas vacaciones para un par de tortolitos. Le incomodaba la posibilidad de que su vida privada ya hubiera llegado a oídos del comisario. La profesionalidad en la que siempre se escudaba podía quedar en entredicho. Al fin y al cabo, se trataba de un reincidente: de nuevo se acostaba con una compañera de trabajo a la que le sacaba unos cuantos años.

En la misma recepción el inspector impuso las reglas del juego en un tono poco proclive a la negociación. Él se haría cargo, cuando su entidad bancaria se lo permitiera, de la diferencia que le suponía a Alma cubrir con su paupérrima dieta de oficial el precio de la habitación. Alguna mente mediocre de la Dirección General de la Policía todavía pensaba que un oficial comía peor y pernoctaba en lugares más lúgubres que un inspector. Era una demanda colectiva y a viva voz desde hacía años que se estipulara una dieta fija para todos los policías al margen de rangos y categorías, lo cual prolongaba una costumbre clasista que no tenía razón de ser en estos tiempos. La segunda de las condiciones fue hiriente: Roberto pidió habitaciones separadas y Alma deseó zarandearlo.

—Eres un ciclotímico —escupió Alma tras entregar la tarjeta de crédito al recepcionista y percatarse de que este le lanzaba una mirada cargada de deseo.

Desde hacía muchos años, Alma elegía con quién, cómo y cuántas veces se acostaba con un hombre. A nadie le había permitido un atisbo de rechazo. Empezaba a estar harta de aquellos cambios emocionales a los que Roberto la sometía. Pero no podía venirse abajo. Otra vez, no. Ya había habitado en el averno y únicamente queriéndose a sí misma podría evitar regresar a ese lugar. Estaba decidido: si durante aquel viaje Roberto no se estabilizaba, lo dejaría.

Había estado a punto de desaparecer una vez, de convertirse en una mujer desvencijada. La horas de terapia y, sobre todo, la promesa que había hecho a su madre, tenían que servir para algo; Roberto no la iba a hundir. Avasallada por sus propios pensamientos, firmó la ficha de control como un autómata.

Roberto hizo caso omiso del comentario y consultó la pantalla de su teléfono móvil.

Hastiada de recibir tanta displicencia disfrazada de frialdad, Alma se apresuró en tirar de su maleta, recoger las llaves de la mano del recepcionista y encarar las escaleras que la llevaban hasta la habitación.

—Mañana a las siete y media nos vemos aquí —ordenó Roberto.

La silueta felina de Alma se perdió por las escaleras, con la cabeza gacha y arrastrando más dudas que equipaje.

A las tres de la mañana el teléfono móvil de Roberto vibró con insistencia sobre la mesita de noche. Respondió aturdido, sin saber muy bien dónde estaba. Al otro lado de la línea alguien se identificó como el subinspector Vilafañe, responsable de varios vehículos radiopatrullas del distrito de Tetuán en Madrid. Fue breve y directo, sin preámbulos y sin disculpas por la intromisión nocturna.

—Su piso ha sido arrasado por un incendio, jefe. Intencionado, según nos avanza el compañero de la Científica.

Lo que en un principio hubiera podido parecer una falta de tacto, terminó siendo un modo eficaz de transmitir la información. Cuando uno acaba de ser despojado de su hogar, lo que necesita es información, nada de cariño protocolario ni mucho menos ingenio.

—¿Qué le ha hecho pensar que fue intencionado?

—Fui yo quien requirió la presencia de alguien de la Científica, porque el lugar apestaba a pino.

—¿A pino?

—A aguarrás.

Roberto se quedó pensando. Lo suyo eran los crímenes, todo aquello se le escapaba.

—Con el sueldo que tenemos, la mujer en paro y dos niños que alimentar, también hago mis chapuzas como pintor —añadió Vilafañe.

Roberto se esforzó por contener la rabia, necesitaba saber más.

—¿Han podido salvar algo? Los discos de vinilo de... —apenas pronunció aquellas palabras se arrepintió.

—Nada, inspector —respondió Vilafañe, sucinto—. El teléfono que le aparece en pantalla es el de la oficina de denuncias de Tetuán. Llame mañana, tal vez le den más detalles. Lo siento —dijo con poca convicción, y colgó.

Roberto pulsó el interruptor que obraba junto al cabezal y se incorporó del lecho. Se sentó en el alféizar y apoyó la frente sobre el gélido cristal. Por un momento, las farolas, que emitían una cálida luz, se le antojaron antorchas que incendiaban la calle, sosegada y sombría. La soledad aprovechó su momento para colarse por los resquicios de inseguridad que aquella llamada le había causado.

Pensó en su madre, quien, al igual que aquella calle empedrada, había transitado por la vida escoltada por silencios y secretos. No podía reprocharle nada. Las mentiras necesarias son aquellas que vacunan contra el dolor y, aunque todas ellas tienen sus contraindicaciones, la única manera de entenderlas es queriendo incondicionalmente a quien las suministra.

Su madre solo trató de protegerlo. Cómo contarle al niño la connotación de aquel paquete mensual que el cartero del barrio les entregaba con una sonrisa de complicidad. Cómo decirle lo que para ella suponían todas esas fotografías en blanco y negro de personajes célebres del mundo del cine o de la política que con tanto esmero había enmarcado y colgado por todo el piso. Imposible olvidar aquellos regalos navideños que su madre recibía de manos del mismo cartero, y, cómo no, los discos de vinilo de los Beatles. Todos ellos firmados por el mismísimo John Lennon. No haber sido capaz de edificar una vida sólida a sus cuarenta y seis años le escocía tanto como que le llamaran ciclotímico en una recepción de hotel. Sin embargo, haber sido incapaz de proteger aquel legado musical materno le apenaba. A través de los cuatro de Liverpool, su madre trató de explicarle desde el más allá todo lo que ella había callado aquí. No necesitaba que nadie le confirmara el producto acelerante utilizado ni cómo habían forzado la puerta del piso. Un incendio intencionado llamado Daniela de Aliaga y Busay había devastado la escasa memoria familiar.

De un tiempo a esta parte se había preguntado demasiadas veces qué tipo de delitos estaba dispuesto a perpetrar. Cada vez más, se dijo iracundo y, lo que era peor, convencido. Deslizó la cortina opaca que cubría la única ventana de la habitación y regresó a la cama. Sobre un pequeño banco de madera descansaba una exigua maleta. Era la primera vez en su vida que se arrepentía de no haber cogido más equipaje. La idea de que en ese momento de su vida todo lo que tenía estaba en esa habitación transitoria le encogió el corazón.

Unas semanas atrás habían acordado la palabra clave, esa que tenía que activar un ataque planeado cuyo objetivo sería Daniela. Empezarían por la publicación en varias redes sociales y con perfiles ficticios de una información fiscal obtenida por Álvaro, quien engañado por Roberto creía estar monitorizando el ordenador de una sospechosa de haber envenenado a sus tres anteriores maridos. Bastó con apoderarse de su conexión wifi e introducirle un virus capaz de hacerse con el ordenador de la condesa, así como de activar la *webcam* que enfocaba su alcoba.

Cuando insistió a Álvaro acerca de las posibilidades reales de ser descubiertos, su compañero frunció el entrecejo a modo de respuesta. Aquello tranquilizó al inspector, pese a saber que la ejecución de su plan lo convertía en un delincuente. Pero en una guerra aquel matiz era baladí. En una guerra hay quien ataca y quien se defiende. El inspector acarició el reloj Omega sujeto a su muñeca y juró por la memoria de su madre que el tiempo detenido que marcaban aquellas agujas doradas no lo iba a paralizar. Había llegado la hora de defenderse atacando. Se lanzó sobre el teléfono móvil y mandó a Álvaro un mensaje con una sola palabra: «Adelante.»

25

Una fuerte migraña despertó de madrugada al hombre de la mirada con las horas contadas. Los médicos la llamaban cefalea de Hurton; él la llamaba penitencia. La lluvia y la humedad aumentaban la probabilidad de sufrir un episodio y prolongaban su duración. Ni siquiera doblar la dosis de los analgésicos prescritos logró calmarle el dolor. Lio un cigarro de marihuana y ponderó mezclar la sustancia con un gramo de GBH. Era un método infalible para conciliar el sueño y todavía tenía droga suficiente para llevar a cabo el tercer acto de su obra, pero temía los efectos secundarios.

Tomó asiento en un cómodo sillón de orejas y encendió el ordenador portátil. Mientras crujían las entrañas de su Mac Book Air, disfrutó con el recuerdo del placer experimentado en el teatro, siendo testigo de cómo el gran editor se desmoronaba, sabiéndose el verdadero artífice de aquel estado de estupefacción y pánico entre todos los asistentes. Puestos a confesar, no halló goce alguno en matar a Álex Soler. Solo era un acto necesario para conseguir su objetivo, y, de paso, causar el mayor de los martirios al gran editor. Se preguntó qué debería sentir y concluyó que la respuesta correcta sería culpabilidad, pena o remordimiento. Términos abstractos cuyo significado comprendía, sin que lo afectasen.

La prensa catalana daba prioridad al saqueo de la familia Pujol, la nacional se empeñaba en descubrir trapos sucios de los integrantes de Podemos y la menorquina, simplemente, no le trataba como merecía. Ningún periodista se había detenido a pensar qué y quién había detrás de ese crimen propio de un gran novelista, iniciado en Cadaqués y culminado en Ciutadella. La mayoría de los enlaces de la prensa digital eran escuetos, magnificaban la figura del editor y se recreaban en la consternación del mundo literario. Nada decían del verdadero creador. Una vez más era el editor quien se llevaba el mayor beneficio, la gloria y el consuelo. Una vez más se ninguneaba al artista y su obra, que en su caso era única e inédita.

A través de Google localizó varios enlaces que mencionaban el segundo crimen. Uno de los rotativos se aventuraba a relacionar la muerte de Álex Soler con la de Marga Clot. El hombre de la mirada con las horas contadas empezaba a sentirse mejor, en parte por la marihuana, pero sobre todo por la satisfacción del trabajo bien hecho. El clímax le llegó cuando un tal Calderé del periódico Menorca al día advertía de que solo faltaba un crimen para poder hablar de otro asesino en serie en la isla, aludiendo a los hechos acontecidos dos años atrás.

Nunca antes se había planteado recibir esa denominación. Lo cierto era que no le desagradaba en absoluto. Continuó leyendo y se atascó en el párrafo en el que el periodista enaltecía las aptitudes de los policías investigadores. De nuevo lo menospreciaban. Ahogó un grito de rabia, dio una calada al porro y continuó buscando más opiniones. Un enlace acababa de ser colgado en la red, correspondía al mismo periodista.

El hombre consultó la hora y asintió complacido; aquel plumilla tenía raza. Calderé informaba sobre el hallazgo de un vehículo calcinado. Según fuentes directas de la policía, se habían intervenido restos del vehículo a fin de poder obtener alguna huella dactilar o restos biológicos. El hombre rebobinó mentalmente la escena. Marga Clot conducía embriagada en dirección a la Naveta des Tudons con la promesa de follar como locos junto al logo de aquella Semana Negra. Era cuestión de conocer bien los anhelos de la víctima elegida. Saber qué *anzuelo escoger. Recordaba haber abierto la puerta del vehículo con la mano cubierta por la manga del jersey. Del interior no tocó nada y, tal como había quedado el coche, era impensable que pudieran sacar algo en claro, por mucho esmero y fantasía que empleara la policía científica. Aun así, la noticia lo dejó inquieto. Consultó otra de sus cuentas de correo electrónico y comprobó que en la bandeja de entrada había un mensaje nuevo de Darwinblack. El contacto sin cara y sin nombre, pero eficaz al fin y al cabo.*

«Voy a denunciarte, hijo de puta, he leído las noticias.»

Aquella amenaza le provocó una carcajada. Hasta podía imaginarse cómo sería aquel niñato que le había cobrado una mísera cantidad de bitcoins *—la moneda virtual del lado más oscuro de la red— por atacar de manera anónima la web de la organización del evento y enviar a todos los asistentes el vídeo de la muerte de Álex Soler. Seguramente pesaría más de cien kilos, llevaría un mes sin afeitarse y se la pelaría cada tres horas fantaseando con mujeres que jamás llegaría a oler siquiera. «Bienvenido a la vida real», gritó eufórico mientras enviaba a la papelera aquel mensaje. El último que había amenazado con denunciarle se pudría entre rejas y ni siquiera tenía imaginación suficiente para sospechar el final que le tenía preparado.*

—¿Todavía escribes? —le había preguntado el preso con la voz áspera tres días atrás. No solo los separaba una mampara de cristal, también una infancia llorada y muchos años de silencio. El hombre no respondió—. Deja de engañarte, tienes tanto de escritor como yo. —Sonrió sin pudor de mostrar unas encías invadidas por la piorrea—. Asume tu mediocridad.

El hombre prefirió no replicar y fulminarlo con sus ojos viperinos.

—Tu madre siempre tuvo dos cegueras, la de los ojos y la referente a ti —insistió el viejo con sorna.

—Ya no puedes hacerme daño.

El viejo le concedió una nueva sonrisa, en esta ocasión crispada. Tomó aire, lo soltó y dijo:

—No merezco estar aquí dentro.

Interrumpió aquel recuerdo, se arrellanó en el sillón y repitió con mofa una y otra vez aquella última frase. Buscó en el ordenador el archivo que contenía el vídeo del asesinato de Marga Clot. Observó la escena como si fuera la primera vez que la presenciaba. Le satisfizo escuchar su propia voz, el dominio que ejercía sobre esa vida ajena. Pulsó en el reproductor digital el botón de avance y detuvo la imagen cuando el rostro de la agente editorial ya no era más que unas cuencas vacías arrojando sangre a modo de lava rojiza. Acercó el cuerpo hacia la pantalla del ordenador y buscó en esa expresión algo que únicamente él sabía. Un parecido, una voz del pasado, un perdón pendiente. Un conjunto de imágenes sombrías que merodeaban por su memoria.

—No sabe lo que dice, mamá, tú no le hagas caso —pronunció con voz de niño.

—¿No me estarás mintiendo? —se respondió a sí mismo con voz de mujer.

El hombre de la mirada con las horas contadas agachó la cabeza y negó con timidez.

—¿Me estás mintiendo? —insistió la mujer que habitaba en su interior.

De un golpe seco cerró el ordenador portátil y se quedó paralizado un instante. Apuró con ansia el porro y dejó reposar el pucho de marihuana sobre un cenicero de barro. No supo el rato que estuvo ahí sin mover un músculo. Una idea repentina le devolvió la sonrisa. Abrió de nuevo el portátil y tecleó con renovado entusiasmo. Se recreó leyendo los distintos enlaces que encontró acerca de su próxima víctima. Siempre había disfrutado de la fase de documentación que debe tener toda obra literaria. En vivo resultaba mucho más atractiva que en la fotografía insulsa que la editorial había utilizado en su primera y, por supuesto, última novela. No estaba dispuesto a soportar que alguien ajeno a ese mundo lo lograra en su primer intento. Ni tan siquiera contaba con una mínima creatividad para construir una trama sólida y unos buenos *personajes. Tuvo que acudir a la realidad y añadirle veinte páginas de exageración emotiva. Con libros como ese la novela negra estaba herida de muerte y él era el elegido para evitar que eso sucediera. No dejaba de ser un sacrificio, pero, en un futuro no muy lejano, su nombre aparecería inmortalizado en ese género. Si él pudo salir adelante, el hijo de María Médem también lo lograría.*

SEGUNDA PARTE

26

Miércoles 18 de febrero

La tramontana se había marchado dejando tras de sí un cielo inmaculado, un ambiente gélido y dos asesinatos que resolver. A María el trayecto en bicicleta le servía para mantenerse en forma, pero sobre todo para planificar la jornada. Y aquel día de nubes ausentes no era uno cualquiera. Así que se detuvo frente a la pastelería Herbera y pidió un surtido de ensaimadas. Intercambió un par de comentarios relativos al frío con el empleado, sonrió a los habituales piropos que el joven solía dedicarle y reemprendió la marcha con la bolsa de manjares autóctonos pendiendo del manillar. La oportunidad de aquel cumplido la ayudó a sentirse guapa y preparada para lo que podía venir.

El reencuentro con Roberto se le antojaba complejo e imprevisible. Añadir algo de azúcar tal vez suavizaría aquella separación estricta que el inspector había impuesto. Con él no valían las medias tintas, todo era blanco o negro. De haber sido más comprensivo quizás habría resultado muy distinto. «Jamás presiones a una mujer que acaba de ser madre para que tome una decisión», se dijo la policía en una suerte de diálogo ficticio con el inspector. «La mujer que era ya no es, y la que será todavía la está buscando.»

Abstraída en sus elucubraciones alcanzó la comisaría sin

darse cuenta. Candó la bicicleta en una farola de la calle República Argentina, bajo las cámaras de seguridad del edificio policial, y saludó alegre al compañero de la puerta. Le preguntó si había llegado alguien, pero el agente se encogió de hombros, alegando que acababa de relevar al turno saliente.

Al adentrarse en el despacho de la Judicial constató que era la primera. Tomó asiento frente a uno de los monitores y, al ir a pulsar el botón de encendido, descubrió que el equipo no estaba apagado. «Los habituales descuidos de los funcionarios», se dijo a modo de reprimenda. Consultó la bandeja de entrada de los correos electrónicos y se alegró al ver que Galván le había enviado uno a altas horas de la noche.

Le adjuntaba un borrador del primer informe sobre el posible perfil del asesino, «no sea que caigamos en contradicciones frente al señor inspector jefe», y hacía especial hincapié en la personalidad del escritor Leo Valdés. También añadía que Maimó tenía reservada una habitación en el hotel Can Paulino, hecho que le había llamado la atención, habida cuenta de que tenía su residencia habitual a escasos dos kilómetros. Galván nunca decía a un policía lo que tenía que hacer. El viejo profesor facilitaba herramientas y de los investigadores dependía que hicieran o no uso de ellas.

María tuvo que enfrentarse a la impresora. Abrió las compuertas laterales, las bandejas de recarga frontales y el habitáculo que acoge el tóner. Detectó un folio apresado y lo extrajo con la cautela necesaria para evitar males mayores. Seguidamente pulsó el botón de reactivación y la impresora escupió perezosa el informe de Galván. A punto estuvo de lanzar a la papelera el folio arrugado, cuando reparó en el abrigo casposo de Garrido colocado sobre la silla habitual del subinspector. Acicateada por la curiosidad, María desenredó la pelota de papel que había formado con el folio y en el momento en el que se disponía a leer asomó Garrido, somnoliento y sosteniendo un café de máquina.

María dobló el papel y lo escondió en el bolsillo trasero de sus ajustados vaqueros.

—Se nota que hoy viene Rial —masculló Garrido consultando el reloj que llevaba en su muñeca.

—Eso mismo digo yo. Si hasta has tenido tiempo de encender los ordenadores.

Garrido dio un sorbo de café y, tras ponderar qué responder, optó por callar.

—Buenos días —irrumpieron al unísono Zambrano y Pol, el primero con más brío que el segundo.

María supuso que el miércoles era uno de los cinco días de la semana en los que Zambrano alzaba mancuernas desde las seis y media de la mañana. Tanta vitalidad tempranera no podía ser sana, pensó la policía dirigiendo la mirada a la bolsa de ensaimadas.

Sonó el teléfono, pero ninguno de ellos dio muestras de oírlo. María detestaba aquel gesto tan cotidiano por parte de sus tres compañeros.

—Creedme, el teléfono fijo no provoca cáncer —dijo la policía en voz alta, y respondió a la llamada—. Judicial, dígame.

—Llevamos más de cinco minutos esperando en la sala de *briefing* —ladró Roberto al otro lado de la línea al escuchar la voz de María, después de setecientos días sin dirigirse la palabra—. ¿Es que no tenéis ganas de resolver dos asesinatos?

—Vamos enseguida —respondió ella con la voz apagada y más desilusión que ira. Colgó el aparato con aire ausente y encaró la puerta como una autómata.

—¿Adónde vas? —preguntó Pol.

—Todos a la sala de *briefing*. Ahora —pronunció María con la voz floja y las emociones enfriadas.

Cuando Roberto había accedido a la sala había dejado que Alma se ocupara de las conexiones entre el ordenador portátil y el proyector. En ese momento se apoyó en el borde de la mesa central y lo asaltó un sentimiento de culpa que le azotó directamente en el estómago. No atinaba a saber qué le había empujado a responder a María del modo en el que lo había hecho. «Cansancio y sueño», se mintió.

En cuanto llegaron los integrantes de la Judicial, Roberto se incorporó y no perdió el tiempo en presentaciones.

—Ella es la oficial Alma, a mí ya me conocéis... —arrancó el inspector jefe—... casi todos —puntualizó mirando a Pol.

Con un gesto de la mano invitó a que los cuatro tomaran asiento en la primera fila de las siete que comprendía la sala.

María se preguntó cómo alguien que apenas dormía, mal comía y vivía a trompicones, podía conservarse tan bien. Ataviado con unos vaqueros gastados, un jersey negro de pico y un tres cuartos de aire militar, solo la presencia masiva de canas delataba mínimamente el paso del tiempo.

Zambrano y Pol se buscaron con la mirada en cuanto vieron a Alma con el culo en pompa tratando de conectar los cables del ordenador portátil. María cazó el intercambio de sus compañeros y chasqueó con la lengua con un gesto de menosprecio. A la oficial de policía los vaqueros de cintura baja le quedaban como un guante. Se acercaba al metro ochenta y calzaba las botas UGG por las que María llevaba ahorrando desde hacía dos meses. Un jersey de lana fina de color blanco y cuello alto evidenciaba que la talla del sujetador no era inferior a la cien.

Como si le hubiera leído el pensamiento, Alma se cubrió con el anorak que había dejado sobre una silla. Era una prenda de color verde, acolchada y corta hasta la cintura. El mismo anorak de Zara que María llevaba puesto. De no ser por las botas y por el distinto color del jersey, en el caso de María de color negro, parecían dos hermanas vestidas por una misma madre.

—¿No funciona la calefacción? —preguntó Alma.

—Llevamos así todo el invierno. En nuestro despacho sí, pero aquí, como casi nunca bajamos... —respondió Garrido desganado.

Alma reparó en que María llevaba el mismo anorak. La oficial le regaló una sonrisa de complicidad que María tardó en devolver.

Zambrano prefería a la oficial sin chaqueta. Se dirigió hasta el control de mandos de la calefacción central, pero tuvo que desistir ante el gesto de impaciencia del inspector.

—¿Podemos empezar ya? —apremió Roberto.

Zambrano regresó cabizbajo a la silla más cercana a la oficial. María y Roberto cruzaron una fugaz mirada. Como si sus ojos fueran dos manos repelidas por los electrones en días de viento y de poca humedad. En su estricta concepción de la vida, para Roberto todo tenía su momento y nada podía mezclarse. En la cabeza de aquel tipo arisco y poco social cuando tocaba reír, las menos de las veces, reía. Cuando tocaba ponerse circunspecto, su estado natural, se ponía. María conocía bien al inspector y aun así se preguntaba por qué su propia estabilidad se tambaleaba siempre que lo tenía delante. Cansada de no tener respuesta para ello, se sorprendió contemplando los grandes ojos verdes de Alma y aquellos labios carnosos que pedían guerra. María extrajo el bloc de notas del bolsillo interior de la cazadora y el *email* de Galván que acababa de imprimir.

Roberto asintió con la cabeza y Alma presionó una tecla del ordenador. En la pantalla del proyector apareció el nombre de la operación: BRAILLE.

—¿Y el puntero láser? —preguntó Roberto.

—En la maleta de Álvaro —respondió Alma sin mirarlo a la cara, no fuera a ser que le cayera un rapapolvo. Ayudó, y mucho, a la oficial que en ese instante llegara Galván y se acercara a Roberto para abrazarlo.

El inspector mostró una sincera alegría por volver a ver al viejo profesor. A María le dolió aquella cálida reacción, aunque también reconoció que ella no se había dirigido a Roberto con el ímpetu con que lo había hecho Galván. La agente le indicó con una seña que tomara asiento junto a ella y así lo hizo.

—Operación Braille —prosiguió Roberto, revitalizado. Ese tipo de investigaciones constituían su mejor complejo vitamínico—. La madrugada del dieciséis de febrero Álex Soler fue asesinado en Cadaqués. Aproximadamente veinticuatro horas después lo fue Marga Clot, a escasos kilómetros de aquí. Tenemos dos homicidios con idéntico *modus operandi*. A falta de que profundicemos en los detalles, sabemos que a ambas víctimas las drogaron, amordazaron, ataron, les cortaron las venas y una vez desangradas procedieron a arrancarles los ojos con un objeto indeterminado. Son varias las escenas del crimen que tenemos. No olvidemos que el lugar en el que el asesino dejó los ojos de las víctimas también son escenas del crimen y como tal han de ser tratadas.

Garrido alzó la mano y Roberto asintió con un movimiento de mentón.

—Me preguntaba, jefe, qué podemos hacer nosotros respecto a los hechos ocurridos en Cadaqués.

—Directamente poco, pero contamos con el informe del forense, el reportaje fotográfico de la Científica de los Mossos y una especie de pacto entre caballeros.

—No sé yo... —añadió Alma, escéptica.

Roberto sonrió un instante y María registró aquel gesto tan impropio del inspector como una señal de alarma. ¿Complicidad entre ellos?

—Siguiente —ordenó el inspector, y Alma pulsó de nuevo la tecla.

La pantalla aparecía dividida con imágenes de las dos víctimas. Rostros sin mirada y de piel pajiza, despojados de vida y del mínimo respeto al que todo ser humano debería tener derecho.

—Hay dos escenas del crimen que son lugares célebres, estandartes turísticos de cada una de las localidades. Por una parte, la estatua de Dalí en pleno centro del pueblo de Cadaqués, lugar en el que exhibieron los ojos de Álex Soler, y en el caso de Ciutadella, la conocida Naveta des Tudons, donde hallasteis el cuerpo de Marga Clot. ¿Alguno de vosotros es de por aquí?

Pol levantó la mano.

—¿Tiene la Naveta des Tudons algún significado que no aparezca en la Wikipedia? —quiso saber Roberto.

Pol negó con la cabeza, ligeramente intimidado por la seguridad abrumadora de aquel tipo.

—No nos olvidemos que la Naveta des Tudons es el logo de la Semana Negra de Ciutadella —intervino María—. ¿Se sabe por qué apareció un solo ojo en la estatua de Dalí?

Roberto agradeció el comentario de María señalándola con un dedo de manera repetitiva. La policía correspondió en silencio al hecho de que la mirara durante más de dos segundos.

—Tenemos una teoría —respondió Roberto volviendo la vista a Alma—. Creemos que un animal salvaje pudo llevarse uno de los ojos.

El inspector se vio obligado a detallar más ante la expresión desconcertada de todos los que le escuchaban.

—En Cadaqués tienen visitas periódicas de jabalíes y no es nada descabellado que uno de ellos se zampara un ojo de Álex Soler. ¿Seguimos?

Nadie osó replicar. Roberto señaló el proyector y Alma pulsó otra tecla del ordenador. En la pantalla apareció un mapa en el que señalaban con puntos rojos los aeropuertos de Menorca y el del Prat. A Roberto no se le escapaba nada, también había señalizado aeropuertos franceses cercanos a Cadaqués, el de Valencia e incluso el de Madrid.

—Tras comprobar todas las conexiones aéreas posibles, queda claro que el asesino tuvo tiempo de sobras para estar presente en las cuatro escenas del crimen. ¿Estáis todos de acuerdo? —dijo Roberto alzando la voz con el propósito de favorecer una mayor interacción grupal.

—María y yo tenemos un perfil inicial del asesino —dijo Galván. La policía le apretó la mano, agradecida.

—Adelante —invitó Roberto.

—Por estadística criminal —anunció el viejo profesor—, tenemos que decir que es muy improbable que se trate de dos personas. A pesar de que los escenarios están separados en el tiempo y el espacio, tal y como acabas de decir, tuvo tiempo suficiente para perpetrarlos. Nos aventuramos a pensar que se trata de un solo asesino.

—¿Hombre o mujer? —inquirió Roberto—. Recordad que ninguna de las víctimas sufrió agresión sexual.

—El tipo iría bien servido —bromeó Zambrano.

—Justo —exclamó María con semblante serio—. El hecho de que no haya mantenido relaciones sexuales con sus víctimas nos lleva a descartar que pueda fantasear con tener una relación íntima consentida que en la vida real sea incapaz de tener, bien por carencias físicas, psíquicas o ambas. Creemos que es un hombre —María consultó el *email* de Galván que había impreso— por la violencia que ejerce en la extracción de los ojos. Es un acto atroz, impropio de una mujer.

—No mezclemos movimientos feministas con una investigación —soltó Garrido con mofa.

—Tal vez seas tú quien lo esté mezclando —espetó Roberto, saliendo en defensa de María—. Lo que nos está diciendo la compañera es un dato estadísticamente constatado, que yo, además, comparto.

María no cabía en sí misma. Por su parte, a Alma le pareció algo hostil el tono que Roberto acababa de emplear con el subinspector. ¿En defensa de María?

—¿Qué opináis del uso del braille? —continuó Roberto. Galván carraspeó.

—Es posible que el asesino esté o haya estado en contacto con algún invidente —concluyó el viejo profesor—. Conoce el braille o se siente cómodo utilizándolo, y, además, arranca los ojos a sus víctimas.

Pol alzó la mano con timidez. Roberto le dio la palabra.

—Estamos a la espera del informe de la policía científica, pero hace apenas quince minutos he recibido un wasap —Pol alzó su teléfono móvil—. La nota que el asesino dejó en la habitación de Marga Clot fue escrita con una máquina de escribir para invidentes llamada Perkins. Incluso el papel utilizado es especial.

Roberto anotó ese dato en algún rincón de su memoria.

—¿Recuerdas al profesor Puigmartí, de la universidad? —inquirió María, dirigiéndose a Galván.

—Por supuesto.

—Pensaba en su tesis sobre los dibujos que algunos asesinos realizaban en prisión —añadió ella. Galván asintió expectante—. Puigmartí relacionaba el significado de dibujar los ojos perfilados, grandes o vacíos con la personalidad del criminal. ¿Qué significado darías a la extirpación de los ojos?

Galván echó la cabeza hacia atrás tratando de recuperar aquellos datos que debían de estar agazapados en su mente. Transcurridos unos segundos, respondió.

—Por una parte no quiere que lo miren. Exacto. —Se entusiasmó Galván con sus propias deducciones—. No quiere que sus víctimas vean lo que ha hecho, pero, a la vez, el hecho de contemplar los rostros sin ojos le proporciona una especie de paz.

—¿Qué tipo de paz? —preguntó Alma.

—La paz que nos brinda lo conocido, el hogar...

—La familia —añadió María.

—A ver si me aclaro —intervino Garrido—. El loco este, cuando mata y les arranca los ojos, ¿cree estar viendo a su padre?

Galván se encogió de hombros.

—A su padre, a su madre, a un hijo... Es posible —respondió el viejo profesor.

—Ahora que mencionas la posibilidad de que tenga un hijo —concretó Roberto—, ¿qué edad le calculáis a nuestra presa?

—Las dos víctimas fueron seducidas —aportó María—. Álex Soler era gay y Marga Clot le daba a todo. No me imagino a un tipo mayor de cuarenta y cinco años ni menor de veinticinco. Ha de ser alguien capaz de conseguir que las dos víctimas quisieran estar con él. En el caso de Álex, según los Mossos, en la casa no hay señales de violencia física ni de que la puerta hubiera sido forzada. Por tanto, se conocían. En el caso de Marga Clot, es evidente que el asesino la convenció para que fueran juntos hasta la Naveta des Tudons.

Galván se mostró de acuerdo con aquella hipótesis.

—Suministró aspirinas a Marga Clot —leyó Alma de su bloc de notas— y vodka a Álex Soler. Ambas sustancias tienen un efecto anticoagulante. Sabe bien cómo realizar los cortes de las venas a fin de acelerar el desangrado y, según el forense Vicente Abarca, la extirpación de los ojos fue una chapuza.

Nadie respondió a ello, pero todos anotaron esos datos.

—De momento lo que podemos decir es que se trata de un tipo organizado, sus muertes son planificadas. —María ni siquiera tuvo que mirar el *email* que había impreso—. Al menos el caso de Cadaqués así lo demuestra. Las víctimas no son elegidas al azar. Es inteligente y dispone de solvencia económica, ya que viaja sin problemas. Me atrevería a decir que es culto por sus referencias al ámbito literario —convino la policía—. Sin olvidar que tiene amplios conocimientos informáticos. No cualquiera puede atacar una web del modo como lo hizo.

—¿Qué tenéis sobre eso? —exigió Roberto a Garrido; al fin y al cabo, él era el responsable del grupo.

—¿Pol? —El subinspector pasó la pelota al más joven de los integrantes del grupo.

—No sé muy bien cómo interpretar la información que me ha pasado el informático que administra la web atacada —confesó el joven.

Roberto se acercó a Pol y María se encontró envuelta en la fragancia que tantos momentos le evocaba.

—Anota este teléfono —pidió Roberto al joven policía—. Se llama Álvaro Aldea y es nuestro experto en todo lo relacionado con internet. Tengo entendido que habéis intervenido la *tablet* de Marga Clot —añadió. Pol asintió—. Desde este momento eres el encargado de los aspectos tecnológicos de la investigación. Ya sabes, a buscarse la vida.

Pol asintió, sintiéndose reconfortado. Al fin un jefe tomaba las riendas. Si alguna vez había soñado con ser policía de Homicidios, la escena se había parecido mucho a esa.

—Respecto al ataque de la web... —intervino María con

algo de recelo—. Deberíamos prestar atención al concejal de Cultura, Joan Maimó.

—¿A qué te refieres? —preguntó Roberto.

—Maimó ha ocultado datos importantes. El primero, el hecho de que la empresa informática que mantiene la web del Ayuntamiento y la de la Semana Negra sea suya, por mucho que conste a nombre de su mujer —precisó la policía—. Además, llegó tarde al evento de la inauguración y mintió acerca del lugar del que venía. Por otra parte, Galván ha comprobado que dispone de una habitación en el hotel Can Paulino. ¿No os parece extraño para un residente en Ciutadella?

Garrido prestó atención a la explicación de María. La conocía bien y apreciaba sus inestimables virtudes, sin embargo temía que de nuevo volviera a sospechar de alguien cercano a ella en un caso de asesinato.

—¿En qué mintió? —quiso saber Roberto.

—No venía de Palma de Mallorca, tal como dijo, sino de Barcelona.

—¿Lo comprobaste en la lista de pasajeros del vuelo? —inquirió Garrido.

—No. Esa información me la ha proporcionado una empresa que administra una aplicación telefónica. —María buscó la mirada del inspector—. Es algo delicado; si no te importa, preferiría hablarlo en privado contigo, Roberto.

El inspector guardó silencio, echó un rápido vistazo de soslayo a Alma y prosiguió.

—¿Qué hay de las cámaras del hotel donde se hospedaba Marga Clot?

—Apagadas por orden del Ayuntamiento —respondió Zambrano.

—¿Y cómo se llama el gilipollas que da una orden de ese tipo? —quiso saber el inspector.

Garrido no pudo evitar una carcajada.

—Joan Maimó —contestó finalmente el subinspector.

—¿Se puede saber por qué?

—No quería perturbar la intimidad de los señores escritores y editores —respondió María—. El director del hotel nos exige una orden judicial para activar las cámaras, de lo contrario no tiene intención de contradecir al Ayuntamiento.

—Hay que joderse —lamentó Roberto—. Dejemos que maten a cinco más en nombre del derecho a la intimidad. Alma, pasa a la siguiente diapositiva, por favor.

La oficial obedeció y en la pantalla apareció la fotografía en vida de Marga Clot y de Álex Soler.

—¿Qué podéis decir de las víctimas? —Roberto dirigió la pregunta a María y a Galván.

La policía concedió la palabra al viejo profesor con un gesto de mano.

—Están vinculadas de un modo directo o indirecto al mundo literario —dijo Galván—. Me atrevería a decir que la elección obedece a algún tipo de simbolismo. Las escoge más por las características del entorno que por lo que ellas son. Pero en el caso de Álex Soler, lo que buscaba el asesino era visibilidad y, sobre todo, joder de por vida al reconocido editor.

Roberto pensó en ello un instante.

—Pedid las grabaciones del evento —resolvió al cabo—. Algo me dice que el asesino estuvo presente, disfrutando del espectáculo que había ideado de manera enfermiza. Estoy contigo, Galván, iba a por el editor. La muerte de su hijo no fue más que un daño colateral. Pero no acabo de entender la elección de la agente editorial. No veo la conexión.

—Es muy pronto todavía, necesitamos más información sobre las víctimas y su entorno —dijo María.

Roberto asintió y a continuación dio dos fuertes palmadas.

—Manos a la obra. Alma, averigua dónde se puede comprar el GBH. No es una droga común y la ha utilizado en ambos crímenes para reducir la voluntad de las víctimas. —La oficial asintió—. Zambrano, ocúpate del control de pasajeros del aeropuerto, de revisar las imágenes del evento en el teatro y pide ese maldito mandamiento judicial para el director del hotel. En cuanto lo tengas listo, yo mismo iré a hablar con el juez de instrucción. Por cierto, ¿qué tal es? —dijo, lanzando la pregunta a todos los presentes.

—La buena noticia es que no es malo del todo —respondió Garrido—. La mala es que es el marido de la Zurda.

—¿La Zurda?

—La jefa —corrigió Garrido rápidamente ante la mirada acusadora del resto de los compañeros.

Roberto sopesó aquella información y no tuvo muy claro qué pensar. Sin embargo, ello explicaba por qué había elegido aquel destino Celia Yanes.

—Tenemos que estar en la calle —propuso Roberto mientras Alma se encargaba de apagar el ordenador portátil y el proyector—. Hemos de interrogar a los amigos de la víctima, a todo ser vivo que mantuviera con ella algún contacto, al personal del hotel, al de la organización... María y Galván, aprovechad vuestra condición de escritores. Hay que poner nervioso a nuestro asesino, presionarlo, que sienta que estamos al acecho. Nos esperan horas duras y, sobre todo, por encima de todo: no quiero una tercera víctima.

Nadie movió un músculo mientras trataban de asimilar esas últimas palabras.

—A la puta calle —ordenó Roberto.

Pol y Zambrano se arrimaron a Alma para formalizar las presentaciones con dos besos. Garrido fue el primero en abandonar la sala de *briefing*. Galván y María se levantaron y vieron que Roberto se acercaba hasta ellos.

—¿Cómo os va la vida, escritores? —preguntó este, risueño.

María se quedó estupefacta ante aquel cambio de registro. Lo cierto es que le apetecía besarle y darle un abrazo, pero mantuvo la distancia de seguridad. Si algo quería aniquilar de su pasado con aquel hombre era a la María decidida, esa que siempre tomaba las riendas a pesar de los cubos de hielo que él echaba sobre los dos.

Galván consultó su teléfono móvil.

—Si no os importa —intervino el viejo profesor—, tengo

que dejaros. Tengo unos asuntos pendientes —mintió con torpeza antes de marcharse.

Roberto lanzó una mirada a Alma, la oficial parecía entretenida con los dos nuevos compañeros.

—¿Te apetece un café en el Imperi? —propuso Roberto con un ligero titubeo.

María asintió complacida y, aunque estuvo a punto de decirle que tenía unas ensaimadas para él en el despacho, la idea de compartir a solas un café superaba todas sus expectativas.

Alma los vio marchar, frunció el entrecejo y deseó que aquella mujer no tuviera por los hombres el mismo gusto que compartían por las prendas de abrigo.

27

La emisora de radio con más oyentes en la isla disponía de un local más propio de un detective americano en declive que del grupo empresarial al que pertenecía. La alcaldesa no dejaba de recorrer el angosto pasillo una y otra vez. Maimó, sentado con las piernas cruzadas y la cabeza apoyada en la pared, asistía impasible a uno de esos ataques que Olga Rius sufría siempre que tenía que aparecer en los medios.

Los hechos acontecidos la superaban y se arrepentía de haber puesto su vida política en manos de aquel manipulador que la convenció para que firmara los dichosos papeles. ¿Qué necesidad tenía ella de complicarse la vida? ¿Acaso no disponía de dinero suficiente para asegurarse una cómoda jubilación? La voracidad no escucha el sentido común, se instala dentro de una y se convierte en el motor que empuja a tomar decisiones. Era demasiado tarde para cambiar de idea, pero sentía la necesidad de buscar otra salida. Seguro que la había.

Maimó prefirió ignorar a la histérica de Olga y centrarse en la pantalla del teléfono móvil. Desde que había inaugurado la Semana Negra, en su perfil de Twitter el número de seguidores no dejaba de crecer. Se tomó una fotografía a sí mismo con el logo de la emisora de radio a la espalda y la colgó en la red social. Desde hacía unos meses, Maimó narraba su vida con detalle en aquel terreno fértil para el cultivo del ego.

Olga detuvo el paso y se quedó quieta frente al concejal, que levantó la mirada y esbozó con los labios un gesto de fastidio.

—¿Qué? —exigió Maimó.

Olga negaba con la cabeza, atónita ante la indiferencia que mostraba su compañero de partido y de Ayuntamiento.

—Irán a por nosotros.

Maimó hizo caso omiso del comentario y continuó deslizando el dedo por encima de la pantalla, pasando veloz los contenidos. La alcaldesa le arrebató furiosa el dispositivo.

—¿Es que no te das cuenta de la gravedad del asunto?

Maimó le reclamó con un gesto que le devolviera el teléfono. Olga se sentó a su lado, cabizbaja y derrotada.

—No voy a tirar toda mi carrera por tu mal hacer, Joan.

—Vamos a ver... —Maimó se levantó, irritado—. Están investigando dos asesinatos, ¿lo entiendes? Dos asesinatos. Lo nuestro es tangencial. Cuando me citen iré a comisaría con mi mejor sonrisa, les facilitaré lo que me pidan y punto pelota.

—He estado pensando —balbució la alcaldesa— que tu mujer debería comparecer y...

—¿Te has vuelto loca? ¿Y qué quieres que diga? No seas ingenua.

—¿Tramando maldades para inspirarnos futuras novelas? —escupió Valdés al salir del estudio y toparse con los dos políticos.

Maimó encaró al célebre escritor todavía furioso por la conversación con la alcaldesa.

—Ten cuidado, Valdés, tenemos a un asesino suelto en la isla y parece que le gusta el ambiente literario.

Olga no salía de su asombro ante el mezquino comportamiento de Maimó.

—Lo tendré —replicó Valdés—. Aunque vosotros también deberíais ser prudentes. Ya hace tres horas y media que no asoma ningún político corrupto en el telediario.

Maimó encaró al escritor y, de no ser por la intervención de la alcaldesa, la cosa habría pasado a mayores.

—Ya está bien —soltó Olga, zanjando la disputa.

Valdés exhibió una sonrisa postiza capaz de irritar a un muerto. Al ver que las aguas volvían a su cauce abandonó el edificio satisfecho. Que aquellos dos fueran los artífices del evento literario no menguaba ni una pizca la repulsión que le inspiraban. Él era un escritor y no se debía a nadie, y menos a esa casta especializada en macroestafas enrevesadas que ellos disfrazaban bajo la etiqueta de «crisis».

—No sabíamos que existían problemas entre ustedes —se disculpó el joven periodista que se disponía a entrevistarlos.

La alcaldesa se recompuso y asió el brazo del periodista con simpatía. Tomó aire al divisar los distintos micros sobre la mesa del estudio y se adentró en aquel territorio temido.

—Estamos todos un poco tensos con lo del asesinato —argumentó la alcaldesa mostrando su cara más afable.

«Esa es mi chica —pensó Maimó—. Desviar el foco de atención. Si les hacemos mirar al norte, jamás sospecharán que existe el sur.»

28

Con el paso del tiempo los lugares terminan menguando en la memoria, convirtiéndose en una mísera compilación de lo que realmente fueron. Para Roberto, Ciutadella se reducía a una mujer, al *Hope there's someone* de Anthony and the Johnsons y a los *llonguets* de sobrasada con queso de Maó y miel que Emiliano, propietario del bar Imperi, había sabido inmortalizar.

Dos años atrás el inspector había elegido aquel local, ubicado en plena plaza Es Born, para llevar a cabo las reuniones de grupo encaminadas a dar caza a la asesina de las ancianas. En ese momento, el paseo desde la comisaría sirvió como entremés a un extenso surtido de silencios y lugares comunes, todos ellos vacíos de contenido y poco sinceros. En ambos seguía latiendo una decepción incurable y nadie les había prescrito remedio alguno.

Al cruzar la puerta del Imperi, Roberto ocupó una mesa libre y se deshizo de su tres cuartos dejándolo sobre un taburete. María se dirigió decidida a la barra y saludó efusivamente a Emiliano. La policía señaló al inspector y el propietario del Imperi lo escudriñó. Al cabo de unos segundos asintió convencido y lo saludó risueño desde su atalaya. Roberto le devolvió el saludo antes de barrer el local con una mirada melancólica.

Todo seguía idéntico. El techo trabajado en madera, el arco de piedra que dividía el espacio en dos, las mesas de mármol y la barra de aspecto centenario que le otorgaba una atmósfera señorial, como de otra época. Lo único que había cambiado eran ellos dos. Como si se tratara de dos púgiles en su primer asalto, mantenían las distancias, empeñados en evaluar las fuerzas del otro y sus intenciones. Ante todo y sobre todo, no encajar más golpes certeros, directos.

A través de la puerta principal Roberto advirtió que el cielo era nítido y el sol asomaba al ralentí pero decidido. Abortó una sonrisa al oír por los altavoces que Joaquín Sabina cantaba a su corazón cerrado por derribo y dejaba bien claro que para decir adiós le sobraban los motivos. No era muy buena señal, se dijo.

—¿Un *llonguet* y un café? —preguntó María, y Roberto le respondió uniendo los dedos de su manos y moviéndolas adelante y atrás, en un gesto más propio de un napolitano que de un barcelonés afincado en Madrid.

María se encargó de servir la mesa, acomodó su anorak sobre el del inspector y se sentó.

—¿No vas a tomar nada más?

María negó con la cabeza, tomó un sorbo de la taza humeante abrazándola con las dos manos y, tras dejarla reposar sobre la mesa, dijo:

—Hace seis meses me diagnosticaron una intolerancia a los productos lácteos.

Roberto se quedó calibrando esa explicación.

—Ni quesos, ni yogures, ni leche...

Roberto señaló la taza.

—Café con leche de soja —informó María.

—La verdad es que estás más delgada.

—Y tú más canoso y más gruñón.

—Con los años uno nunca mejora, deberías saberlo.

—Y más pesimista, se me olvidaba —añadió María, sintiéndose cómoda por primera vez después del torpe comienzo matinal.

Roberto hincó el diente al *llonguet* y a sus dudas.

—¿Sigues casada?

María tardó en responder.

—Sí.

Fue de Roberto de quien aprendió a responder sin mentiras, preservando la verdad. El inspector trataba de hallar en la mirada esquiva de la policía algo más de información, pero solo halló un chispeo de precaución.

—No cambiarás. —María suspiró profundamente—. Siempre has de ser tú el que sepa del otro. Preguntar para que no te pregunten.

—Pregúntame.

María lanzó una mirada a uno de los altavoces que colgaban de la pared y sonrió.

—¿No serías tú quien le escribió esta letra a Sabina?

—¿Así es como desaprovechas la oportunidad de preguntarme?

El rostro de María fue permutando de manera paulatina hasta lograr un mohín en la boca que denotaba seriedad.

—No te voy a preguntar nada, Roberto —dijo ella removiendo la cuchara en la taza ya vacía. Detuvo aquel movimiento inconsciente y clavó la mirada en la del inspector—. Pero me alegro de volver a verte.

Roberto calló y regresó a la imagen de los dos púgiles. Los sentimientos son como los golpes, el primero que da lo hace dos veces. Contestar un «yo también» siempre se le había antojado algo propio de oportunistas, una respuesta meliflua que solo podía acarrear confusión. Sin embargo, aquel tipo de silencios le habían condenado toda la vida y durante un tiempo fueron los dardos que minaron su historia con María. El inspector se preguntó qué tipo de gen llevaba dentro que le impedía sembrar felicidad para después poder recogerla. Lamentaba no haber sido él quien dijera aquellas palabras, pero eso no se lo iba a decir jamás.

—Somos lo que hacemos, no lo que decimos —añadió María, recordando una de las sentencias de Roberto—. Así que voy a estar muy atenta estos días a ver qué haces. No quiero pasarme dos años más preguntándome qué sientes por mí. Lo que sentías... —corrigió María, veloz—. Esa fue siempre nuestra losa, el maldito signo de interrogación.

Roberto esbozó con los labios una sonrisa inerte, apuró su café y se frotó el pelo de cepillo con timidez.

—Háblame de los integrantes de tu grupo.

María se tragó unas cuantas palabras, se armó de paciencia y accedió a ese cambio de rumbo tan propio de Roberto.

—Pol es el cachorro del equipo. Inteligente y con iniciativa. Todavía le falta mucho, pero apunta maneras. Si he perdido peso no es solo por mi intolerancia a la lactosa, también es por la caña que me mete, es todo un atleta.

La expresión sobresaltada de Roberto divirtió a la policía.

—Practica el *mountain bike* y el *windsurf* —aclaró—. Con lo de la tabla no me ha convencido, pero de cuando en cuando salimos en bicicleta por la montaña. Me está preparando para la vuelta a Menorca en otoño. Son ciento ochenta y cinco kilómetros y...

—Garrido —la interrumpió el inspector con su habitual tosquedad.

—Durante el tiempo que estuviste aquí era el chivato del anterior jefe de la comisaría. Sigue siendo un lameculos y, aunque no se lleva bien con la nueva jefa, ella solo se comunica con nosotros a través de él. Ya sabes, la jerarquía es sagrada para quien no sabe hacerse respetar. A Garrido le quedan dos telediarios para jubilarse, así que no esperes mucho de él.

—Si es el subinspector no puedo pasar de él.

—Es un inútil, Roberto.

—Un subinspector inútil.

—Está bien, haz lo que debas. ¿Quieres que te hable de la Zurda?

—No, a esa ya la conozco.

—Y por supuesto no piensas decirme lo que sabes de ella —concluyó María, crispada.

—No soy de chismorreos y a ti no te afecta.

—Sin embargo, sí me pides chismorreos de los demás.

—No es verdad, te pido información; sus vidas privadas me importan una mierda.

—Eso siempre lo he tenido claro.

—Zambrano —recondujo Roberto.

A María la irritaba que fuera tan directo y tajante en aquello que merecía una discusión, pero los años le habían enseñado a no gastar energía tratando de cambiar los aspectos más petrificados del inspector.

—Lo que le pidas lo hará, pero no esperes demasiado de él. Eso sí, si hay que sacarle información a alguna loba, él es el hombre. Y hablando de lobas...

Roberto interpretó las intenciones de María y se adelantó.

—Se llama Alma Feijó, lleva apenas un año currando en Homicidios y nos acostamos de vez en cuando.

María apretó los labios, tomó aire y sintió que una fuerza desconocida engullía las palabras que pugnaban por salir. El cuerpo es sabio, pensó, lo mejor que podía hacer era mantener la boca cerrada durante un rato.

Roberto esperó un tiempo prudencial; estaba preparado para cualquier comentario despectivo por parte de María, pero le sorprendió aquella reacción.

—A fin de evitar problemas, los equipos quedarán de la siguiente manera —expuso el inspector ante aquella María inéditamente taciturna—. Tú, Zambrano y Pol seréis el equipo dos. Alma, Garrido y un servidor el equipo uno.

—¿Y se puede saber cuáles son esos presuntos problemas?

—¿No hemos quedado en que no preguntarías según qué?

A María el tono de la respuesta le dolió. Prefirió regresar a lo profesional.

—No es muy lógico que los tres rangos superiores estén en un mismo equipo. Tu verás.

Roberto no encontró argumentos de peso para rebatir eso. Se incorporó, se cubrió con el tres cuartos y, al hacer el ademán de extraer la cartera del bolsillo, se armó de valor para lo que tenía que pedir.

—¿Te importaría invitarme?

29

Pol abordó a Roberto en cuanto lo vio cruzar por la puerta principal de comisaría.

—La madre de Marga Clot acaba de llegar, jefe.

—¿A la isla? ¿A la comisaría?

Pol sonrió reconociendo su ambigüedad.

—Está en la sala de espera que tenemos para los denunciantes.

Roberto asintió y puso rumbo a la sala cuando de pronto cambió de idea y encaró al joven policía.

—Lo vas a hacer tú.

—¿Yo? —Los ojos azules de búho del inspector no daban margen para la duda—. Lo que usted diga, pero antes me gustaría comentarle una cosa —señaló. Roberto aplacó su impaciencia y decidió darle una oportunidad. Necesitaba instaurar las normas de comunicación durante la investigación. Si todo pasaba por él no se avanzaría al ritmo que la situación demandaba. Aun así, asintió con la cabeza—. Álvaro no me ha respondido a las llamadas, pero me puse a husmear en la *tablet* de la víctima y comprobé que no requería ninguna clave de desbloqueo, así que pude acceder a su perfil de Facebook sin muchos problemas y...

—Versión corta, Pol.

El joven policía era consciente de que jugaba en primera división. Las someras explicaciones que exigía Garrido no tenían lugar en una conversación con Rial.

—Una hora y media antes de su muerte Marga Clot recibió un mensaje en su perfil donde le decían esto. —Pol mostró una captura de pantalla del mensaje en su teléfono móvil—. «Te espero en tu coche en dos minutos. Conozco un lugar.»

—¿Quién es Tiflos? —inquirió Roberto al leer el perfil de Facebook que había emitido el mensaje.

Pol se encogió de hombros.

—Esa es la cuestión, que no sé cómo averiguar quién hay detrás de ese perfil —admitió Pol—. Sí he podido concluir que seguramente se trata del asesino. Como puede ver —le mostró otra imagen en su móvil—, la fotografía del perfil son dos ojos y la palabra «Tiflos», que en griego significa «ciego».

Roberto atrapó esa información y la almacenó en esa carpeta provisional de su memoria en la que nada tenía sentido y todo permanecía a la espera de establecer una suerte de conexión sináptica.

—Insiste con Álvaro y llama a los Mossos d'Esquadra para informarles sobre esto. Me consta que Álex Soler recibió un mensaje de móvil que le hizo cambiar de planes. Quizá también lo recibiera vía Facebook, hoy en día todos llevamos un ordenador en el bolsillo.

—La inspectora jefa nos ordenó que no contactáramos directamente con los Mossos, que mejor...

—Llámalos —insistió Roberto, presionando con una mano el terso tríceps de Pol—. ¿Alguna cosa más?

—Sí, tenga. —Pol le entregó al inspector la respuesta del proveedor de telefonía móvil de Marga Clot.

—Así que el repetidor más próximo a la Naveta des Tudons solo detectó un dispositivo a esas horas. El de la víctima —leyó en voz alta Roberto—. Un tipo precavido.

—No lo llevaría encima.

—O tal vez lo llevara consigo pero apagado —consideró Roberto—. Habitamos un mundo sometido a la tecnología. Si logras deshacerte de ella en momentos puntuales, desapareces del mundo, y eso es justamente lo que nuestra presa andaba buscando.

Pol agradeció la proximidad que Rial le brindaba.

—¿Estuviste en la principal escena del crimen? —preguntó Roberto, y Pol asintió, sin poder evitar que la aflicción asomara a su mirada—. ¿Sabes qué es la segunda cosa peor, después de tener que presenciar una atrocidad como esa? —El joven policía negó lentamente con la cabeza—. Hablar con la madre de una víctima.

30

El sol de mediodía caldeaba una de las aceras del paseo de San Nicolau y esa fue la que eligieron. Se respiraba paz y los pocos transeúntes con los que se cruzaban parecían no conocer la palabra «prisa». Roberto ya había experimentado aquella ralentización de la vida en la isla. Por un instante se sintió un terrorista, alguien capaz de inyectar una dosis letal del ritmo de Madrid y convertir aquel territorio manso en un barrio cualquiera de la capital. Ciutadella se le antojó una de esas actrices del cine negro americano: sinuosa como una serpiente, misteriosa, bella a rabiar y, sobre todo, inalcanzable.

—¿Vamos andando? —preguntó Roberto con sorpresa al ver que María ponía rumbo al hotel Can Paulino.

—En Ciutadella todo queda a tiro de piedra. ¿Es que ya no te acuerdas de lo cerca que está todo? —A la policía se le escapó una sonrisa al jugar con las palabras.

Caminaban uno al lado del otro, con la vista al frente y el paso desigual.

—Muy cerca estaba todo, cierto, pero alguien lo alejó.

Un resentimiento infantil, impropio de aquella masa de hielo con patas, dejaba entrever una herida abierta.

María detuvo el paso y le clavó una mirada inquisitiva.

—¿Estás hablando en serio?

El teléfono de la policía emitió las primeras notas de piano del tema *The way we were*, y antes de que se escuchara la voz de Barbara Streisand, ella respondió. No dejó de mirar a Roberto a pesar de que se distanció un par de metros en cuanto vio el nombre de quien la llamaba en la pantalla.

—Siento no haber podido contestar a tus últimas llamadas —se disculpó Bruno yendo al grano—. Anteayer solicité una portabilidad y ya sabes cómo son esas cosas...

A María la escamó aquel tono de no haber roto un plato. Lo conocía bien y solía ser la antesala de un «te la voy a meter doblada».

—¿Cómo está mi niño?

—Fenomenal. Espera. —El altavoz del móvil emitió un crujido—. Es mamá, Hugo, dile hola...

—Cariño, soy mamá —dijo María, alzando la voz de pura impaciencia.

Al oír esta frase Roberto se alejó y se detuvo frente al escaparate de una tienda de antigüedades. Barrió con la mirada el interior y se preguntó si el hombre de rostro agrietado que había tras el mostrador también estaría a la venta. Tal vez su historia con María se había convertido en una de esas antiguallas a las que solo él daría cierto valor.

Le vino a la memoria el caso de un coleccionista de sellos asesinado en Barcelona a manos de un chapero argelino. Cuarenta y tres navajazos acreditaban que a veces el odio también es una pasión. Durante el levantamiento del cadáver había asomado un vecino amanerado y, con los ojos enrojecidos por el llanto, se acercó a Roberto y sin dejar de mirar la figura ensangrentada que yacía en el suelo de la cocina balbuceó: «Se le pasó la vida coleccionando sellos e idealizando nuestra historia. Caballero, nunca coleccione emociones, se pudren.»

Abatido por aquel recuerdo inoportuno, Roberto se apartó de aquel museo del abandono y apoyó la espalda en la pared, fijándose en los gestos de María. No hay mayor confesión que la que un cuerpo manifiesta cuando se atiende un móvil.

—Nada, no hay manera de que este hable, pero se ha reído al escuchar tu voz —dijo Bruno en un intento de justificar el silencio del pequeño.

—Lo echo de menos.

—¿Te han dicho que ayer estuve en comisaría?

—¿Tú? ¿Para qué?

—Creí que te apetecería ver a Hugo.

María no reconocía esa faceta altruista de Bruno.

—¿Qué quieres?

—¿Cómo?

—Tú eres incapaz de hacer nada por nadie.

Bruno emitió algo parecido a un bufido.

—Estás llena de odio, María.

Tras esa afirmación siguieron otras de idéntico calibre. Una vez más la conversación terminó con uno de los dos colgando. La policía devolvió el aparato al bolsillo de su pantalón y se acercó a Roberto.

—¿Te interesan las antigüedades? —preguntó María, tratando de aparcar sus emociones maternales.

—Más de lo que parece —respondió Roberto, lacónico, y reemprendió el camino.

María lo secundó.

—Lo que has dicho antes, ¿lo decías en serio?

—¿Ves como no era buena idea trabajar juntos? —lamentó el inspector.

—Para ti nunca es buena idea encarar las verdades que te afectan.

—Todo tiene...

—Su momento, sí, ya me lo sé. El problema es que una nunca sabe cuándo ha llegado el dichoso momento. Además, no te quedaba alternativa.

—¿A qué te refieres?

—Estaba claro que no ibas a dejar que Alma y yo estuviéramos solas. De Garrido no te fías y para entrevistarnos con la editora Noemí Vilanova me necesitas. Así que no disfraces de favor personal la decisión de formar parte del mismo equipo. ¿Hablabas en serio antes? —insistió la policía con determinación.

Algo había cambiado en aquella mujer. La inocencia, concluyó el inspector. Cazar asesinos y encajar decepciones son la mejor receta para que alguien deje de ser un soñador.

—Cuéntame todo lo que Valdés te dijo sobre la tal Noemí Vilanova —pidió el inspector como principal recurso de huida.

María reemprendió el paso y prolongó el silencio con toda la intención. Una vez más el guion de la vida se alejaba a hurtadillas del que ella había escrito, en ese territorio en el que los sueños y la esperanza se funden y terminan por crear unas expectativas de origen desconocido y, al cabo, dañinas.

—Vilanova es la editora de Blackcelona, una editorial independiente —dijo María con voz apagada—. Amante de Marga Clot, según Valdés. Rojilla y antipolicía, según sus *tuits* y comentarios en Facebook.

Ante la contundencia de aquella respuesta, Roberto tanteó en los ojos de María el estado de sus emociones. La mirada de la policía no dejaba lugar para la duda: lo acababa de degradar de antigualla valiosa a cacharro molesto. El inspector se preguntó, hastiado de sus propias reacciones, a qué tenía miedo. Pero antes que desvelar aquel talón de Aquiles que le perseguiría de por vida, prefirió acompasar el paso con esa mujer que, como Ciutadella, también se le antojaba inalcanzable.

31

Noemí Vilanova les franqueó la puerta de la habitación sin preguntar quiénes eran. Les recibió un olor a abandono y a derrota. La editora se arrellanó sobre la cama, tan deshecha como ella, y se encendió un pitillo con el pulso trémulo. El cenicero de la mesita atestiguaba que consumía más nicotina que alimentos. Sobre la mesa que hacía las veces de escritorio quedaban restos de comida y hasta cinco botellines de vodka. Todos ellos caídos y vacíos. Un albornoz blanco de toalla con el logo del hotel cubría su cuerpo grande pero huesudo. Tenía el poco pelo azabache que le cubría la cabeza aplastado y mugriento, y los labios, deshidratados, pugnaban por separarse el uno del otro. Rompió el silencio después de que Roberto exhibiera la placa de policía.

—Si saben quién la mató, adelante —dijo la editora con voz quebrada y el ánimo vencido—. Si van tan perdidos como de costumbre, les ruego que me dejen tranquila.

María abrió la ventana de la habitación sin pedir permiso y aireó el ambiente con la mano. A punto estuvo de tropezar con una maleta abierta y repleta de ropa.

—Hace muy buen día—anunció la policía—, un poco de aire no le irá mal.

La editora le lanzó una mirada viperina, pero pronto cambió de actitud.

—¿Usted no es esa policía que escribe?

María asintió, se hizo con la única silla de la estancia y se sentó a horcajadas. Roberto se mantuvo quieto en el diminuto distribuidor que mediaba entre la puerta principal y la habitación.

—No tengo demasiada experiencia en el trato con escritoras que lleven placa —lamentó Noemí mientras sacudía el cigarro con un dedo, dejando que las cenizas cayeran sobre el edredón.

—Tampoco la va a necesitar —replicó Roberto—, simplemente responda las preguntas que le hagamos. Seremos breves.

La editora se esforzó por mantener la mirada al inspector, pero le pareció una empresa imposible. Roberto se acercó a la mesita y husmeó el tipo de pastillas que había consumido.

—Diazepam —se adelantó Noemí, respondiendo la pregunta no formulada—. ¿Acaso está prohibido?

Roberto negó con la cabeza y esgrimió una sonrisa efímera.

—¿Qué podemos hacer para que cambie su opinión sobre los policías? —soltó de sopetón el inspector. María le lanzó una mirada de desaprobación.

La editora pensó durante unos segundos qué responder.

—Eso es algo que se lleva dentro —dijo golpeándose el pecho—. Una herencia genética, supongo. No se esfuerce.

—A mí lo que me cambiaría la opinión sobre usted —prosiguió Roberto— sería que me dijera qué hizo con Marga pocas horas antes de que la asesinaran.

—¿Acaso soy sospechosa? —se defendió Noemí, incorporándose furiosa de la cama.

Con el movimiento dejó al desnudo un pecho, menudo en comparación con el resto de las medidas corporales. Roberto no pudo evitar que su mirada se deslizara sobre aquella parte del cuerpo de la editora, quien enmendó aquel descuido al instante. Se acercó desafiante al inspector, más allá de la distancia de seguridad que todo policía debe permitir. Roberto se vio en la obligación de detenerle el paso interponiendo una mano.

—¿Me está agrediendo, agente? —dijo ella alzando la voz—. ¿Ha intentado tocarme un pecho? Váyanse inmediatamente de aquí —exigió la editora, nerviosa, tratando de encontrar el móvil entre las desordenadas prendas de la maleta—. ¡Que se vayan de una vez! —gritó, y se lanzó a descolgar el teléfono fijo de aspecto clásico que formaba parte del equipamiento de la habitación.

María abortó el gesto con un manotazo y, antes de que la editora reaccionara con más violencia, Roberto extrajo del interior de su chaqueta un sobre de color marrón, lo abrió y esparció las instantáneas que contenía sobre la cama. En una de ellas Marga Clot parecía una muñeca desnucada, con el rostro cubierto por sus propios cabellos, sentada sobre el suelo y con cortes en los brazos. En otra, un primer plano atroz de la cara inmortalizaba dos cuencas vacías. Noemí no precisó de más imágenes para venirse abajo. Cayó de rodillas junto a un lateral de la cama y se dejó vencer por un llanto inconsolable. María imitó su postura, apartó las fotografías de la vista y le pasó un brazo por la espalda. La editora se deshizo de ella con vehemencia.

—Necesitamos que nos ayudes —suplicó María, dejando a un lado el tratamiento inicial—. Hay que atrapar al monstruo que le hizo eso a Marga y a Álex Soler. Si no lo detenemos, no va a dejar de matar.

Les llevó más de cinco minutos calmar a la editora. Conmocionada por las imágenes y empujada por una suerte de anhelo de venganza, decidió que lo mejor sería aparcar sus prejuicios y someterse a las preguntas de los policías.

—Entonces —recapituló Roberto mientras anotaba en su teléfono algunos de los datos—, si bien es cierto que la relación entre Julio Soler y tú era tensa, no le deseabas ningún mal.

—Así es —convino la editora. Roberto siguió leyendo sus notas—. En el mundo de la novela negra la mayoría nos llevamos bien, hay buena gente, pero siempre te topas con alguien que no termina de digerir el éxito propio o ajeno. Aunque son los menos.

—También nos has dicho que nadie tenía cuentas pendientes con Marga y que no solo carecía de enemigos, sino que tenía demasiados amigos —dijo Roberto, algo que la editora ratificó a su pesar. El inspector continuó—: Que Marga era bisexual y era tu pareja, y que la noche antes de su muerte estuvo tomando unas copas contigo, Leo Valdés, el concejal Joan Maimó y... ¿con alguien más?

—Esa noche todos bebimos mucho, pero recuerdo que también estaba Raquel Nomdedeu, el periodista Eric García y más gente que no conozco —respondió la editora, sentada en un extremo de la cama y sosteniendo el vaso de agua que le acababa de traer María.

Al captar el nombre del periodista, el grato recuerdo de un juego de miradas a través de un retrovisor asaltó a la policía.

—Un momento —pidió Noemí al recordar un detalle—. Como os he dicho, Marga tenía dos personalidades. Cuando bebía se convertía en la niña insaciable de cariño que siempre fue, la diferencia es que lo manifestaba de manera patética. Tonteó con Eric, con Leo y, sobre todo, con el concejal, que también le siguió la corriente. Admito que llegué a detestar a esa Marga que se recreaba haciéndome daño, culpándome de ser la prueba patente de su lesbianismo. Supongo que se debía a la hostilidad de su entorno familiar, pero lo cierto es que ella nunca aceptó su condición —reconoció la editora con el dolor de quien se sabe perdedor de una batalla de la que nunca debió haber formado parte.

Cuando parecía que Noemí ya empezaba a divagar y los policías preparaban la retirada, una frase los paralizó.

—Esa noche apareció un joven.

—¿La noche del asesinato? —quiso cerciorarse María.

La editora asintió y continuó:

—Jamás lo había visto. Era un chico guapo, atlético me atrevería a decir, y en cuanto olió las facilidades que brindaba Marga no dudó en dejarse llevar. No se fueron juntos, creo.

—Noemí pugnaba contra el efecto de los comprimidos que había ingerido. Tenía que recordar con más precisión, ese era el momento. De repente, una certeza cruel se instaló en su cabeza. Iba a disponer de toda una vida para intentar olvidar—. El primero en marcharse fue el joven.

—¿Cómo se llamaba? —quiso saber Roberto—. Y si no era habitual del ambiente, ¿cómo se coló entre vosotros?

Noemí cerró los ojos, echó la cabeza hacia atrás, encarando el techo, pero al poco recuperó su postura y negó con la cabeza, abatida.

—No lo sé, en este tipo de eventos hay los fijos de siempre y también muchas caras nuevas que tal como vienen se van. Pero estoy segura de que ese chico no era un escritor. Parecía atento, muy atento a todos nosotros, y en cuanto vio la oportunidad de acabar la noche bien acompañado fue a por Marga. Ahora que lo recuerdo, el joven discutió con el concejal, de hecho casi llegaron a las manos. Y después se marchó. Es lo que tenía Marga, que por ella todos éramos capaces de arrancarnos los ojos unos a otros.

Roberto buscó a María con la mirada. Sin duda la editora no había elegido la mejor frase hecha para aquel contexto. Le agradecieron la información facilitada y encararon la salida.

—¿Te marchas de la isla? —preguntó María, señalando la maleta.

—No lo sé, ayer quería marcharme —reconoció la editora con la mirada perdida—. Hoy tengo miedo de regresar. No me hago a la idea de una vida sin Marga.

La agente asintió con gesto serio.

—Lo de las fotos sobraba —recriminó la policía al inspector mientras bajaban por las escaleras hasta la planta principal.

—Hay quien necesita una hostia de realidad.

—Acabas de *coser* en su memoria el asesinato de la mujer que quería. Digo yo que tenemos otros métodos. ¿Qué te pasa, Roberto? —inquirió María, agarrándole de un brazo y consiguiendo que se detuviera.

La mirada hosca del inspector hizo que ella lo soltara.

—Estás insoportable. Después de dos años sin hablarnos me pongo al teléfono y me pones firme, y todavía es la hora de que me des dos tristes besos —le reprochó. Roberto fingió una mueca de sorpresa—. Sí, besos, esos que se dan los amigos o los compañeros que se aprecian. He intentado acercarme a ti, pero tú solo te alejas.

Roberto pensó en informarle de que en ese momento era un hombre sin hogar, sin un euro en la cartera y con la cabeza muy lejos de allí. Que tal vez por todo eso estaba irascible e incluso ausente. La conocía bien y darle esa información sería abrir una puerta de acceso directo a un terreno peligroso al que nadie podía acceder. Al menos de momento.

—¿A qué Roberto esperabas encontrarte después de haberme rechazado?

María no respondió y el inspector insistió:

—¿Al solitario y amargado que no puede olvidarte? Supongo que no esperabas encontrar al Roberto bien acompañado. Es eso.

—La verdad, creo que el Roberto que añoro ya no existe.

El inspector encajó el golpe sin gesticular. Siguió descendiendo las escaleras y María lo siguió unos segundos después.

Al alcanzar la recepción alguien gritó el nombre de María. La voz provenía del patio exterior y, en cuanto la policía se adentró en aquel remanso de paz, vislumbró la mirada descarada de Eric. El periodista estaba en compañía de un técnico y ambos habían montado una cabina de radio improvisada. Por los altavoces Chet Baker entonaba su *Almost blue* cuando Eric se liberó de los auriculares y salió disparado para dar a la policía los dos besos que otros le negaban. Tenía la barba más poblada y los ojos con rastros de sueño, pero la misma mirada canalla. Sostenía en una mano un ejemplar de la novela *Cazadora cazada*.

—Galván ya me lo firmó ayer —dijo Eric, satisfecho—. Me falta tu dedicatoria.

María asió la novela con determinación sin dejar de mirar a los ojos del periodista. Se regalaron una sonrisa y rieron ante la torpeza recíproca de querer hablar los dos a la vez. Eric hizo un gesto con la mano cediendo la palabra a la policía.

—¿Puedo apoyarme en tu espalda a modo de mesa?

El periodista accedió encantado.

—Ten cuidado, soy propenso a las contracturas.

—¿Sabes una cosa?

—No me lo digas, eres una experta en masajes.

María sonrió ante la ocurrencia, le acercó la boca a la oreja y le susurró:

—Esta es mi primera dedicatoria —confesó María, y acto seguido estampó el garabato que ponía el punto final a aquel primer contacto físico.

—¿En serio? Esto hay que inmortalizarlo con un *selfie*.

Eric extrajo de su bolsillo el teléfono móvil, indicó a María que sujetara la novela y encaró el dispositivo hacia ellos. Pulsó la tecla virtual en un par de ocasiones y al instante mostró el resultado a la policía.

—Mejor la borras —aconsejó la policía—, en este tipo de fotos solo quedan bien los actores premiados en la gala de los Oscar.

—No tienes nada que envidiarles —respondió el periodista.

—¿Te espero en comisaría? —bramó Roberto con voz agria.

María borró la sonrisa tonta que acababa de esbozar y los presentó. Roberto reparó en el nombre del periodista: Noemí Vilanova acababa de incluirlo en la lista de las últimas personas que habían visto con vida a la agente asesinada.

—¿Estuviste con Marga Clot la madrugada en que la mataron? —acometió Roberto, sin preámbulos.

Eric ignoró sus malos modales.

—Si me das tu teléfono te envío la foto por WhatsApp —propuso el periodista a la policía.

María le entregó la novela por la página de la dedicatoria abierta y le señaló los nueve dígitos de su teléfono particular que había anotado, un gesto que sorprendió gratamente a Eric.

—¿De cuánto tiempo dispongo? —preguntó este al técnico de sonido, quien alzó tres dedos a modo de respuesta—. Ya lo ha visto, inspector, tengo tres minutos para responder todas sus preguntas. Y sí, sí estuve con Marga. Pero no a solas, había más gente. No sé qué le habrá contado Noemí sobre mí, lo cierto es que nunca le he caído bien.

«No me extraña —pensó Roberto—. A nadie le gusta que le roben aquello que siente suyo.» Se trataba de un pensamiento arcaico y sin embargo era lo que sentía. A pesar de la distancia que recibía como una imposición, a pesar de que entre ellos no quedaran más que recuerdos desiguales imposibles de sincronizar, él también sufría aquel inexorable sentimiento de propiedad que no se marchitaba. Le asustó sentirlo, pero era absurdo engañarse. La idea de que otro hombre accediera a María todavía le pulverizaba.

—Nos acostamos una vez y, como supongo que ya sabréis, Marga y Noemí eran... —El periodista entrecruzó los dedos a modo de tijeras—. Es lo que tiene esto de las semanas negras —dijo con la mirada clavada en María—: al final, con tanto roce, pasan estas cosas.

A Roberto le molestó que la última referencia la hubiera hecho dirigiéndose a su compañera. El inspector puso a trabajar su particular base de datos en la que almacenaba perfiles criminales junto con ciertos arquetipos sociales, y a ese payaso de las ondas lo catalogó en la letra «t», la de los tocahuevos. Algo le decía que hallaría un completo expediente sobre el mismo.

—Como todavía me sobra un minuto, te agradecería que me dieras más detalles y recordaras quién os acompañaba esa noche —insistió Roberto.

—Marga tenía mucho peligro —respondió Eric, mostrándose por primera vez abatido—, pero era un encanto . Noemí está enojada con el mundo, es un tostón de tía. Eran la noche y el día. Mientras que Noemí se alimenta de barritas energéticas y dramas ajenos, Marga lo hacía con Martinis, tabaco y un optimismo del que todos nos nutríamos. La noche en que todo sucedió era una de esas en las que se proponía dejar en evidencia a Noemí. A menudo discutían, Noemí la regañaba y Marga se vengaba mediante el sexo. Por un instante creía que yo iba a ser la presa elegida, pero me equivoqué.

—¿A quién eligió? —inquirió Roberto.

—No lo sé, lo único que vi es que tonteó y mucho con el concejal de Cultura. Pero mejor no hablar mal de quien paga mi estancia en este hotel, ¿no os parece?

Roberto estaba dispuesto a atajar todo intento de distensión.

—¿Discutió con alguien el concejal?

Eric se encogió de hombros y el técnico reclamó su presencia.

—¿Y si se compran unas palomitas y revisan las grabaciones de ese día? —propuso el periodista señalando una de las cámaras instaladas sobre la puerta de acceso al vestíbulo.

Roberto recordó que tenía pendiente una conversación con el juez de instrucción sobre la reactivación de las cámaras. Que los invitados al evento creyeran que permanecían activadas se le antojaba una interesante mentira que preservar.

El programa estaba a punto de empezar y ya sonaba la melodía de arranque de *Chandler and Hammett P.I.* Cuando Eric se dirigió hacia la emisora, Roberto se interpuso en su camino y lo escrutó con un desdén rayano en la repulsión.

—Tengo la impresión de que os importa una mierda la muerte de Marga Clot y de Álex Soler.

—Inspector, somos gente *black*, muy *black*. Si alguien nos ve llorar se nos acaba el negocio. —Eric esquivó al inspector, dedicó una última sonrisa a María y se acercó a la mesa de sonido, donde se colocó de nuevo los auriculares mientras el técnico empezaba su particular cuenta atrás con los dedos. En cuanto la melodía terminó, Eric arrancó el programa con voz profunda, sin apartar los ojos de los de Roberto—. Se comenta por ahí, Hammett, que solo los pusilánimes comparten el dolor. —Eric hizo una breve pausa y modificó su voz, en esta ocasión algo más suave—. Recuerda que el mero hecho de comentarlo ya denota el tipo que resultas ser, Chandler. Buenos días, *black people*, desde Ciutadella, hoy hablaremos de las nuevas voces que irrumpen con fuerza en la novela negra de este país —Eric señaló alegre hacia María—, de la agenda de eventos que el día nos tiene reservados y, cómo no —Eric puso su voz más solemne—, ante los hechos sucedidos, de ese dolor que nos va pudriendo el alma, en silencio pero con determinación.

32

A escasos metros de la comisaría se encontraba el restaurante Pins 46. Garrido se había encargado de reservar mesa para seis en cuanto supo que el menú del día incluía bacalao con sobrasada y el precio era apto para su bolsillo, siempre vacío y ávido de una mejora salarial que jamás llegaba. A pesar de su amistad con Pepe, el propietario de aquella casa restaurada con gusto y buen hacer, el subinspector se disculpó al recibir en el móvil un mensaje avisando de que la reserva se reducía a cuatro comensales. Pol afirmaba no tener hambre tras el encuentro con la madre de Marga Clot, y Zambrano, que a punto estuvo de sucumbir a los encantos de Alma, sufrió un ataque de buen comportamiento y decidió conformarse con la habitual fiambrera repleta de arroz hervido y tacos de pollo, reseco y frío.

—No hay quien los entienda —lamentó Garrido ante la intermitente mirada de Pepe, quien tuvo que esforzarse en no anclarla en la mujer que acompañaba al subinspector—. Prefieren ponerse cachondos en el espejo del vestuario contemplándose los abdominales a catar los sabores de la vida. Te presento a Alma, oficial de policía del grupo de Homicidios de Madrid.

El bueno de Pepe no pudo evitar sonrojarse. No supo muy bien si fue por el conjunto de etiquetas incluidas en la frase de Garrido o por los dos besos que la morena curvilínea le acababa de regalar.

—Encantado, Alma —farfulló Pepe—. Podéis sentaros en esa mesa del fondo. ¿Una caña mientras llegan los demás?

Alma declinó la oferta y prefirió tomar un vaso de agua. Garrido no necesitó pedir la botella de vino tinto que caería antes del segundo plato. Aunque nunca había sido un gran bebedor, desde hacía un tiempo había llegado a una certeza absoluta: cuando la vida escuece, el vino cura. Solo en ese estado de confusión la existencia era llevadera.

Unos meses atrás un diagnóstico irrefutable y atroz le había convertido en el padre de su padre. Asqueado por la indiferencia de su única hermana, absorbida por la vorágine de la rutina diaria a la que la sometían dos hijas mal criadas y un marido licenciado en las barras de los bares, recogió al viejo de su Córdoba natal y se lo llevó a la isla. Durante los últimos diez años, su padre, que era viudo, únicamente le había pedido dos cosas: que no permitiera que una enfermedad lo convirtiera en un estorbo y que su hijo no dejara este mundo sin ver Nueva York, la ciudad con la que el viejo había soñado toda la vida y nunca lograría pisar. La pasión de su padre por las películas de los Rat Pack y las fiestas que esa pandilla montaba en el Nueva York de los años sesenta le servía a Garrido como cordón umbilical de esa memoria menguante que el Alzheimer se zampaba a diario, sin compasión. Para Garrido el viejo siempre sería Frank, el favorito de su padre de aquella pandilla de ratas. No había una sola tarde que Garrido no la pasara con Frank en esa institución privada donde lo había ingresado, con vistas al mar y sobre todo costosa, mientras el hombre lidiaba con esa enfermedad que se mostraba inexorable.

En el momento en el que el subinspector vio entrar a Roberto y María en el restaurante, se palpó el bolsillo de la cazadora. El sobre con los documentos seguía allí. Estaba dispuesto a hacer cualquier cosa por Frank. Al fin y al cabo, eso es lo que haría cualquier padre de su padre.

Acababan de servirles el primer plato cuando el móvil de Roberto enloqueció. Si el inspector conocía a alguien con el don de la inoportunidad, ese era el comisario Navarro, una persona que no entendía de horarios ni de preámbulos. Roberto se levantó de la mesa y se dirigió hacia la salida, pero no atinó a la hora de abrir los herrajes típicos de las puertas menorquinas, herencia de la época inglesa y prueba de fuego para los visitantes. Un camarero avezado lo ayudó en el cometido. Ya en la calle logró responder la llamada.

—Cuéntame —ordenó el mandamás de los homicidios del país mientras Roberto salía enfurruñado hacia la calle, sosteniendo con una mano el dispositivo y con la otra un tenedor.

—¿Qué tal si me cuentas tú? —lo desafió Roberto—. ¿A qué viene eso de mandarme a la isla donde manda tu sobrina?

—Y yo que te tenía por espabilado.

—¿Vamos a perder mucho tiempo? Te lo digo porque estamos comiendo.

—Pues dile al camarero que te envuelva el bocadillo y al tajo —bramó el comisario.

—¿Me lo vas a contar o no?

—No estáis en Menorca de vacaciones ni de folleteo. Ya sabes la fórmula del buen investigador: comidas rápidas y camas sin deshacer.

—No me lo vas a contar —dedujo Roberto.

—Una de las plazas para comisario puede que tenga apellidos —confesó Navarro—. Al enviarte a ti a Menorca lo tengo todo más fácil. Si me cazas al asesino, daré el apellido Rial y nadie podrá rechistar. Si no me lo cazas tomaré una decisión consanguínea, ¿me vas pillando?

—Creía que os llevabais bien.

—Tanto que la envié unos años por las embajadas.

—Típico de este país, se castiga al inútil premiándolo.

—No te pases, cojones, que es mi sobrina.

Por la ventana Roberto vio que María escuchaba atenta a lo que Alma decía. Era un acercamiento: le sacaría información y después centrifugaría los datos obtenidos en esa cabeza acostumbrada a elaborar perfiles de todo bicho viviente.

—No tenemos gran cosa —informó Roberto—. El forense confirmó que ambas muertes son obra de una misma persona y que utiliza una droga inusual para anular la voluntad de las víctimas. El porqué de la enucleación de los ojos continua siendo un misterio, al igual que la elección de las víctimas.

—¿Qué dicen María y el criminólogo de todo esto?

Roberto escuchó la pregunta sin dejar de observar a las dos policías: ahora era María la que hablaba y Alma apenas parpadeaba. Garrido sujetaba una copa de vino con aire ausente y atendía a las noticias que emitía el televisor.

—¿Me oyes, Roberto?

—Problemas con la cobertura —mintió—. Ellos creen, y yo opino lo mismo, que se trata de un asesino organizado. Las víctimas no están elegidas al azar y el asesino se mueve demasiado bien por internet. Todo indica que tanto Álex Soler como Marga Clot lo conocían. Menorca ha estado cerrada por vía marítima debido al temporal, así que estamos controlando las listas de los pasajeros que llegaron desde la fecha del asesinato de Álex Soler y los que van saliendo.

—De momento habéis costado al Estado más de seiscientos euros, ¿y esto es todo lo que tienes?

—Me voy a comer.

—No quiero acostarme esta noche así, el director adjunto operativo me está apretando las tuercas.

—Siempre a sus órdenes, señor comisario.

Roberto colgó sin esperar réplica. Cuando tomó asiento a la mesa se hizo el silencio.

—Sois de manual —dijo Roberto—. Ahora es cuando me decís que no despotricabais de mí.

—Exacto —ratificó María.

—Jefe —intervino Garrido—, si tuviéramos diez años menos tal vez hablarían de nosotros, pero lamento comunicarle que no es el caso.

Roberto suspiró y le pidió a Pepe que le recalentara el bacalao.

—Por cierto —continuó Garrido—, ha llamado Pol. Parece ser que la droga utilizada en los dos crímenes se obtiene a través de internet.

Roberto chasqueó la lengua.

—Es lo que hay, jefe —advirtió el subinspector—. ¿No queríamos tecnología? Con lo felices que éramos con la radio y la televisión en blanco y negro, ¿verdad?

El móvil de Roberto volvió a emitir un sonido breve que emulaba una campana. Un mensaje de WhatsApp. Roberto lo leyó con detenimiento.

—¿Otra vez Navarro? —preguntó María, pero Roberto seguía leyendo en la pantalla, absorto. Diego de Aliaga le había escrito el mensaje como si de un telegrama se tratara. «Coincidencias plenas de ADN. En unos días tendremos sentencia. Dalo por hecho. Enhorabuena, ¿o no?» El mensaje concluía con la repetición de unos emoticonos que rompían a reír.

Alma buscó en la mirada extraviada del inspector alguna respuesta. Al no obtener ninguna no pudo reprimir la pregunta que llevaba agazapada entre los dientes durante los últimos días.

—¿De nuevo se cuela el pasado?

Roberto le dirigió una de sus miradas sulfuradas.

—No estamos aquí de vacaciones —recordó Roberto las palabras del comisario—, así que vamos a guardar las inquietudes personales para otro momento.

Alma enrojeció, se limpió la boca con una servilleta y se levantó de la mesa, iracunda.

—Págame el menú, si es que puedes —atacó la oficial, y tras encarar la puerta de salida puso rumbo hacia la comisaría. Ningún integrante de las mesas vecinas quiso perderse el vaivén de aquel cuerpo tan bien parido, ni siquiera Pepe, que sostenía el recalentado plato del inspector. Garrido sonrió en silencio. «Este Rial es un figura», pensó.

María escrutaba al milímetro todos los gestos corporales que aquel desconocido llamado Roberto parecía evitar. Por experiencia sabía que no debía intervenir. Haber presenciado aquella escena la ayudó a entender que Roberto guardaba en su interior una rabia ingobernable. La alivió saber que no era ella la que provocaba su ira.

—Lo siento, pero no me lo voy a comer —indicó Roberto a Pepe señalándole el plato—. Tenemos que volver al trabajo.

—¿Quiere que se lo ponga en un *tupper*?

Roberto declinó la propuesta con media sonrisa.

—Yo sí —dijo Garrido, pensando en Frank.

Pepe palmeó satisfecho la espalda del subinspector y se perdió en el interior de la cocina.

—Me ha dicho Zambrano —advirtió María— que el juez de guardia nos espera antes de las ocho de la tarde. Quiere darnos en mano el mandamiento judicial que autoriza la reactivación de las cámaras del hotel. Anda algo cabreado porque todavía no has ido a verlo.

Roberto asintió con aire ausente.

—Necesito saberlo todo sobre las notas de braille —soltó Roberto, dirigiéndose a María—. Acompáñame a la sede de la ONCE que haya en la isla.

La policía consultó en su teléfono móvil al instante.

—Estamos de suerte —celebró María—, tenemos una en Ciutadella.

Roberto se incorporó, hizo el ademán de extraer la cartera y al momento reparó en su más reciente problema.

—Ya me contarás qué ocurre con tus cuentas bancarias —dijo María sonriendo mientras dejaba sobre la mesa un billete de cincuenta euros.

—¿Le importa que me tome un carajillo? —preguntó Garrido al inspector.

Roberto le respondió con un vago gesto de la mano al que Garrido le dio el sentido que más le interesó.

No llevaban ni tres minutos en la calle cuando María reparó en Calderé, que caminaba en dirección contraria y por la acera opuesta. La policía lo siguió con la mirada y lo que vio confirmó sus peores sospechas. El periodista carroñero acababa de entrar en el Pins 46.

33

El viejo profesor se arregló tras una siesta reparadora, abandonó la habitación y aprovechó los postreros rayos de sol que caían sobre el patio del hotel. Se adentró en aquel rincón de paz y se acomodó, con toda la intención del mundo, en la única mesa libre que había frente a la emisora de radio que Eric había montado. De no ser por el invitado que tenía el periodista enfrente, hubiera elegido una mesa más alejada y se habría puesto a anotar en el cuaderno los principales rasgos de las víctimas elegidas por el asesino. Sin embargo Valdés le parecía un tipo que convenía tener en cuenta, era vanidoso y egocéntrico, y transmitía una absoluta indiferencia a la hora de distinguir la maldad real de la ficticia. Pidió a la camarera un té verde y atendió a la conversación que los dos tipos mantenían en la onda y se emitía por todos los altavoces del hotel.

—Ya lo decía el escritor Mario Verdaguer: Menorca es piedras y viento. Esperemos que con la marcha de la tramontana todo vuelva a la calma —dijo Eric encogido dentro de su anorak. Dio un sorbo a la taza de café humeante que sostenía y clavó la mirada en Valdés. El sol agonizaba y la temperatura continuaba siendo baja—. ¿No crees que esta Semana Negra debería suspenderse?

—¿Lo dices por el premio que me han dado?

—No, no, me refiero a...

—Te he pillado, Eric. Pregúntaselo al asesino —respondió el escritor, mordaz—. Los polis creen que está por aquí.

Eric esbozó un amago de sonrisa.

—No creerán que tú...

—Si te digo la verdad, siempre me han dado miedo las mentes de los que nos dedicamos a eso de escribir novela negra. Si a eso le añades que una de las policías que investiga el caso pretende ser escritora del género...

—No lo pretende —replicó el periodista, saliendo en defensa de María—. Lo es.

—Con la cantidad de mierda que se publica hoy en día, no creo que tengamos que regalar la etiqueta de escritor a nadie por el mero hecho de que tenga un libro en la calle.

—¿Lo has leído al menos? —pinchó Eric.

—Para mi desgracia.

El periodista, que tenía a Galván justo delante, le dedicó una mueca a modo de disculpa. Valdés siguió el recorrido de aquel gesto y se topó con la figura del criminólogo, a quien miró con desdén.

—Ya me conocéis —continuó el escritor—, no soy dado a comerle la polla a todo el que escriba novela negra. Como decía Loquillo, «no vine aquí para hacer amigos...».

—En tu caso tampoco parece que «siempre puedan contar contigo» —atacó Eric.

Valdés, que empezaba a sentirse incómodo, no quiso prolongar aquel juego.

—¿Crees que el asesino nos estará escuchando ahora? —preguntó el escritor.

—Y si así fuera, ¿qué le dirías?

Valdés apuró el *gin-tonic* y se tomó un tiempo para pensar la respuesta. El exceso de alcohol de aquellos días empezaba a pasarle factura. Una suerte de descarga eléctrica le atravesó la cabeza. Necesitaba un analgésico o tal vez algo más fuerte.

Eric era alérgico a los silencios en la radio.

—Ten cuidado con lo que dices —advirtió el periodista—. No me lo vayas a cabrear.

—¿Qué esperas recibir a cambio? Sí, eso es lo que le preguntaría.

—Si el asesino fuera uno de tus despiadados personajes, ¿qué crees que esperaría recibir a cambio?

—Otro *gin-tonic*.

Valdés levantó la mano y reclamó la atención de la camarera. Cuando esta se acercó, le señaló con un dedo el vaso vacío. El escritor disfrutaba del momento, siempre le había caído bien aquel periodista. No hablaba de un libro sin haberlo leído antes y siempre había dejado bien sus novelas. La frivolidad con la que el periodista trataba el tema de los asesinatos iba acorde con su forma de entender la vida, pensó Leo. Y con la de la mayoría de los ciudadanos de este país.

—¿Y algo más? —insistió Eric.

—Lo que buscamos todos los escritores: la visibilidad de nuestras obras. Los crímenes de que hablamos ya son portada de muchos periódicos de este país. Puede incluso que haya desbancado a las vacaciones de Bárcenas en la nieve, a la herencia de papá Pujol o al Candy Crush de la tipa esa a la que todos pagamos y que juega con su *tablet* en el Congreso. Eso es lo que buscaría mi personaje, aparte del placer de matar.

—Caray, Leo, empiezo a creer que los policías deberían volver a interrogarte.

Los dos estallaron en carcajadas.

Galván sentía que, al esfumarse el sol, el frío empezaba a calarle los huesos, pero no quería perderse el lenguaje no verbal de Valdés. Anotó en el cuaderno «visibilidad de sus obras» y subrayó tres veces la última palabra. Sin duda alguna, para aquel asesino los dos crímenes eran obras. Interesante.

—¿Por qué asesinar a Marga Clot y a Álex Soler? —preguntó Eric ya recompuesto, con absoluta seriedad.

—Cerca de nosotros hay un criminólogo, quizás él tenga una teoría sobre la elección de las víctimas.

A Galván le irritaban aquellos modales más propios de un «tronista» que de un escritor laureado, reconocido y adorado por media Europa. Por eso, a pesar de que Eric le invitó a que participara en la entrevista, el viejo profesor no se movió de la silla.

—Como dice nuestro amigo Leo, tenemos al criminólogo Paco Galván a menos de dos metros, pero es todo un caballero y acaba de declinar nuestra invitación. Ya ves, Leo, no todos son como tú: Galván no quiere robarte protagonismo.

—Tampoco lo lograría.

—Gracias, Leo, por visitarnos una vez más, suerte con *Una muerte documentada* y te esperamos a ti y a todo el que quiera esta tarde en la Cova d'en Xiroi. ¿Se imaginan toda la novela negra del país concentrada en una cueva frente al Mediterráneo? Decía Dashiell Hammett que a una prostituta no se le paga por el sexo, se le paga para que desaparezca una vez consumado el hecho. ¿Cuánto te debo, Leo?

El *My favourite things* de John Coltrane puso el colofón al programa. Eric y Leo se fundieron en un sincero abrazo y Galván abandonó el patio sin dar al escritor la oportunidad de que lanzara otro improperio.

El viejo profesor se sintió destemplado, y sobre todo angustiado. El comentario del escritor acerca de la visibilidad hizo que se replanteara una vez más el perfil criminal del asesino. Eric y Leo habían hablado del asesino en términos de un personaje de ficción. Un par de minutos después Galván se sorprendió abriendo la puerta de su habitación sin haber sido consciente del camino recorrido. Quería centrarse en la elección de las víctimas. Siempre que lograba descubrir el tipo de víctima que el monstruo acechaba, terminaba desvelando el enigma. Álex Soler era el hijo del gran editor, este último era en realidad la persona a la que estaba dedicada aquella representación diabólica. Marga Clot era una agente editorial, independiente y con amplias aptitudes sociales. Las dos víctimas no se conocían, pero fueron elegidas por lo que eran, por pertenecer de un modo u otro al sector editorial. Más concretamente al sector editorial de la novela negra. El mismo territorio en el que él y María acababan de aterrizar.

34

A Garrido la llamada telefónica le pilló navegando en internet. Se encontraba buscando curiosidades de los Rat Pack cuando se vio en la obligación de descolgar el aparato. Alma tecleaba a una velocidad endemoniada mientras Pol le dictaba el nombre de la lista de pasajeros que las compañías aéreas les habían proporcionado, al tiempo que ambos cotejaban los antecedentes policiales.

—Te paso una llamada de un tal Darwin. Pintan bastos, socio —anunció Calles, el policía más veterano de la comisaría al cargo de la Sala del 091. Tenía una envidiable memoria visual de todos los rincones de Ciutadella. La voz de Calles era la brújula que anhelaba todo policía que patrullaba: transmitía serenidad y experiencia. El calendario que colgaba en una de las paredes de la Sala del 091 le recordaba a Calles que su jubilación coincidía con la de Garrido, compañero de promoción. Sin embargo, lo que para el subinspector era motivo de felicidad, para Calles resultaba ser una tragedia.

—¿Cómo dices? —contestó Garrido, pero la llamada ya había sido transferida.

—¿Es el grupo de Homicidios? —preguntó una voz de hombre en construcción.

—Sí.

—Yo ataqué la web de la Semana Negra de Ciutadella.

—Hubo un silencio—. El que envió a todos los invitados el vídeo del asesinato del hijo del editor.

Garrido se puso de pie y repitió en voz alta la afirmación que acababa de escuchar.

Alma y Pol interrumpieron su tarea, eran todo oídos.

—No repita todo lo que voy a decirle y no pierda el tiempo en localizar la llamada —advirtió aquella voz, revelando más miedo del que pretendía transmitir—. Lo estoy haciendo a través de una centralita virtual.

—Vale —respondió Garrido con gesto de no comprender nada. Pol y Alma se apresuraron a situarse junto al subinspector y a pegar los oídos en el altavoz del teléfono. Pol sufrió cierto desconcierto al captar el arrebatador perfume de Alma junto con el tufo a fracaso que expelía Garrido.

—Un tipo me contrató para que hiciera el trabajo. Soy muy bueno, ¿sabe?, me llaman Darwinblack. —Alma y Pol se miraron divertidos. Todo indicaba que se trataba de un tarado—. Me pidieron que atacara la web y así lo hice, y sí, visualicé el vídeo antes de colgarlo... Pensé que era una falsa *snuff movie* o algo así. Me quedé de piedra cuando leí la noticia en Twitter. Flipé y todavía flipo, así que por eso les llamo.

—¿Dónde quedó con el tipo que lo contrató? —preguntó Garrido, incrédulo.

—En la *deep web*, ya saben, el internet profundo, allí donde se cuece todo lo chungo. Debería haberle pedido más *bitcoins*, pero...

Para Garrido aquella voz infantil hablaba en un idioma de otro planeta. Hastiado, pasó el teléfono a Alma y regresó a la silla. Desde su nueva situación, el cuerpo de la oficial ofrecía un paisaje incomparable. No era un tipo dado a babear ante mujeres que podían ser sus hijas, y menos tratándose de compañeras, pero debía admitir que, si Alma fuera la imagen del cuerpo, otro gallo cantaría en el país.

—¿Te refieres a la moneda virtual de la *deep web*? —preguntó Alma.

—¿Cuántos estáis escuchando esta conversación? —inquirió la voz adolescente—. Está bien, me da igual, tomad nota de las direcciones de *email* que quien me contrató utilizó para ponerse en contacto conmigo.

Alma pidió apresurada un bolígrafo a Garrido y en cuanto lo tuvo en la mano anotó las dos direcciones.

—Ya las tengo —notificó la oficial de policía—. ¿Te dio algún nombre?

—Tiflos.

En cuanto Pol oyó el término griego asintió enfáticamente. Escribió en un folio que Tiflos era el nombre del perfil de Facebook a través del cual el asesino había enviado un mensaje a Marga Clot poco antes de asesinarla. Alma leyó la nota y alzó el dedo pulgar.

—¿Cuándo fue la última vez que contactó contigo? —preguntó la oficial.

Darwinblack tuvo que pensarlo.

—Tendría que mirarlo, pero recuerdo que recibí la notificación de que se había leído mi último *email* durante la madrugada del martes dieciséis de febrero.

—Está bien, nos queda claro que eres un *hacker* —observó Alma—. Pero ¿eres lo suficientemente bueno?

—Lo suficiente como para que nunca sepáis quién ha hecho esta llamada ni quién atacó la web desde la que se envió el enlace de un asesinato real.

—¿Cuántos años tienes? —preguntó Alma.

—Tal vez veinte.

—¿Sabías que el hijo del editor asesinado se llamaba Álex y que jamás llegará a cumplir tu edad? —soltó la oficial de policía, y dejó que el silencio hiciera el resto—. ¿Y si le echas un cable a su familia? ¿O a la familia de la que podría ser la siguiente víctima?

Todos supusieron que Darwinblack había cortado la comunicación hasta que oyeron un suspiro dilatado.

—¿Qué quieres que haga?

Alma sonrió satisfecha y le guiñó el ojo a Pol.

35

Ninguno de los dos se sentó a pesar de que la sala de espera contaba con un sofá, una mesa de centro con la prensa del día y una máquina de café con un amplio surtido de cápsulas, todas ellas dispuestas en estricto orden alfabético. Mientras María escudriñaba los volúmenes que abarrotaban la única estantería, Roberto pulsaba con aire distraído una de las seis teclas que integraban la máquina de escribir para invidentes. Aquel útil desconocido por el inspector se hallaba sobre un pequeño escritorio frente a una ventana que daba al puerto de Ciutadella.

La sede de la ONCE tenía el privilegio de ocupar una vieja casa señorial de la calle Sa Muradeta desde cuya segunda planta —que era donde se encontraban los policías— se disfrutaba de una magnífica vista de la ensenada. María se acercó a la ventana y durante un instante compartieron las respiraciones y un tibio atardecer.

—¿Has oído hablar de la *rissaga*? —preguntó ella.

El inspector negó sin dejar de mirar más allá del puerto. Una pequeña embarcación se arrimaba despacio, ajena a la complejidad humana y, sobre todo, a su crueldad.

—Es como llaman aquí las variaciones del mar —continuó María—. Comienza con unos cambios pequeños, pero puede llegar a dejar al descubierto el fondo marino del puerto en su zona menos profunda. Y todo en minutos, incluso en segundos. La última gran *rissaga* se produjo en 2006, destrozó decenas de embarcaciones y desnudó las entrañas del puerto.

Roberto escuchaba con atención sin dejar de mirar por la ventana.

María solo lo observaba a él.

—¿Cuándo tuvo lugar tu última *rissaga*? —disparó la policía.

Fue entonces cuando el inspector se volvió y se topó con el rescoldo de una mirada que creía extinguida.

«Hace dos años», calló el inspector.

—Más o menos por las mismas fechas que la de aquí —terminó respondiendo.

—No te veo feliz, Roberto.

«Soy un tipo con un hogar calcinado, sin familia por la que preocuparme y de la que disfrutar, con las cuentas bancarias bloqueadas y con un pasado que insiste en querer modificarme el futuro.»

—¿Alguna vez me has visto feliz? —prefirió soltar el inspector.

—Creo que sí —respondió María, y se dirigió hacia la esquina de la máquina de café. Roberto la agotaba. Eligió una cápsula llamada Roma y prestó atención a la cantidad de cafeína que caía en el vaso de plástico.

—Dijiste que no harías preguntas —contraatacó Roberto.

—Solo me preocupaba por ti.

—¿Y qué hay de ti? ¿Continúas escapando de un matrimonio tedioso?

María se tragó una sonrisa y a continuación el café. Después meneó la cabeza con gesto de incredulidad.

—¿A qué vino ese tonteo con el periodista del hotel? —añadió el inspector.

—¿De veras crees que nos conocemos?

Al inspector la pregunta lo pilló desprevenido.

—Perdonen la demora. —Un gigante de espalda interminable e intensos ojos azules irrumpió en la estancia. Su voz era aterciopelada, de hombre que jamás ha visto el dolor—. Soy Gerard, el responsable del servicio bibliográfico.

El joven estrechó la mano a Roberto sin errar la dirección.

—Encantado, inspector.

Seguidamente se acercó a María y le dio dos besos.

—¿Cómo lo has sabido? —preguntó la policía.

—Cuando uno se juega dar dos besos a quien no quiere afina todos los sentidos —respondió risueño—. Además, trabajé un par de años ayudando a una tía mía que tiene una perfumería. No conozco bien el suyo, pero el del inspector es Esencia de Loewe. Un perfume que tuvo su apogeo a finales de los noventa y ahora es... ¿cómo se dice?

—¿*Vintage*? —propuso María, divertida.

Roberto frunció el entrecejo.

—Eso mismo, *vintage*. Los de la Real Academia Española deben de ir de culo con tanta palabra nueva. Que si tuit, que si dron, que si bótox... Yo creo que también deberían invertir tiempo en eliminar palabras, ¿no creen?

—¿Como cuál? —A la policía le encantaba el entusiasmo de Gerard.

—Invidente. ¿No les suena esotérico? —No les dio tiempo a responder—. Ciego, cuando uno tiene que imaginarse la vida se le llama ciego. Pero me han dicho que no han venido hasta aquí para escuchar mis disertaciones sobre la RAE. He de reconocer que me intriga que un par de agentes se interese por nuestra máquina de escribir, la Perkins. La verdad, está algo desfasada respecto a la tecnología con la que hoy podemos contar.

—¿Nos podrías hablar de ella? —preguntó Roberto, cortando la charla de forma mucho más sutil que de ordinario.

Gerard esbozó una sonrisa enorme: aquel inspector era perro viejo y no estaba para mandangas.

—Supongo que ya la han visto —señaló con el dedo hacia la ventana y se dirigió a ella—. Como ven, tiene seis teclas, una por cada uno de los puntos de braille, las otras son la tecla espaciadora, la de retroceder un espacio y la del cambio de línea. Lo que se teclea se marca en positivo sobre el papel, por lo que es sencillo comprobar lo escrito. El texto se lee de izquierda a derecha, como en las máquinas convencionales. ¿Alguna pregunta más, inspectores? Tengo que echarle un vistazo a otros asuntos. Es broma —se apresuró a decir ante el riesgo de que el inspector no fuese un tipo demasiado amante del humor—, es lo que dicen los testigos en las novelas.

—¿Qué hay del tipo de papel? —preguntó Roberto.

María le indicó con un gesto de mano que limitara su brusquedad. Roberto arrugó la nariz.

—Sí, con la Perkins se emplea un papel especial, algo más grueso del habitual.

—¿Dónde se puede adquirir esta máquina? —se interesó María.

—Por internet, como todo.

La policía sonrió.

El inspector levantó la máquina del escritorio y enseguida la devolvió a su posición original.

—Pesa bastante —comentó Roberto.

—Según para quién —presumió Gerard, sacando pecho—. Unos cinco kilos.

—¿Te la llevarías contigo si viajaras? —quiso saber Roberto.

Gerard no tuvo que pensar demasiado la respuesta.

—Preferiría llevarme otras cosas —respondió el joven, sonriendo con gesto pícaro—. Sinceramente, no. No me la llevaría salvo que tuviera la necesidad de escribir en braille.

La contestación de Gerard provocó un silencio.

—Si buscan a un ciego no tardarán en dar con él —añadió—, es lo que tiene carecer del sentido de la vista —dijo señalándose los ojos—. Pero si buscan a un farsante, sepan que alguien tuvo que enseñarle a usarla. No he conocido a nadie que se compre esta máquina por curiosidad. ¿Han visto en algún rincón de esta sala una especie de bandolera?

Los dos policías barrieron la estancia con la mirada. María dio con ella.

—¿Es la funda habitual de la Perkins?

—Sí, nada especial, pero suele ser siempre la misma. Al usuario de la Perkins le importa bien poco el diseño de la funda, anteponemos lo práctico a lo chic. Ventajas de no someternos a la mirada externa.

A María aquella bandolera le resultaba familiar.

—Noa de Cacharel —dijo Gerard, interrumpiendo el pensamiento de la policía—. ¿Ese es el perfume que usa, agente?

María respondió con una risa audible.

—También es *vintage* —pinchó Roberto, satisfecho de que hubiera palos para todos.

—¿Y qué más sabes de mí?

Gerard estaba encantado de que se lo preguntara.

—Que su voz suena a la de una mujer que se sabe bonita, de pelo corto y delgada aunque con curvas suficientes para que más de uno se vuelva al pasar —describió Gerard. María escuchaba con atención y se mordió el labio en un gesto ambiguo que oscilaba entre lo coqueto y lo tímido—. Y que a su mirada le falta brillo —añadió el joven con una tristeza sobrevenida.

El rostro de María mudó.

—¿En qué te basas para decir todo eso? —inquirió la policía.

—Está bien, me ha pillado —reconoció Gerard, animado—. El vigilante de seguridad de la puerta siempre me da un informe detallado de las mujeres que nos visitan. Eso sí, lo del perfume es mérito mío.

—¿Y lo de la mirada? —se adelantó Roberto a María.

—Eso es porque escuché el tono amargo de su pregunta poco antes de entrar en esta sala. —Gerard esperó una reacción, pero no hubo ninguna réplica por parte de aquella pareja de policías que tenían demasiadas cuentas pendientes—. Digan lo que digan, los ciegos no tenemos un quinto sentido, pero los cuatro que tenemos... ¡Ay, los cuatro que tenemos...!

De camino a la comisaría, Roberto desactivó la tecla que silenciaba el móvil y comprobó que tenía una llamada perdida de Alma. Le devolvió la llamada y en menos de cinco minutos la oficial le puso al día, con tono aséptico, sobre la extraña confesión del *hacker* y el plan que tenía entre manos.

—Al final todos los que trabajáis conmigo termináis cruzando de un modo u otro la línea —dijo Roberto con cierto orgullo. María desconocía la información que Alma le había dado, pero asintió resignada. Un gesto de Roberto con la mano bastó para que la policía acelerara el paso. Algo se estaba cociendo en las dependencias policiales.

—¿Qué es lo que quiere? —preguntó Roberto sorprendido. Tapó con una mano el micro del dispositivo y se volvió hacía María—. Maimó está en comisaría. —Roberto retomó la conversación con la oficial y asintió en dos ocasiones—. Llegamos en cinco minutos. Y ya sabes: desconfía de quien se presenta en comisaría justamente el día en que pensábamos citarlo como sospechoso de un asesinato.

Un cielo ardiendo los acompañó en su mutismo precavido, en una docena de suposiciones y en un par de sueños que, a tenor de la elocuente mirada que se cruzaron poco antes de adentrarse en la jungla policial, pese a estar aletargados, todavía respiraban.

36

—¿Se puede saber en calidad de qué pretendes tomar declaración al concejal? —exigió Celia Yanes a su homólogo en cuanto este cruzó la puerta principal.

Con una seña, Roberto indicó a María que siguiera su camino. «Reunión de pastores, ovejas muertas», pensó la policía mientras desaparecía sin rechistar.

—Creía que en las embajadas además de chupar del bote también se aprendían protocolos y maneras —contraatacó Roberto.

—Y yo creía haber dejado claro que debía de estar al corriente de todo.

—¿Qué te preocupa? —preguntó Roberto con desdén—. ¿La dichosa vacante de comisario? ¿El posible reparto de medallas? ¿Qué te quita el sueño en esa vida tuya tan complicada?

—No te pases, Roberto...

—Han asesinado a dos personas, cojones —gritó el inspector—. ¿Tanto cuesta centrarse en cazar al hijo de puta que lo ha hecho?

—No me grites y, sobre todo, no vayas de salvador de la humanidad. Ya no tenemos edad para eso.

—Solo te lo voy a decir una vez —advirtió el inspector con un dedo alzado, después de cerciorarse de que no hubiera ni un solo testigo—. Deja que haga mi trabajo y ocúpate de tu puesto de burócrata al que has dedicado toda tu vida.

Roberto no dio opción a la réplica. Encaró enérgico las escaleras y dejó a la Zurda acompañada por la sombra de una silueta raquítica, pero sobre todo, de una conciencia perforada.

Lo primero que hizo Roberto al entrar en el despacho de la Judicial fue cazar las miradas de rencor que cruzaban Maimó y Pol. Lo segundo fue sostener esa misma mirada al concejal con la que ambos se evaluaron como dos gallos de pelea.

El político no escatimaba a la hora de exhibir su arrogancia. Estaba sentado cómodamente, apoyando un codo sobre una de las mesas, con las piernas cruzadas y una mano libre para ayudarse de ella en sus discursos. Maimó no hablaba, adoctrinaba. Ese endiosamiento con el que se vestían tantos políticos del país servía a Roberto de acicate. Un buen policía no debía tener prejuicios, ni tampoco decantarse por ningún partido político, pero hacía ya más de dos décadas que al inspector había dejado de inquietarle alejarse de los manuales ontológicos. Para él solo existían dos tipos de personas: los que joden y los jodidos. A los primeros los tenía calados. Tenían la mentira en la sonrisa, el ansia de poder en la mirada y la pretendida verdad en manos de un cirujano estético, para ver si así conseguían aumentarla.

—¿La sala de interrogatorios está donde siempre? —preguntó el inspector a María, y esta asintió—. Acompáñeme, señor concejal —ordenó Roberto sin mirarlo a la cara—. Pol y María, venid conmigo.

Alma se sintió dolida ante esa nueva exclusión. Sintiéndose observada por Zambrano y Garrido, se dispuso a ordenar unos papeles que ni eran suyos ni necesitaban ser ordenados. Se preguntó qué otras pruebas más necesitaba, cuánto estaba dispuesta a soportar. Roberto se había convertido en ese noray del que no podía soltarse, una suerte de amarre para una embarcación que no había dejado de zozobrar. De haberlo sabido habría preferido quedarse en Madrid; tal vez ellos eran una de esas parejas que se nutren de la distancia, de fantasear con aquello que nunca alcanzarán. Perdida en sus pensamientos, apenas puso atención al comentario que Garrido hizo en cuanto Roberto y sus elegidos abandonaron el despacho. Pero Garrido era uno de esos tipos convencidos de que la salsa de la vida radica en el conflicto, así que insistió:

—A Rial siempre le sobramos todos menos María. La historia se repite.

—¿Qué historia? —farfulló Alma.

Garrido y Zambrano sonrieron con la sorna que suelen mostrar los que saben frente a los que ignoran.

La austeridad del habitáculo borró de cuajo la sonrisa impertinente de Maimó. Mientras Pol parecía escoltar la puerta de acceso, María y Roberto tomaron asiento frente al político. Este, incómodo por aquel silencio concertado, consultó el reloj de manera compulsiva.

—¿Va a durar mucho? Lo digo porque tenemos la presentación de una novela en la Cova d'en Xiroi dentro de una hora y media. Podrías acompañarme —propuso el concejal a María.

—No sé si se ha dado cuenta —aquel uso repentino del tratamiento de respeto divirtió a Maimó— de que esto no es ninguna broma —le apercibió la policía.

—¿Y qué es entonces? —se defendió el concejal—. ¿Un interrogatorio sin abogado?

La pregunta iba dirigida claramente a Roberto.

—Una conversación amistosa entre policías y un concejal del Ayuntamiento de Ciutadella dispuesto a colaborar —matizó el inspector.

El rostro de Pol, que continuaba con la mirada clavada en el político, parecía haber mutado. Aquella candidez que le caracterizaba había sido sustituida por una mueca de odio contenido, de podridas deudas pendientes, de silencios a punto de reventar.

—Sinceramente, inspector, con mis amigos mantengo las conversaciones en lugares más confortables. Así que empiece ya. Eso sí, le agradecería que no estuviera su compañera.

—Maimó entornó ligeramente la cabeza y oteó a Pol de soslayo—. Digamos que nos ha unido una estrecha relación personal.

—Pero qué relación ni qué hostias —gritó María ya puesta en pie.

Roberto asimiló el comentario sin articular palabra, alzando la mano a modo de tregua.

—Un par de noches no son una relación —corrigió María, avergonzada, con la mirada baja y los hombros caídos.

Roberto le sostuvo la mirada unos segundos y después le indicó con gesto serio el camino hacia la puerta. María extrajo bruscamente el bloc de notas de su bolsillo, escribió en un folio varias anotaciones y, tras arrancarlo del cuaderno, lo lanzó sobre la mesa. Antes de abandonar la sala dedicó al concejal una mirada fulminante. Fue entonces cuando el político supo que no sabía cuándo ni dónde, ni siquiera cómo, pero no tenía la menor duda de que María se lo haría pagar. Si algo había aprendido durante aquellos años en el cargo era que a las moscas cojoneras hay que exterminarlas antes de que a uno le toquen los cojones.

El inspector esperó a que se cerrara del todo la puerta, asió el folio que había sobre la mesa vacía y lo leyó con detenimiento. La letra de María decía mucho de ella. Clara y única, fácilmente reconocible.

—¿Dónde estuvo la noche previa a la inauguración de la Semana Negra de Ciutadella? —disparó Roberto.

Maimó resopló.

—Otra vez. En Palma de Mallorca, ya lo dije.

—Otra mentira más y seré yo quien llame a su abogado —le advirtió Roberto—. Hablemos de Sex Advisor.

Maimó se volvió de nuevo hacia Pol antes de responder.

—Barcelona, estuve en Barcelona.

—¿Qué hacía allí?

El concejal mostró la palma de las manos.

—Ya lo ha dicho usted, inspector.

La mirada azul de Roberto no parpadeaba.

—Tuve relaciones con una *escort* —claudicó Maimó—. Contacté a través de la aplicación que acaba de nombrar. ¿Acaso es un delito?

—Depende de quién pagara —se inmiscuyó Pol.

A Roberto le agradó que el novato no se amedrentara ante una autoridad política de la isla.

—Nombre y teléfono de la *escort* —exigió Roberto.

El concejal extrajo el móvil de la americana, deslizó el dedo sobre la pantalla y alzó la cabeza.

—Lorena, 6999919 y dos números más. Es un modo como otro de no buscarte problemas, ¿no cree, inspector? Mire cómo ha reaccionado su compañera solo por haber mencionado nuestra historia.

Al otro lado de la lama del cristal opaco María se contenía y tomaba nota de los datos.

De repente se le ocurrió una idea. Descolgó el teléfono oficial y, en cuanto pudo contactar con la tal Lorena, se identificó como policía. La *escort* no mostró demasiado aprecio por Maimó y sus peticiones habituales, por lo que no escatimó en detalles. Explicó que en su particular nido de amor al por mayor tenía unas cámaras instaladas por lo que pudiera ocurrir y se ofreció a enviarle una copia para ilustrar las horas en que el concejal estuvo preocupándose por el bien de su Ayuntamiento. María le agradeció el detalle y le pidió dos copias de la grabación. Para una de ellas le facilitó la dirección de la comisaría, para la otra tuvo que consultar en el móvil. La policía esbozó una sonrisa maligna y le indicó a Lorena esa segunda dirección, añadiendo que era para Teresa Bonín, la juez que instruía el caso.

María agradeció a Lorena su cooperación por el bien de la ciudadanía y sobre todo de las mujeres. Tras colgar, atendió de nuevo al otro lado de la cristalera.

—Mintió al decir que venía de Palma —continuó el inspector—, y algunos testigos afirman que la noche en que mataron a Marga Clot usted fue una de las últimas personas con las que estuvo la víctima. —Roberto se levantó de la silla, se acercó a menos de un metro del concejal y se apoyó en una esquina de la mesa—. Incluso hay quien afirma que intentó llevársela a un lugar más tranquilo.

—Ya veo, soy sospechoso de haberme cepillado a una puta y de intentar cepillarme a una pobre chica que ya no respira. Están perdiendo el tiempo y sobre todo me lo están haciendo perder a mí. ¿Eso es todo, inspector?

—No. ¿Por qué dispone de una habitación en el hotel Can Paulino?

El concejal apoyó los antebrazos sobre las rodillas y alzó la cabeza tras un suspiro prolongado.

—Las cosas no van bien en casa y pensé que el evento me exigiría asistir a muchos actos. La verdad, no me apetece regresar a casa y soportar ciertos sermones.

—Si es solo eso, supongo que no tendrá inconveniente en que registremos la habitación —sugirió Roberto.

Maimó enrojeció, se levantó y se encaró al inspector.

—Se acabó, inspector. La habéis jodido. —De nuevo miró hacia Pol—. Todos vosotros.

Roberto no le contestó. Se dirigió a la puerta e indicó a Pol que acompañara al concejal hasta la salida.

—Todos —repitió el concejal, aunque el mensaje iba dirigido en exclusiva a Pol.

El joven policía estalló en cólera y se abalanzó sobre él, lo agarró de la pechera y le aplastó la espalda contra la pared. A Maimó aquella reacción lo pilló por sorpresa y el impacto lo dejó sin aire. Ya en el suelo, Pol se agachó sobre el concejal y se lanzó al cuello, fuera de sí, aprisionándolo.

—Soy yo quien irá a por ti, yo iré a por ti...

Pol dejó de gritar al recibir un fuerte empujón de Roberto y caer a unos metros de distancia. El inspector ayudó al concejal a que se recuperara y atravesó con la mirada al policía.

Maimó tosió con exageración, como si con cada estertor pudiera expulsar el odio que el joven agente le había transmitido, y cazó la mirada del inspector dirigida a la cámara que los enfocaba desde un ángulo del techo.

—Te propongo un juego, Pol —dijo Maimó ya de pie, acomodándose la americana y la corbata desanudada—. ¿Y si nos olvidamos los dos de nuestros errores? —dijo, señalando la cámara—. No se ofenda, inspector, son asuntos de familia, ¿verdad, querido sobrino?

37

Salió de Ciutadella siguiendo las indicaciones que el GPS le iba dando con voz femenina. Durante el trayecto la migraña siguió azotándole a pesar de los analgésicos y de los dos porros que se había fumado. Irritado por aquel dolor persistente, tomó el desvío a Cala en Porter y al poco estacionó el vehículo en un aparcamiento habilitado. En cuanto descendió por el camino que conducía a esa gruta natural convertida en local de ocio, advirtió la presencia de muchas caras conocidas.

Escritores laureados que no escribían más que tuits, editoras empeñadas en socorrer la industria del libro a pesar de los últimos achaques de la economía, periodistas fanfarrones que no olían al asesino que les acababa de sonreír, blogueras mantenidas por sellos editoriales que se erigían en guías espirituales de los lectores y de inocentes que, como él, una vez soñaron en convertirse en uno de ellos.

Poco antes de acceder a las entrañas de aquel acantilado decorado con sofás blancos, sombrillas de paja y reminiscencias de un tiempo en el que todo era posible, fue testigo ocular de cómo el sol era engullido por el Mediterráneo, dejando un cielo irisado que él quiso retener en su memoria.

Saber que nada es para siempre es muy distinto a saber que nada es inmediatamente para siempre. En ese maldito matiz radicaba su angustia, en ese reloj que la madre naturaleza había decidido insertar en su existencia fugaz, una madre naturaleza decidida a bajar el telón de la maravilla cromática que resultaba ser la vida. Sentenciado por la genética, sin derecho a recurrir, la belleza de aquel acantilado en la costa sur de la isla se le antojó todo un martirio.

Aprovechó el aislamiento que le ofrecía uno de los balcones que encaraba al mar y llamó desde el teléfono móvil a la clínica. Reconoció la voz de la recepcionista y le pidió de malos modos, dejando que el dolor hablara por él, ponerse en contacto con quien ella ya sabía. La mujer accedió en cuanto lo reconoció. Unos instantes después una voz displicente le repitió la misma cantinela. «Se trata de una retinosis pigmentaria en su última fase», le recordó con hartazgo, con ese tono de hermano mayor al que siempre le importunaban sus llamadas. «Tómate las pastillas y evita situaciones de estrés.» Fue entonces cuando tuvo que reprimir una carcajada. «Situaciones de estrés», repitió para sí. «Si te tuviera delante ibas a enterarte de lo que me produce estrés.» Le colgó a medio discurso.

Junto a él, dos escritores cuarentones de novelas poco negras y de vidas muy grises despotricaban sobre el ganador del premio. Al reparar en su presencia decidieron cambiar de tema. «Hay que hacer limpieza», les dijo sin mirarlos a la cara mientras seguía su camino hacia el interior del garito.

Se le acercó la jefa de prensa de una editorial independiente cuya piel ya había catado una tarde de domingo en el baño de la propia editorial. Achispada por las copas de Juvé i Camps que la organización del evento ofrecía, ella le contó la leyenda del pirata Xoroi, un tipo que robaba a los vecinos de Alaior y se escondía en el vientre de aquel acantilado. Tras llegar al punto del relato en el que secuestraba a una joven aldeana, con la que tuvo tres hijos, la editora le susurró el desenlace final rozándole la oreja con los labios: un invierno, unas huellas sobre la nieve que se dirigían al interior de la gruta delataron el paradero de Xoroi y su familia, por lo que el pirata, temeroso de lo que pudieran hacer con él, se lanzó al mar y desapareció para siempre.

Aquella imagen de ser engullido por las olas, como lo estaba siendo el sol, le pareció sublime. Absorto por el final de esa leyenda, pensó en la suya. Le molestó que la mano de aquella experta en envoltorios literarios se deslizara por su entrepierna.

—No es el día ni el momento —le advirtió, apartándola.

La mujer lo fulminó con la mirada y dejó su copa vacía sobre la bandeja que sostenía un camarero.

—Puede que tu momento haya pasado para siempre —dijo, alzando el mentón.

El hombre de la mirada con las horas contadas anotó mentalmente su nombre en la lista. Siempre era bueno tener a alguien en la reserva. Sonrió al pensar que esa zorra jamás llegaría a saber que era una afortunada. La de tipejas como esa que había perdonado y nunca se lo agradecerían. Antes de cuarenta y ocho horas todo debería haber terminado. Respirar, bostezar o masturbarse no podía ser más difícil que matar a María Médem. Eso sí, si esta le fallaba, siempre le quedaría una engreída jefa de prensa.

38

—Ahora lo entiendo —dijo María atando cabos, visiblemente decepcionada—. Supiste demasiado rápido quién era el administrador de la empresa Giga S.L.

Apoyada en una de las paredes no podía creer que Pol le hubiera ocultado quién era su tío. Se preguntaba si tras ese aspecto de tipo honesto, volcado en echar un cable a los compañeros, escondía algo más.

Pol hizo el ademán de responderle, pero lo detuvo un gesto de mano de Roberto. El inspector le invitó a que tomara asiento y el policía obedeció sin abrir boca.

—María, déjanos solos. —La agente estuvo a punto de protestar por aquella segunda expulsión, pero la mirada condescendiente de Roberto no daba lugar al diálogo—. ¿Te importaría pasarte por los juzgados y pedirles que nos entreguen el mandamiento para las cámaras del hotel? Y ya no vuelvas por aquí hoy, ocúpate de tu familia.

La policía accedió a la petición del inspector, lanzó una mirada desdeñosa a Pol y abandonó la sala sintiendo un regusto a desengaño. El de ella respecto a Pol, pero sobre todo, el que más le escocía, el de ella respecto a sí misma. Dejar que Roberto diera por hecho algo y no desmentirlo no era tan distinto a lo que Pol acababa de hacer. En casa la esperaba una compañera con la que compartían sobre todo sus soledades, tan distintas en el fondo y sin embargo tan parecidas en la forma.

Roberto se tomó su tiempo. No estaba frente a un delincuente, necesitaba cambiar de registro. En su peculiar visión de la vida, la investigación era sagrada. Si en la vida privada de los que participaban en el caso existía un dato que pudiera ser relevante, debía hacerse público al resto del grupo. El inspector se frotó el pelo de cepillo y permaneció de pie a una distancia corta de Pol. Comprobó la pantalla del teléfono móvil y fingió estar consultando algo. Una sencilla manera de inquietar a ese recién llegado a la casa que merecía un buen rapapolvo.

Al cabo de dos prolongados minutos de silencio, Roberto esbozó una expresión más agria y se escuchó su voz:

—Muéstrame tu DNI.

Pol no dudó ni un instante en entregárselo, parecía realmente afectado.

Roberto examinó el documento, miró atentamente tanto el anverso como el reverso y tras ello se lo devolvió.

Pol volvió la vista hacia el cristal oscuro. Solo esperaba que al otro lado no estuviera Garrido ni mucho menos la Zurda. Algo le decía que con Rial tenía alguna posibilidad de no ser sancionado por vía interna. No iba a escatimar detalle alguno. El inspector cazó su mirada y se dirigió al otro lado del cristal.

—¿Algún voluntario para montar el servicio de noche en el hotel Can Paulino? Hay que dar protección a Galván.

—Nadie respondió. «Un perro que sueña con jubilarse, un vago que tiene claro cuál es el horario de funcionario y una mujer herida dispuesta a ponérmelo difícil», pensó el inspector. Al cabo la voz de Zambrano respondió a través de un altavoz que pendía en un extremo de la sala.

—Cuente conmigo, jefe.

Roberto tuvo que tragarse sus pensamientos.

—¿Quién te acompaña?

Al otro lado del cristal Garrido se excusó sin dar muchas explicaciones. Nadie tenía por qué saber de sus visitas diarias a Frank, de los paseos en el ocaso del día —y también de sus vidas— en ese territorio donde el tiempo y los hechos no atinaban a ponerse de acuerdo, donde hoy era ayer, y el ayer un batiburrillo que únicamente comprendía la confusa cabeza de Frank. Nadie tenía por qué saber que a menudo la vida cambia el rol que llevas ejerciendo desde que naciste, que dejas de ser el hijo de tu padre por sentencia firme, para convertirte en el padre de tu padre de manera irrevocable, absoluta y, sobre todo, dolorosa. Hablar con sus compañeros de ese padecimiento ajeno que se había hospedado en su interior era tanto como tomar un jarabe para la tos cuando te acaban de amputar una pierna. O dos, porque Frank había sido un verdadero puntal para él.

Alma empezaba a estar cansada de sentirse tan ignorada por el que era su pareja. No soportaba la idea de ir a cenar juntos y tener que sufrir de nuevo los silencios, aquella mirada carente de brillo empeñada en volver a ser lo que fue, empeñada en engañarla. No. Esa noche quería estar lejos de Roberto, una lejanía física y real. Se palpó el pequeño bolsillo delantero de los vaqueros, allí donde una mujer jamás guarda nada, y comprobó que seguía allí. Toda una semana y todavía seguía allí. Sin embargo no dejaba de luchar contra el deseo de hacerlo, de volver a las andadas, de evadirse de esta vida incomprensible en la que todo el mundo miente. Incluso los que te aman o creen que te han amado.

—Yo —respondió la oficial.

Roberto tardó en reaccionar, pero tampoco le sorprendió la decisión de Alma. «Rabia», pensó. La fase previa al cataclismo.

—Para cualquier cosa, ya tenéis mi teléfono, y ahora haced el favor de desconectar el sonido de esta sala. Quiero mantener esta conversación con Pol en privado.

—Recibido y procedo —confirmó Zambrano.

El inspector seguía de pie. Echó la cabeza hacia atrás, la movió a un lado y a otro y le repateó tener que perder el tiempo en esclarecer aquellos problemas internos sobrevenidos.

—¿Cuándo te cambiaste los apellidos? —arrancó Roberto, decidido.

—Hace tres años, antes de entrar en el cuerpo.

—¿Qué alegaste ante el Registro Civil? Que yo sepa, piden una «causa justa» para ello.

—Alegué ser hijo de mi padre, ¿le parece poco?

—Acabo de descubrir quién es tu tío, así que no me vengas con adivinanzas.

Pol se disculpó alzando una mano.

—En el año 2007 mi padre era la mano derecha del director general de Deportes del Gobierno Balear.

—Tradúceme eso.

—Caso Palma Arena, ¿le suena?

Roberto recordaba el caso, la detención del ex presidente Jaume Matas y todo su séquito.

—Albert Maimó Mir —continuó Pol—. Ese es su nombre. Cinco años antes de su detención ya fue denunciado por mi madre por malos tratos psicológicos. Por aquel entonces una llamada a la Guardia Civil del presidente de la Comunidad evitó que durmiera en los calabozos, pero no pudo evitar la condena por parte de la jueza. Mis padres se separaron y fue entonces cuando supliqué a mi madre que solicitara el cambio de apellidos para mí. El Registro Civil denegó la petición. Sin embargo, tras la detención por su implicación directa en la construcción del velódromo y mis intenciones de ingresar en la policía, volví a la carga hasta que logré eliminar sus apellidos de mi DNI.

Roberto pensó en ello.

—Tengo entendido que ni siquiera dan la oportunidad de anular el primer apellido paterno a algunas víctimas de haber sido violadas por su propio progenitor. Como mucho lo convierten en el segundo apellido —observó Roberto.

—Así es, pero... —Pol se encogió de hombros—. Todo tiene un precio.

Roberto se alegró de haber pedido que desconectaran el micro de la sala.

—¿Quién es tu madre?

—Martina Fiol, la única hija de un fabricante de quesos de

Alaior. ¿Le suenan los quesos Sa Lleteria? —preguntó el joven. Roberto negó con la cabeza—. Como comprenderá, el dinero nunca fue un problema para mí. Pero el apellido de mi madre pasa desapercibido.

—Fiol —repitió Roberto, pensativo. Se preguntó qué había motivado a aquel chico a prescindir de la fortuna familiar y convertirse en policía nacional. Tal vez en un futuro cercano necesitaría saber más detalles de esa historia personal.

—Cuando Albert Maimó salió de prisión, vivió con su hermano una larga temporada.

—Joan Maimó, ¿es así?

Pol asintió y continuó:

—Enseñó todas las artimañas posibles a su hermano menor. La empresa Giga S. L. es una creación de mi padre, tiene su sello de fábrica. —La mueca de incomprensión de Roberto hizo que Pol fuera más preciso—. Me refiero a que, si en este país hay un experto en lograr que quede desierto un concurso público de adjudicación de servicios a una empresa, ese es mi padre.

—¿Cómo?

—Aprovechando las lagunas legales que nuestros gobernantes no piensan enmendar y contando con personas como Olga Rius, la alcaldesa, quien debe mucho a mi padre.

—Ya, pero ¿cómo?

Pol tomó aire, parecía sentirse más cómodo.

—Todo obedece a un plan sencillo. En una primera fase se encargan de publicar la adjudicación de manera discreta, con el mínimo que la ley exige y otorgando una cantidad ridícula a la empresa adjudicataria. Claro está que, tal y como va el país, aun así siempre hay quien se presenta. —De pronto Pol parecía haber enterrado ese aire de novato, sabía bien de lo que hablaba—. En una segunda fase difunden la voz de que la adjudicación ya está dada, que tiene nombre y apellidos. Con todo esto ya se cepillan a más de la mitad de aspirantes, eficazmente desanimados. Pero se precisa una tercera fase: en ella acuden al célebre pliego de condiciones y fijan las más adecuadas para las características de la empresa del amigo en cuestión, pongamos que se llama Infoweb2000 S.L. Me explico —prosiguió. Roberto atendía sin mover una pestaña—. Si Infoweb2000 S.L. es una organización creada apenas dos años antes, una de las condiciones será que la empresa sea emergente; si por el contrario es una sociedad veterana, entonces se estipula el requisito de que lleve un mínimo de quince años en el sector. ¿Sigo? —Roberto asintió, aunque decidió sentarse frente a Pol. La cosa no iba a ser breve—. Y para asegurar que ninguna sociedad competirá con Infoweb2000 S.L., entonces se fija un aval obligatorio y exorbitante para todas las empresas que quieran concursar. Y así llegamos a la última fase en la que se comunica a Infoweb2000 S.L. que se ha quedado más sola que la una y se le indica que se retire del concurso previo pago ya concertado. El concurso es declarado desierto. En ese punto entra en acción nuestra fantástica ley, donde se establece que, si un concurso público no tiene candidatos, la institución adjudicataria podrá conceder el proyecto a quien le parezca, eso sí, mediante un procedimiento negociado.

—Y aquí es donde entra tu tío con Giga S.L.

—Exacto, jefe. Mi tío y la alcaldesa.

—Entiendo. —Roberto volvió a incorporarse, enérgico—. Tu tío forma parte de esa gentuza que nos saquea, pero no creo que sea un asesino.

—Para mí es algo muy parecido.

—Cuando terminemos con la investigación que me ha traído hasta aquí, quiero que abras diligencias sobre el entramado que acabas de contarme. Le das una copia a tu jefa para que la remita al juzgado y otra la remites a la Jefatura de Palma. —Roberto consultó el reloj, detenido en el tiempo, suspiró resignado y repitió el gesto con el móvil. Necesitaba salir de aquel edificio. Dirigir la energía hacia la investigación que realmente le preocupaba. Los problemas familiares de Pol no le interesaban lo más mínimo, y menos aún esas preocupaciones burguesas en ocultar las raíces. No le apetecía que nadie le detallara aquello que a diario podía leer en la prensa o ver en los telediarios—. ¿Hay algo más que deba saber?

Pol bajó la mirada y asintió. Roberto le alzó el mentón con un dedo.

—La noche en la que asesinaron a Marga Clot yo estuve con ella.

39

María estacionó la bicicleta en el pórtico de la casa y se detuvo un instante frente al oscuro mar. La luna era una pestaña y el oleaje, una melodía acompasada. Todo aquel entorno contradecía su estado de ánimo. En ella todavía anidaba una suerte de tramontana desde el encuentro con el juez.

«Tienes una citación pendiente de entrega, María, alguien te ha demandado, pero no dispongo de los detalles. He tenido un día de locos y he aparcado los temas civiles para mañana.»

El juez, al igual que la Zurda, también tenía prisa por volver a su hogar y enterrar el cúmulo de problemas ajenos que ese día había intentado administrar sin mucho afán. María actuó como una autómata, cogió el mandamiento judicial que permitía poner las cámaras de nuevo en funcionamiento, se dirigió hasta Can Paulino e hizo entrega del documento al director.

El camino desde el hotel hasta su casa transcurrió en un santiamén, de pregunta en suposición, de suposición en duda, sin llegar a ningún lugar. Aunque en un principio pensó en Maimó y la posibilidad de que este le hubiera interpuesto una querella, pronto descartó esa idea. De haber sido Maimó, el juez no habría olvidado el nombre del demandante ni los motivos que este perseguía. Además, se había interpuesto esa misma mañana. Al abrir la puerta de casa un nombre repiqueteaba en su cabeza: Bruno.

—Joder —exclamó Lola con gesto de contrariedad—. Acaba de llegar a la isla y ya te está afectando.

María esbozo una débil sonrisa.

—No se trata de Roberto. —La policía prefirió no hablar del inspector en ese momento—. Vengo del juzgado y me han dicho que alguien me ha demandado.

María se acercó a Daniel, centrado en su filete empanado y en las imágenes que proyectaba la *tablet*, y le besó en la cabeza.

—¿Quién? —quiso saber Lola.

La policía se encogió de hombros y se dejó caer en el sofá del comedor, invadido por cojines, el ordenador portátil de Lola y dos bolsas de Mango repletas de ropa.

—¿Y eso? —preguntó María, sosteniendo en la mano una de las prendas.

Lola se sentó en posición de loto junto a María y tomó aire.

—Me voy a Madrid mañana a primera hora —explicó, señalando con un dedo hacia la pantalla del portátil, donde aparecía la reserva del vuelo.

María miró a Daniel.

—Ya está hablado con mi madre; además, hoy me ha contado todo lo sucedido en el colegio. Él no fue el principal agresor y está dispuesto a responder todas las preguntas del fiscal. ¿Verdad, cariño? —Lola alzó la voz y el niño le dedicó una tierna sonrisa. Sin duda la tensión había desaparecido. María se preguntó si existía en el planeta alguna madre capaz de no dejarse encandilar por la sonrisa de su hijo.

—Necesito despedirme de Álvaro —confesó Lola con mirada lobuna—. A mi modo.

—La vas a liar. Lo sabes, ¿verdad?

—Digamos que acepto la posibilidad de que se produzcan daños colaterales.

—Eso no está bien, Lola.

—¿El qué? ¿Ir a ver a mi socio?

—Ya estoy, mamá —irrumpió Daniel, alzando un plato vacío.

Lola se levantó y despeinó a su hijo con gesto cariñoso.

—Ayúdame a recoger la mesa y a traer las ensaladas para estas dos *top models*.

Lola se dirigió a la cocina con un contoneo teatral. Arrancó una sonrisa a María, pero esta tenía una gestión pendiente. Llamó a Bruno.

—¿Qué tal todo? —preguntó su ex marido con amabilidad. Estaba claro que esa alemana lo estaba convirtiendo en otro hombre.

—Cansada. ¿Está Hugo despierto?

—Son las diez de la noche, María. Si lo estuviera no me atrevería a decírtelo.

Incluso se permitía bromear. No parecía que fuera el tipo que ese mismo día hubiera comparecido en el juzgado a interponer una demanda contra ella.

—¿Todo bien? —insistió la policía, tratando de descubrir una rendija de debilidad que confirmara su teoría.

—Fenomenal. ¿Quieres que nos veamos mañana y te traigo al nene?

A María tanta amabilidad repentina le causaba ardores estomacales.

—Vale.

—¿A qué hora y dónde?

—Deja que te llame mañana y me organizo —respondió ella, suspicaz.

—Como quieras, que tengas una buena noche.

María no respondió y colgó, desconcertada. Esa despedida era más propia de un operador de telefonía móvil que de Bruno. Llega un punto en la vida de todo policía en el que la persona se instala en la constante desconfianza. Se trata de una sensación incómoda y cansina, como el dolor de una variz. Es la autopista más directa a los conflictos humanos, pero también la llave de la puerta tras la que se agazapan las mentiras. María tenía el estómago encogido, lo que, a tenor del nuevo cerebro que había descubierto la ciencia, significaba que las neuronas estaban a pleno rendimiento.

Cuando la desconfianza se hospedaba en la cabeza no había nada que temer. Cosa muy distinta era cuando lo hacía en el estómago.

Lola llegó a la mesa sosteniendo dos ensaladas de la huerta menorquina.

María tenía una larga noche por delante, se había comprometido con Galván a confeccionar más detalles sobre el posible perfil del asesino. Se sentó a la mesa dispuesta a que su cerebro estomacal se atiborrara de tomates, tal vez así tendría menos espacio para albergar incertidumbres.

40

No quedaba nadie en comisaría excepto ellos dos, el policía en el acceso de entrada y el encargado de la Sala del 091.

A Roberto le dolía el trapecio y la zona lumbar. Acostumbrado a sus habituales caminatas por las calles de Madrid, los días que transcurrían entre paredes de oficina le suponían una suerte de castigo. Necesitaba levantarse, respirar aire y salitre y abandonar ese edificio tan calcado a otros, diseñados para hospedar las miserias comunes. Las que venían de fuera y las que se forjaban en su interior. Le pidió a Pol con determinación que lo acompañara una parte del trayecto hasta el hotel, era hora de retirarse.

La noche era cerrada, fría y silenciosa. La tramontana había dejado de rugir. El invierno en Ciutadella vaciaba las calles, y, aunque un evento como la Semana Negra atraía muchas miradas, el terror se había apoderado de nuevo de sus habitantes. Los dos policías transitaban en la más absoluta soledad, únicamente sus sombras los acompañaban discretas, al acecho de las confesiones que iban a producirse. Antes de poner fin a esa conversación con tintes de interrogatorio, Roberto ahondó en qué llevó al joven policía a visitar Can Paulino la noche en la que Marga Clot fue asesinada.

—No fui por ella —respondió Pol en cuanto salieron a la calle y encararon el paseo San Nicolau—. Mi intención era amenazar a mi tío. —Roberto continuó caminando con la vista al frente y las manos en los bolsillos, atento pero a la vez lejano—. Le dije que esta vez todo era distinto, que ya era policía y no pensaba detenerme, ni callarme como lo había hecho mi madre durante toda su vida.

—Háblame de Marga Clot.

—No la conocía de nada, jefe, tiene que creerme. Al llegar al hotel vi a mi tío; se encontraba en una sala con piano rodeado de escritores y gente de ese mundillo. Entre ellos estaba Marga Clot. Mi tío babeaba por ella y ella... se dejaba querer por todos.

Roberto detuvo el paso, suspiró profundamente y escrutó al joven policía, hastiado de tanto rodeo.

—Tonteé con ella, vale, pero solo para joder a mi tío. Nos dimos los teléfonos y me largué el primero, después de un par de copas. Desde la recepción del hotel le mandé un wasap en el que le proponía visitarla en su habitación.

Roberto cerró los ojos un instante. Él mismo había ordenado a Pol que se ocupara de rastrear los dispositivos de la víctima. Era evidente por qué no tenía conocimiento de aquel mensaje.

Pol tensó el rostro.

—No me respondió.

Roberto asintió con la cabeza y reemprendió el paseo. Alcanzaron la plaza Es Born, donde encontraron a otros viandantes. Pol saludó con la cabeza a una pareja de su misma edad, de miradas disyuntivas, abrazados por la costumbre y a punto de ser devorados por la rutina.

—¿Viste con quién se marchó Marga Clot?

Pol negó con la cabeza. Roberto repitió la pregunta al no captar el gesto.

—No, de haberlo sabido lo hubiera dicho. Sé diferenciar lo profesional de lo personal.

—Eso es algo que está por demostrar. ¿Hay algún cajero automático por aquí?

Pol le señaló el que se encontraba en la misma plaza.

—Mañana te quiero antes de las siete en comisaría —ordenó Roberto—. Y si esta noche hay novedades ten claro que serás el primero al que llamaré.

—Una cosa más, jefe.

—No me jodas, Pol.

—Es importante; es acerca de la respuesta de los Mossos sobre el perfil de Tiflos en Facebook.

Roberto era todo oídos.

—En el teléfono móvil de Álex Soler han hallado una conversación a través de Facebook mantenida con el perfil «Tiflos». Poco antes de que lo asesinaran recibió una propuesta sexual de las que el joven no solía rechazar. Coincide con la declaración del pintor al que detuvieron como principal sospechoso.

—Quimet.

Pol asintió y continuó:

—Todo indica que entre el hijo del editor y Tiflos ya existía una relación virtual previa, según dedujeron los Mossos del contenido del chat al que tuvieron acceso.

Roberto caviló sobre lo que acababa de escuchar, le dio la espalda sin cruzar más palabras y se dirigió al cajero. Pol agradeció esa segunda oportunidad que el inspector jefe de Homicidios le brindaba. El joven policía de apellidos desordenados se volvió y desanduvo lo andado. Fue un instante, apenas pudo almacenarlo en la memoria, pero algo le dijo que, a menudo, ir en dirección contraria es el único modo de asegurarte de que estás equivocado.

A pesar de que durante la jornada ya lo había comprobado a través de una aplicación de la banca *online*, Roberto necesitaba hacer la consulta tal y como lo había hecho durante toda su vida. No podía evitar una suerte de desconfianza en la tecnología, «un síntoma propio de quienes han crecido jugando a las canicas», pensó.

Recorrió las calles hasta localizar un cajero de su entidad y, en cuanto insertó la tarjeta, obtuvo idéntica respuesta. Todo seguía igual. Sus cuentas permanecían bloqueadas y llevaba consigo cinco euros. La mujer que lo mantenía desde hacía cuarenta y ocho horas había preferido participar en una «troncha» en la escena de un crimen, por emplear el coloquialismo que utilizaban los compañeros para referirse a la vigilancia policial, a cenar con él.

«Rial, ya no eres un buen plan para nadie.» Se flageló a base de palabras hirientes, algo que empezaba a ser habitual desde que había sobrepasado los cuarenta. Que una morena de buen ver se cruzara con él y ni siquiera le dirigiera una efímera mirada bastó para consolidar aquellos pensamientos.

Después de su última estancia en Menorca, había leído una frase del escritor Mario Verdaguer: «La isla que sale del mar, en el mar tiene que volver a hundirse.» Esa creencia, que durante años había supuesto una amenaza para los habitantes de la isla cada vez que el viento del norte y su mar lidiaban alguna que otra disputa, era la misma que sentía el inspector siempre que, de un modo u otro, pensaba en los Aliaga y Busay. Emergieron en su vida y la volvieron del revés. El paisaje de Menorca, con sus acantilados y ese mar que devoraba los salientes rocosos, diseñado para el naufragio. En Ciutadella todo evocaba el mar y el temor de las conquistas. Y Roberto no pudo evitar esa imagen en la que él era el gran navío que surcaba los mares seguro de sí mismo, que ajeno al peligro que acechaba estaba a punto de hundirse en la oscuridad, con todas las luces, con todo su poso existencial. Al igual que la isla, él había surgido de un mar desconocido al que estaba a punto de regresar.

La imagen de su propio naufragio lo trastornó durante un instante. En la guerra que mantenía con Daniela había cometido otro error: confiar en Álvaro. Aturdido ante su propia incapacidad de controlar aquella situación caminó sin rumbo por las calles de la catedral. Respiró con hondura antes de llamar a su compañero. Y, aun así, no pudo evitar ser quien era.

—¿Has enviado los *emails*? —exigió a modo de saludo.

Al otro lado de la línea, Álvaro tardó en responder. Por

mucha complicidad que existiera entre ellos, el capullo de Rial era un inspector jefe, y mandarlo a tomar por culo podría marcar un antes y un después en el que solo uno saldría perdiendo. Pese a ello no disimuló su enojo.

—Acabo de ser padre, ¿sabes? Y muchas gracias, Roberto, todo ha ido muy bien, la madre está estupenda y Lara es una niña preciosa... ¿No quieres saber cuánto ha pesado? Todo el mundo se interesa por el peso de los recién nacidos.

Roberto captó el mensaje y rebajó el tono.

—Estoy jodido, Álvaro, haz el favor de enviar el *email*.

El interpelado emitió un suspiro con aires de derrota. De nada servía intentar que ese hombre rebajara la dosis de sinceridad con que solía sazonar su vida.

—He de dejarte —advirtió Álvaro—. Me llama mi mujer.

—Envíalo. Ahora.

41

Treinta minutos después de la medianoche Galván cabeceó en el sofá del salón habilitado para el evento literario. Todas las conversaciones eran la misma y los ánimos, apocados, únicamente se sostenían con la ingestión desmesurada de Gin Xoriguer, patrocinador oficial del evento.

Galván acababa de oír que ocho escritores y un par de editores ya habían abandonado la isla aquella misma tarde. «Me gusta leer novela negra, pero prefiero que mi vida sea blanca. De lo contrario sería policía o chorizo», fue el argumento que uno de ellos esgrimió ante Mae, la librera. Mae defendió ese alegato a pesar de que alguno de los presentes, respaldados por el efecto de la «pomada», tachó de poco *noir* el hecho de largarse con los cojones por corbata. Mae buscó con la mirada a Galván y recordó los hechos acontecidos en la isla dos años atrás. Demasiado recientes como para olvidarlos.

El viejo profesor agradeció ese gesto de complicidad, pero no estaba dispuesto a que los asesinatos de las sexagenarias se convirtieran en el epicentro de aquella conversación que él pretendía evitar. «Los años no perdonan», se excusó el viejo profesor con la más afable de sus sonrisas cuando le suplicaron que facilitara los detalles más escabrosos que él y María no habían contado en su novela, y abandonó el salón. Al salir distinguió en una esquina a Alma y en el ángulo opuesto, a Zambrano, tonteando con la recepcionista. Le guiñó el ojo a la oficial, más atenta que su compañero, y enfiló el pasillo que conducía al ascensor.

La espera se le hizo interminable, a pesar de que el indicador señalaba que el aparato se movía. Cuando ya se disponía a dirigirse a las escaleras, irrumpió a su lado Eric, risueño y abrazado a una Raquel Nomdedeu insólita, de mirada felina y boca entreabierta. Pura lascivia de mujer contenida por las costumbres, de saberse amenazada por una soledad irreversible. Justo cuando se abrían las puertas del ascensor llegó Valdés de la calle, apurado y con gesto derrotado. Los *gin-tonics* y el tabaco no perdonaban. Entraron los cuatro.

—¿A qué planta vais? —preguntó Galván.

—Tú y yo a la tercera —dijo Raquel arrastrando las palabras—, Eric a la que él decida —la editora dirigió al periodista una elocuente mirada—, y Leo...

—A la segunda —añadió el escritor.

La editora, obstinada en que Eric no la soltara ni un segundo, no tuvo reparos en mostrar ante Galván su nueva vida. El viejo profesor no podía olvidarse ni un solo día de Rocío. Se preguntó si Raquel se acordaría una vez al año de quién había sido su marido. El periodista, lejos de alcanzar el nivel de embriaguez de la editora, le seguía el juego con mesura.

—Tened mucho cuidado, editora y escritor —advirtió Valdés—. Cuentan que en vuestra planta no se andan con chiquitas.

Nadie pudo ver la sonrisa maléfica que el escritor esbozó. Una repentina avería en la instalación eléctrica dejó Can Paulino en la más completa oscuridad y la caja metálica que trataba de llegar a la segunda planta, suspendida en el aire.

En el vestíbulo, Alma y Zambrano oyeron gritos procedentes del salón que acababa de abandonar Galván. Los dos policías se buscaron entre sombras y se sorprendieron cuando los dos chocaron de cara. Zambrano notó la calidez de aquel cuerpo e intuyó las formas de unos pechos muy bien moldeados. No hizo el menor esfuerzo por separarse, como tampoco Alma. Fueron dos segundos, nada más. Suficiente para activar fantasías en uno y planes de venganza en la otra.

Corrieron por instinto hacia el salón, donde los recibieron ocho móviles convertidos en linternas. No había ocurrido nada, todos estaban sanos y salvos, pero el miedo se traslucía en sus miradas. Alma pensó en Galván y se apresuró a llamarlo.

En el interior de la caja metálica sonó el móvil del viejo profesor, pero este colgó. No quería hablar delante de los demás. A cambio, envió un mensaje a Alma informándole de que estaba atrapado en el ascensor, sin olvidar mencionar el nombre de sus acompañantes.

Tras unos instantes, la agente le comunicó que, según la recepcionista, en menos de dos minutos todo estaría solucionado. El hombre devolvió el móvil a su bolsillo de manera instintiva, sin pensar en las posibilidades que ofrecían aquellos chismes.

—¿Vosotros veis algo o solo yo estoy cegato? —preguntó el escritor, divertido—. Ya me veo llamando a mi padre.

—¿Es técnico de ascensores? —preguntó Raquel, desdeñosa.

—Oftalmólogo —respondió Valdés.

Eric empleó su móvil para iluminar el interior de la cabina. Raquel le arrebató el dispositivo y lo apagó.

—Mucho mejor así —susurró la editora, juguetona. De repente soltó un grito—. Alguien acaba de sobarme una teta.

La carcajada de Valdés no dejaba lugar a la duda.

El estruendo de los motores anunció que se había restablecido el suministro eléctrico. Una mano se deslizó con habilidad sobre el pulsador del ascensor, identificando por el tacto cada uno de los números que correspondían a las distintas plantas del edificio. Cuando encontró el piso que quería, lo pulsó. Al momento se iluminó el habitáculo y el aparato recordó las órdenes que acababa de recibir. Primero la planta dos y después la tres, la de Galván. Antes de que todos ellos abandonaran la cabina, Raquel miró con desprecio a Valdés. Los brazos de Eric ya no rodeaban a la editora y Galván anotó un dato en su memoria: Valdés tiene oftalmólogos en la familia.

Ya en la habitación el viejo profesor envió un mensaje a Roberto y a María con esa información. Cerró la puerta por dentro, arrastró el sillón de orejas a modo de contrafuerte y deseó con todas sus fuerzas que a ninguno de los huéspedes les arrancaran los ojos aquella noche.

A las dos de la madrugada Alma perdió su particular batalla. Acudió al baño del vestíbulo, constató ante el espejo que era mucha mujer para que pasaran de ella y se repitió el lema que la había empujado a realizar todas las locuras de su vida: «Estamos de paso.» Extrajo del diminuto bolsillo de los vaqueros la dosis de cocaína que escondía desde hacía tres semanas y la depositó sobre el mármol que sostenía el lavamanos.

A las cuatro, gracias al sistema informático de llaves digitalizadas, Alma comprobó junto a la recepcionista del hotel que todos los invitados al evento permanecían en las habitaciones. Ya hacía un buen rato que la mirada de la policía había mutado, algo que Zambrano no había pasado por alto. La oficial clavó sus ojos verdes en los de su compañero y seguidamente dirigió la mirada hacia la puerta del baño. A Zambrano solían atragantársele ciertas diligencias policiales, pero jamás la mirada de una mujer despechada.

Fue un acto rápido, agresivo y completo, como acostumbran ser las *vendettas*. Ambos sabían que no habría una segunda ocasión.

42

Jueves 19 de febrero

A las siete de la mañana Roberto abandonó el Rifugio Azul ajeno al notable descenso de las temperaturas. Entregado a su habitual pelea con el herraje menorquín de la puerta, percibió la presencia de Alma cuando ya la tuvo a su lado. La escrutó en un santiamén. La oficial de policía ocultaba su mirada gatuna con las gafas de sol, exhibía un gesto desafiante y el mentón visiblemente irritado. Fue la primera en hablar.

—Sin novedad —informó, trémula.

Roberto permaneció en silencio y esa muestra de indiferencia la instigó a cruzar la entrada del hotel. El inspector la detuvo asiéndole fuertemente de un brazo. Alma dirigió su mirada oculta a la mano que la sujetaba, trasluciendo todo su desprecio.

—¿Desde cuándo no nos besamos? —interrogó el inspector.

—Desde hace demasiados días.

—Parece que Zambrano no solo tiene dura la musculatura, también la barba.

A Alma se le escapó una sonrisa maléfica.

Roberto negó con la cabeza. Su mirada solo contenía tristeza.

—Ponte crema hidratante y descansa. Si es que puedes.

Fue entonces cuando el inspector se adentró en la calle y le sorprendió el frío de la mañana. Aceleró el paso sobre el empedrado, enmarañado en sus pensamientos, hasta alcanzar el bar La Reina, ubicado, al igual que el Imperi, en plena plaza Es Born.

Al reparar en su expresión, el atento propietario le propuso el zumo natural antirresaca, compuesto de manzana, zanahoria, jengibre y apio. Roberto asintió para no dar explicaciones, dejando que el hombre creyera lo que quisiera, y pidió que le sirviera a la vez un bocadillo de jamón y un café americano. El local apenas contaba con siete mesas redondas y de mármol, y dos estancias. Roberto eligió la intimidad que le ofrecía la zona situada más al fondo, un espacio de paredes encaladas y techo bajo.

En el *Diari de Menorca* leyó que la nieve alcanzaba el monte Toro, que once menores eran retenidos en comisaría por haber provocado daños en vehículos —todos ellos iban disfrazados de presidiarios y llevaban máscaras blancas— y que Serrat, Buenafuente y Gabilondo se unían a la campaña de los ecologistas contra las rotondas. A punto estuvo de cantar victoria ante la ausencia de referencias a la investigación, cuando reparó en las más de tres páginas firmadas por un tal Calderé. En ellas el periodista describía los avances sobre el asesinato de Marga Clot con sumo detalle. Halló algún error, pero todo lo que se decía era material sensible. La materia prima con la que trabajaba la fábrica de la policía. El inspector se enfureció. Aquello apestaba a filtración.

Envió un mensaje a María citándola en media hora en La Reina. Tenían que hablar al respecto, ella era la única persona en la que confiaba. Recordó el mensaje de Galván que había recibido la noche anterior donde el profesor mencionaba la conexión de Valdés con una clínica oftalmológica. Escribió otro mensaje para Garrido y le ordenó que él y Pol fueran a por el célebre escritor. Quería interrogar a ese tipo arrogante, según María, o a ese hijo de puta integral, según Pol.

Apenas probó el antirresaca, el móvil se puso a rotar sobre la mesa, silencioso aunque incisivo. El nombre de Diego de Aliaga aparecía en la pantalla.

Roberto cogió aire y respondió:

—¿No es un poco pronto?

—Yo diría todo lo contrario —corrigió Diego, seguro, con la voz más enérgica que en anteriores ocasiones—. Voy a contarte una historia que te va a cambiar la vida.

—No me digas.

Roberto bebió el zumo con fruición, confiando en que también fuera anti-malas-noticias.

—Manuel Martín, mi abogado —empezó, y Roberto se preguntó si pensaba añadir esa información cada vez que lo mencionara—, acaba de enviarte una fotografía a tu correo electrónico. Échale un vistazo.

—¿Te importa si lo miro después? Estoy...

—No creo que haga falta recordarte que no dispongo de mucho tiempo.

A Roberto aquel comentario le escamó. Sin despegar el móvil de la oreja extrajo de la bandolera un *iPad* y consultó el correo.

—¿Ves el archivo?

—Sí.

Roberto puso en marcha todos los sentidos. Se trataba de una célebre instantánea. En ella John Lennon firmaba un autógrafo sobre un ejemplar de su último disco, el *Double Fantasy*, con las gafas inclinadas, sostenidas por la nariz, y ataviado con una cazadora de aviador con el cuello forrado de borrego. El morbo de la fotografía —tomada a las puertas del Edificio Dakota, residencia neoyorquina del cantante— radicaba en el hombre que esperaba ansioso la dedicatoria. Se trataba de Mark David Chapman, un joven de veinticinco años, cuerpo redondo y mente plana. El mismo que, horas después, acabó con la vida de John Winston Lennon en ese mismo lugar con un revólver del 38. Aquella noche del 8 de diciembre de 1980 no hizo falta que el grupo de Homicidios de Nueva York se dedicara en cuerpo y alma a la investigación del asesinato. El caso se resolvió en cuestión de minutos. Después de disparar por la espalda a Lennon en cinco ocasiones, con munición hueca —más mortífera—, Chapman no huyó. Contempló la escena con la que había fantaseado y se apoyó en la pared del Edificio Dakota. Algunos testigos afirmaron que continuó con su lectura favorita, *El guardián entre el centeno* de J. D. Salinger.

—Manuel acaba de mandarte una segunda fotografía —anunció Diego cuando Roberto todavía trataba de entender qué relación escondía esa fotografía con él.

La segunda instantánea presentaba diferencias notables respecto a la primera. Había sido realizada desde una perspectiva muy similar, pero, si en la anterior tanto Lennon como Chapman ponían toda su atención en el autógrafo, en esta habían sido inmortalizados en el instante en que cruzaron las miradas mientras Lennon le devolvía el disco con gesto serio. Roberto se detuvo en los ojos resentidos de Chapman, a pesar de la sonrisa inacabada que trataba de esbozar ante su mito. Había leído sobre Chapman, como también acerca de otros asesinos.

Con el tiempo, bucear en el pasado de aquellos monstruos se había convertido en una suerte de obsesión. Su trabajo era cazarlos, redactar un férreo atestado para encerrarlos más de quince años y pasar página. Lo sabía y lo tenía claro. No debía tratar de encontrar razones ni motivos que explicaran lo inexplicable. La vida le había mostrado el camino hacia esa conclusión: el mal no tiene sentido. Y aun así se adentraba en el pasado de esos perturbados con la única intención de hallar su propia paz. Pero esta jamás llegaba. Roberto deslizó los dedos sobre la pantalla de la *tablet* y amplió el rostro de Chapman. Su mirada era un rasgo común. Una furia contenida a punto de reventar. Se alojaba en distintos rostros, pero albergaba la misma vileza. Idénticas intenciones con distintos envoltorios.

—¿Qué tienen que ver estas fotos conmigo?

—Mucho —advirtió Diego, divertido—. La primera de ellas es obra de Paul Goresh, un fotógrafo aficionado que tenía cierta obsesión por John Lennon y todo su séquito, Yoko Ono incluida. Ese día Goresh llevaba varias horas esperando en la entrada del Edificio Dakota, pero no estaba solo. Junto a él, dos *groupies* y un chico entrado en carnes aguardaban también la llegada del cantante. El chico era Chapman. De hecho, a las doce en punto, Sean Lennon, el hijo de John, salió acompañado por su cuidadora. En ese momento, las *groupies*, habituales en el lugar, aprovecharon para presentar al pequeño de cinco años a quien sería el asesino de su padre horas después. Qué cosas, ¿verdad?

Roberto cerró los ojos un par de segundos. Conocía bien qué significaba crecer sin padre, como también lo había sabido el propio John Lennon. ¿Acaso era ese el mensaje encubierto de la fotografía? Roberto rechazó esa absurda posibilidad. Diego de Aliaga, Busay era un hombre oscuro, difícil de clasificar, pero no albergaba maldad alguna. Tenía que tratarse de otra cosa.

—Sobre las cinco de la tarde Lennon salió del Edificio Dakota y se dirigió a los estudios Record Plant para grabar la que sería su canción póstuma. —Diego hizo una pausa, tomó un trago de agua y prosiguió, sin ocultar el entusiasmo que le suscitaba aquella historia—. A esa hora se sumó al grupo otro tipo, Quique de Aliaga y Busay, mi padre. Por entonces era un fotógrafo de poca monta, aunque hoy su obra se expone en el MOMA. Realizó más de doscientas fotografías de personalidades y famosos y las reunió bajo el título de *Un segundo con X*. Son fantásticas, diga lo que diga mi madre. A los artistas no se les ata, y si lo haces terminas aniquilando al artista. Mi padre no se dejó aniquilar. Eligió la bohemia y la hiel que esta comporta cuando tienes enanos a los que alimentar. La sensibilidad del artista es su arma y a la vez su trampa. No la pueden enterrar.

Roberto apartó el periódico de la mesa y dejó espacio para que el propietario de La Reina dejara el bocadillo y el café. El hombre le preguntó en silencio qué le había parecido el antirresaca señalando hacia el vaso, y el inspector levantó un pulgar y le dirigió un rápido guiño.

—La fortuna sonrió a Goresh cuando Lennon salió de su casa y el fotógrafo pudo tomar la primera instantánea que acabas de ver. Poco antes de las ocho de la tarde Goresh se marchó y aconsejó a Chapman que hiciera lo propio. Las *groupies* y mi padre ya lo habían hecho dos horas antes. Chapman le preguntó: «¿Qué ocurriría si ya no volviera a verle más?» Goresh omitió la pregunta y abandonó el número uno de la calle Setenta y dos. En el carrete tenía una fotografía que iba a engendrar su propia historia. ¿Quién les iba a decir a ese par de fotógrafos que, ese mismo día, a las once menos diez de la noche, aquel tipo con cara de salesiano acabaría con la vida de Lennon?

El inspector se había hecho esa misma pregunta un centenar de veces respecto a los asesinos que él mismo había detenido.

—Años después la fotografía de Goresh fue adquirida en una subasta por quinientos mil dólares. El mismo precio que se pagó por el ejemplar del disco *Double Fantasy* que Lennon dedicó a Chapman y que este lanzó a un contenedor de basura poco después de cometer el asesinato, tras lo cual acabó en manos de un buen samaritano que lo entregó como prueba al Departamento de Policía neoyorquino.

—¿Lo vendió la policía?

—No, se lo devolvieron a quien lo había hallado y este terminó subastándolo. Sin embargo, hasta hace unos meses, nadie supo de la fotografía que tomó mi padre unos segundos después que Goresh.

—La segunda instantánea que me has enviado —musitó Roberto.

—Y la última de John Lennon vivo, con su asesino.

Roberto se tomó un tiempo para reflexionar. Algo no le cuadraba.

—¿Por qué tu padre no la hizo pública?

—Él era así. —Diego hizo una pausa. Su voz empezaba a desfallecer. A Roberto le pareció captar los susurros del abogado y las protestas de Diego. Este tomó agua y continuó—. No quería parecer un oportunista apareciendo poco después de que Paul Goresh se hiciera famoso por la instantánea que ya había recorrido el mundo. Desde un principio lo tuvo claro, formaría parte de la obra que él tenía en mente: *Un segundo con X*. Pero poco después de que tu madre muriera le envió una carta en la que le explicaba muchas cosas. Nunca llegó a saber que ella había fallecido. Esa carta fue devuelta a nuestra dirección por no hallarse al destinatario. —Roberto se acordó de cómo el trabajo, una vez más, se había antepuesto a su vida personal. Ni siquiera había intentado recuperar la correspondencia de su madre—. Es curioso que ambos murieran mientras aquella misiva viajaba de Madrid a Barcelona y de vuelta. El día que enterré a mi padre recibí la carta, la leí y entonces todo cambió.

Roberto sintió que la respiración se le aceleraba. La mención de su madre siempre terminaba escociéndole. Sin embargo, de pronto todo encajaba.

—En breve nos veremos, Roberto. ¿Todavía crees que esta historia no va a cambiarte la vida?

Aunque Diego ya había colgado, el inspector continuaba sujetando el móvil. Se le encogió el estómago cuando en aquel mismo instante apareció María, ojerosa pero bella. En la cabeza del policía se reproducía una y otra vez el rostro feliz de su madre y el *Imagine* del genio de Liverpool.

43

Roberto entró en el aseo contiguo al despacho de la Judicial y apoyó los brazos en el lavamanos, frente al espejo. De no ser porque María le había implorado que no lo hiciera, ya hubiera pasado informe a Celia Yanes sobre la conducta de Garrido.

Aborrecía a los muertos de hambre que llevaban su mismo uniforme y que se fundían el sueldo en putas —que ya lo eran en los años ochenta—, en alcohol de garrafón —que Sanidad habría catalogado como arma química contra la humanidad— y en apuestas deportivas —en tugurios donde al final la casa siempre ganaba, aunque el partido se suspendiera.

María le había pedido más tiempo para ese asunto, además de invitarle a que dosificara su energía. Al fin y al cabo, había sido ella quien había sospechado del subinspector y le había tendido la vieja trampa de aportar información falsa. La misma que Calderé plasmó, casi de manera expresa, al afirmar que la policía estaba al acecho de un perfil en Instagram, cuando en realidad la presa que cercaban no tenía ningún perfil en esa red social. Pero discernir sobre ello era pedir demasiado a Garrido, quien había husmeado en la mesa de María y, a pesar de su innata marrullería, no había reparado en que el documento que la policía dejó tan a la vista era el queso para el ratón.

El espejo le devolvió a Roberto la imagen de un hombre de piel curtida, canoso y de expresión tan lánguida como su mirada azul. Aún consternado por los hechos que Diego acababa de contarle, no podía deshacerse de la mirada que Chapman dirigió a Lennon. Llevaba demasiado tiempo aferrado al pasado, pero el presente no era mejor.

Alma se había convertido en su inminente fracaso sentimental y María estaba en lo cierto, una vez más. No era el momento para gastar energías en cuestiones secundarias. Sin embargo, el código ético era todo lo que le quedaba al inspector. Se remojó la cara y acalló esa voz estricta, incapaz de tolerar comportamientos como el de Garrido. «Es secundario», se repitió una y otra vez. «Ahora es secundario.»

Abandonó el baño con la voluntad de cercar a la verdadera presa, aquella que ya había extirpado los ojos de dos personas, la misma que en ese instante caminaba bajo el mismo cielo. Se cruzó con Pol en los pasillos. Valdés lo esperaba en la sala de interrogatorios.

—Seré breve —anunció Roberto al escritor en cuanto irrumpió en la estancia.

Valdés llevaba las gafas de sol puestas, la sempiterna sudadera negra y un gesto de soberbia que repulsó al inspector.

Garrido captó el leve movimiento de cabeza de su superior jerárquico y se marchó. Todavía no había tomado ni un café y el estómago protestaba. Solo María acompañaba a Rial.

—¿Estoy detenido? —espetó Valdés con aire desafiante.

Roberto meneó la cabeza y lo escrutó con desdén.

—Entonces me piro —replicó el escritor alzándose de la silla.

Roberto lo sentó de golpe, presionando sobre uno de sus hombros. La violencia del inspector lo pilló por sorpresa. Ese tipo no se andaba con monsergas.

—Esto no es una novela, Valdés —aclaró Roberto, desplazándose a su alrededor, inquietantemente relajado—. Hoy la trama la escribo yo. ¿Sabes qué he decidido? —preguntó. Valdés no respondió—. Que seas un ciudadano ejemplar que comparece voluntariamente y responde a todo lo que se le pregunta. Y si por esas cosas que pasan resulta que no estás de acuerdo, procedo a informarte de los derechos que tienes como detenido, pido a mi compañera que nos deje a solas, ordeno que interrumpan la grabación —Roberto señaló el ángulo superior donde colgaba una cámara— y te interrogo del modo que tú ya imaginas. —Esto último se lo dijo a menos de un palmo de la cara, contando con que la imaginación de un escritor de novela negra superaría con creces la suya. Sin duda inspirar terror era más efectivo que describirlo—. Además, estarías invitado a pasar dos noches a pensión completa, con fotografías de perfil y frontal incluidas. A modo de autógrafo vitalicio también tomaríamos tus huellas. Esas fotos son carnaza para los enfermos de las redes sociales y, claro, en la policía siempre hay filtraciones.

A Roberto le hubiera encantado que Garrido estuviera allí y oyera esas últimas palabras.

Valdés permaneció en silencio. Roberto siempre dudaba de si el silencio administrativo concedía o no al ciudadano lo que hubiera solicitado, pero, en el ámbito de la sede policial, el inspector tenía claro que los silencios eran concesiones. El interrogatorio acababa de empezar.

—¿A qué se dedica tu padre?

—Él y mi hermano mayor son oftalmólogos, los dos son muy conocidos en Oviedo.

—Evita añadidos —pinchó María—. Concreta.

Valdés se contuvo, apretó los puños y respiró profundamente.

—¿Cómo se llama la clínica? —Roberto señaló la cámara.

Al otro lado del cristal oscuro Pol se encargaba de comprobar todo lo que el sospechoso afirmaba. Galván hacía lo propio, tratando de obtener algún rasgo delator, una palabra no dicha, un gesto nimio.

—Narcasán, en la avenida de los Doctores.

—¿Y si te quitas las gafas? —planteó María.

—Sufro de un glaucoma de ángulo abierto, nada grave si te pillan a tiempo y tienes a alguien que se ocupe de ello. ¿No habéis visto nunca a Bono de U2?

—Ya —musitó la policía—, quizá sea el nuevo mal de los endiosados.

El escritor chasqueó la lengua y lanzó una mirada iracunda a la policía. Con glaucoma o sin él, quedaba claro el significado.

—¿Vas a perder la visión? —preguntó Roberto, haciendo caso omiso de los comentarios intrascendentes.

Valdés tragó saliva.

—Espero que no —respondió con voz quebrada.

—¿Dónde estuviste la noche del quince de febrero? —inquirió Roberto, empezando por el principio: el asesinato del joven Álex Soler.

Valdés echó la cabeza hacia atrás, recuperó la posición y se dirigió al inspector:

—En Barcelona. Pasé el fin de semana en el hotel NH de la calle Valencia.

Roberto echó una breve mirada a la cámara. Pol estaba en ello.

—¿En qué medio viajaste?

El escritor estiró los brazos en cruz y los movió como si fuera un aeroplano.

Para Galván el sospechoso era un egocéntrico carente de empatía y con un rencor palpable que le hacía sentirse en guerra con el mundo entero, pero no lograba hallar ese detonante que pudiera empujarle a cometer los asesinatos. Gozaba de fama, admiración y reconocimiento. En cambio, el monstruo que buscaban tenía un pasado. Un mal pasado. Galván pidió a Pol que anotara en la libreta indagar si en la familia de Valdés había habido algún antecedente trágico relacionado con la vista.

—¿Y la noche que asesinaron a Marga Clot?

—¿Tengo que repetirme?

Roberto esperaba algún comunicado desde el otro lado del cristal, un dato falso que justificara la detención de aquel tipejo, pero todo era silencio. Asió la silla que quedaba libre y la puso a menos de un metro del interrogado. El escritor con-

tuvo el aliento durante unos segundos. Se temía el primer so-
papo del día. Roberto se sentó a horcajadas y le quitó las gafas
de sol. Valdés encogió su mirada gris, gatuna. Parpadeaba.

—¿Crees que el asesino volverá a matar?

Valdés barrió con la mirada toda la sala, cámara incluida,
y se encogió de hombros.

—No busquen entre los escritores, inspector, solo tenemos cojones para matar a través de las teclas.

Roberto se levantó bruscamente, le dio la espalda al interrogado y poco antes de cruzar la puerta volvió a abrir la boca:

—Pues no dejes de teclear, Valdés.

44

Durante años, Teresa Bonín recibió las advertencias de toda su familia. Los Maimó no son buena gente, tienen los genes impregnados de codicia y de maldad. Aun así Teresa sucumbió a los encantos del compañero más apuesto de la Universidad de las Islas Baleares. Eran tiempos en los que juntos, con la escuadra y el cartabón de las ilusiones, diseñaron su futuro. Pero, tal y como ocurre en la mayoría de los sueños, siempre acaba interviniendo un elemento destructor que termina aniquilándolos. A veces se trata del propio desánimo, de la inseguridad que nos acompaña desde el primer rechazo, aunque se hospede agazapada en nuestra psique.

En los sueños de Teresa el elemento en cuestión tenía nombre y apellidos: Albert Maimó Mir. El hermano mayor, el sextante que Joan Maimó consultaba a diario con fervor. Ya casados, desde el momento en que Albert formó parte del Gobierno Balear, Joan fue incapaz de mantener una conversación de diez minutos en la que no lo mencionara. Nombrarlo era el pasaporte para los negocios que el menor de los hermanos desarrollaba en Menorca. Cuando Teresa fue madre de un par de gemelos, Joan tuvo claro qué nombres elegir: Joan y Albert. La paternidad transformó a Joan en un hombre de los años setenta, en ese modelo paterno que su hermano Albert tan bien se había encargado de prolongar tras la muerte del patriarca de la familia.

Las ausencias de Joan, escudadas en sus negocios por todas las Baleares —ni Formentera se salvaba del dominio de los Maimó— y en la política de expansión que Albert le encargó mientras la gallina de los huevos de oro preparaba la ejecución del proyecto Palma Arena, se convirtieron en silencios incómodos, miradas apagadas y sexo a oscuras cuando ya se habían terminado todas las excusas de dolencias posibles. Eso, cuando aparecía por casa. Una carrera de éxito, un físico anhelado por todos los hombres y una bondad innata fueron, entre otras muchos, los bienes que Joan arrebató a Teresa durante los años de convivencia.

Envejecida a pesar de no superar los cuarenta y dos años, marchitada por la sarta de desprecios que había sufrido a manos de aquel hombre que un día la estafó con sus emociones de laboratorio, su vida solo tenía un objetivo: evitar que los gemelos emularan a sus predecesores. Teresa tenía miedo del poder de las palabras y, sobre todo, del poder de los nombres. En la mirada de sus hijos, aunque le doliera, ya atisbaba la codicia de los Maimó. Tal vez era una lucha estéril, pero era su única lucha.

Aquella mañana, como tantas otras, la despertó el dolor de lumbares que le causaba el dormir más de diez horas. Le costaba hallar los motivos para arrancar otro día con objetivos triviales. Conocía bien esa sensación tan repetida durante los últimos años. Después de tomar un café y unas tostadas untadas con el queso que su cuñada Martina Fiol le había llevado el día anterior, veía las cosas de otra manera. Y si no, siempre le quedaba la ginebra. La ingestión del alambique local se convirtió en una suerte de reivindicación taciturna y diaria.

Cuando oyó el timbre supuso que se trataría de Martina. De no ser por sus visitas, la soledad habría terminado por engullir a Teresa. Al abrir la puerta se topó con un joven ataviado con un uniforme de empresa de mensajería. Trató de ser amable, pero su expresión rancia se adelantó a las intenciones. Tomó el paquete, firmó sobre el recuadro que el joven le indicó y regresó a la cueva sin abrir boca. Le llamó la atención que el destinatario resultara ser la jueza Teresa Bonín. ¿Ella, jueza? Ni siquiera sabía cómo administrar su vida. La remitente era una tal Lorena dos Santos, con domicilio en la calle Tuset, número 6, de Barcelona.

En el interior del paquete únicamente encontró un CD. La apatía era el más común de los síntomas que sufría, sin embargo aquel paquete despertó toda su curiosidad, amodorrada pero no muerta. En la *smart TV* de cincuenta pulgadas en la que Teresa consumía todos los desechos que emitían los canales de siempre, reprodujo el contenido de aquel CD.

Un minuto después a Teresa le cayó de las manos el mando del televisor. El apellido Dos Santos bien podría pertenecer a aquella mulata de tetas esculpidas para manos de camioneros y mirada capaz de lograr que empalmara el marido más aquejado por los dolores rutinarios. El cuerpo que la penetraba a cuatro patas era el de Joan. Las manos que estrujaban aquellas caderas caribeñas eran las de Joan. El mismo hombre que la enamoró, la menospreció y la mató en vida. Y ese hombre merecía un golpe del destino. Una mujer solo ha de consultar sus entrañas para saber si su hombre la engaña. No necesita ver aquello que su imaginación ya ha reproducido con el filtro necesario para que la herida apenas duela.

Teresa descolgó el teléfono del comedor, vetusto y olvidado como ella, y llamó al hotel Can Paulino. Preguntó por la única persona que podría ayudarla a pisar la cabeza a Joan Maimó. No confiaba en ningún periodista de la isla, los tentáculos de Joan eran extensos y eficaces. La inmunidad que le otorgaba ser el padre de sus hijos había llegado a su fin. La remitente de aquel paquete estaba en lo cierto. Se acababa de convertir en la jueza Teresa Bonín.

45

Alma irrumpió en la Judicial con los párpados hinchados, las pupilas dilatadas y actitud hostil.

—He de hablar a solas con el jefe —exigió la oficial con la cabeza gacha—. Ahora.

Garrido ni se lo pensó. Cualquier excusa era buena para ausentarse un rato de aquel despacho colmado de problemas. Pol y María secundaron al subinspector. Antes de salir, María comprobó que el inspector había entornado los párpados, que tenía los brazos cruzados a modo de barrera y que tomaba aire profundamente. La agente conocía bien aquel conjunto de gestos: desconfianza y decepción. Cerró la puerta con la certeza de que nada bueno auguraba a la oficial.

—¿Insomnio? —preguntó Roberto, sentado sobre un extremo de una mesa.

—Tengo noticias de Darwinblack —declaró ella. Roberto alzó las cejas ante el nombre que acababa de pronunciar Alma—. El *hacker*. Te he enviado tres wasaps, pero no me has respondido. Ya que confundes lo personal con lo profesional, me he visto obligada a interrumpir mi descanso.

Roberto sonrió con amargura y comprobó que su teléfono móvil carecía de cobertura. Culpó a Daniela de Aliaga de aquel nuevo obstáculo. Primero lo había dejado sin acceso a sus cuentas bancarias y ahora todo indicaba que había dirigido su hostilidad a privarle de la conexión con su proveedor de telefonía móvil. La bruja había dado el siguiente paso. Devolvió el aparato al interior del bolsillo y retomó el tema que en aquel instante le apremiaba.

—Ni siquiera te has cambiado de ropa —observó el inspector—. Interrumpir tu descanso... ¿Tan gilipollas me supones? ¿Dónde la has pillado?

Alma tardó en responder. Abrió la boca para decir algo, pero Roberto se le adelantó.

—¿Desde cuándo te vuelves a meter?

—Desde que me hiciste sentir sola. Y tranquilo, la pillé en Madrid.

Roberto se incorporó y caminó por el despacho.

—¿Eso es lo que haces? ¿Combatir tu soledad follándote al primer compañero que te mira dos veces? —Roberto detuvo el paso y chasqueó los dedos, fingiendo tener una magnífica idea—. ¿Y si escribes uno de esos libros de autoayuda? Sí, del tipo «supera tu soledad tirándote a compañeros del trabajo y poniéndote hasta el culo de coca». No seas tonta y aprovéchate de la presencia de editores que hay en la isla.

—Eres una mala persona —logró articular Alma entre sollozos, negando con la cabeza.

Roberto tomó asiento frente a uno de los ordenadores y se puso a consultar el correo electrónico. Pol le había enviado el informe de la policía científica relativo al fragmento del espejo retrovisor que hallaron en el vehículo de alquiler a nombre de Marga Clot. Alma aguantó el tipo. No estaba dispuesta a marcharse sin obtener alguna respuesta.

Lo peor era que Roberto no disimulaba: estaba leyendo. El informe hacía referencia al hallazgo de una huella parcial. Una triste huella parcial, eso era todo, pensó el inspector, y levantó la mirada del monitor. Su vida le esperaba. A veces se olvidaba de que solo en su reloj el tiempo permanecía detenido.

Ante la inmovilidad de Alma, decidió zanjar el encuentro:

—Esta es la última vez que trabajas en Homicidios. Cuando llegue a Madrid exigiré a Navarro que te eche del grupo. No he sido yo el que ha fallado a su profesión.

—No, claro que no. —La oficial extrajo de un bolsillo un paquete de Kleenex y se secó las lágrimas—. Tú solo fallas a las personas. Entonces, ¿vas a denunciarme a los de Régimen Interno?

—No es mi estilo.

—Tampoco lo es ayudarme.

—No tengo edad para aguantar a una yonqui.

—Eres un hijo de puta.

—¿Qué hay del *hacker*? —gritó Roberto antes de que Alma abandonara el despacho.

Un par de folios volaron por los aires y después sonó un portazo.

En el pasillo de la segunda planta Alma se cruzó con María.

—Todo tuyo —masculló la oficial con fastidio.

María detuvo el paso, sorprendida ante el comentario. Sabía que con Roberto aquel posesivo no tenía cabida y aun así esbozó una sonrisa. Cuando entró en el despacho, Roberto leía atentamente los folios que acababa de recoger del suelo. Al ver a su compañera prefirió leer en voz alta.

—Se trata del *hacker* que contactó con Alma, parece ser que le ha enviado un *email* —informó el inspector—. El perfil de Tiflos en Facebook utiliza una cuenta de correo electrónico con dominio Hotmail. Por lo visto el *hacker* ha estado siguiendo los accesos a ese correo durante los últimos días. Las conexiones se han establecido desde IPs distintas, todas enmascaradas. —Roberto miró a María—. El tipo que buscamos sabe lo que se hace. —Volvió a leer—. Sin embargo, el trece de febrero se accedió a dicho correo desde una IP de un aeropuerto. ¿Sabes desde cuál?

—El Prat.

Roberto negó con un dedo.

—Aeropuerto de Asturias.

Los dos policías se miraron. María alzó las cejas.

—Valdés —musitó la policía.

Roberto asintió lentamente, tratando de encajar aquella información.

—Antes de una hora quiero saberlo todo sobre él —ordenó Roberto.

—Ahora mismo se lo digo a Pol y a Garrido. Pero yo venía a pedirte un favor, aunque no sé si es un buen momento.

—¿Y por qué no iba a ser un buen momento?

«Ante todo disciplina», pensó María. Roberto no era de hielo, pero se esforzaba mucho en aparentarlo.

—Necesito media hora.

—¿Qué te ocurre?

—Tengo una demanda en los juzgados y no sé ni de qué va ni quién la ha interpuesto. ¿Quieres acompañarme y de paso te presento al juez? —María hizo la pregunta haciendo tintinear el juego de llaves del vehículo policial camuflado.

Roberto trató de buscar una excusa. No estaba de humor para entablar conversaciones absurdas con ningún magistrado y mucho menos cuando el nombre de Valdés volvía con fuerza a la palestra. Y, desde luego, no estaba para aguantar el interrogatorio al que María iba a someterlo en cuanto cruzaran la puerta de la comisaría. En el mismo instante en que asomó por la puerta un joven policía uniformado solicitando permiso para entrar, Roberto intuyó que no le haría falta inventar un pretexto para no acompañar a María.

—Adelante —indicó el inspector.

—Una señora pregunta por usted, jefe.

—¿Qué señora?

El joven necesitó consultar en un *post-it* el apellido que había anotado.

—Daniela de Aliaga y Busay —respondió el policía.

46

Pol interrumpió a Alma cuando la oficial estaba a punto de alimentar con monedas la máquina de café ubicada en una estancia diminuta, donde solo había espacio para el aparato. Los policías no son empleados de Google ni de Spotify. Cuantas menos comodidades tengan en las dependencias, mejor. Los problemas de la vida, las miserias de las calles y las desgracias que azotaban a los denunciantes debían ser resueltas desde la austeridad. Así había sido y así debería ser. O al menos aquellas habían sido las intenciones de los distintos directores generales que se habían relevado en el puesto.

—¿No prefieres un buen café? —propuso el joven policía—. Aunque solo sea por el bien de tus intestinos.

El comentario logró arrancarle a la oficial una sonrisa floja pero esperanzadora. Pol ignoraba qué había ocurrido entre ella y Roberto, aunque a juzgar por la tristeza de su mirada deducía que el asunto trascendía lo profesional. Si había alguien capaz de levantar el ánimo y dar un buen par de consejos en esa comisaría, ese era Calles, el policía más veterano al frente de la Sala del 091, que, además de su mucha experiencia, también contaba con una excelente cafetera. Alma sucumbió ante el gesto de Pol y lo siguió hasta la planta baja, junto a la Oficina de Denuncias.

Calles los recibió con una sonrisa.

—ZETA 22 ... —solicitó Calles a través de la emisora. Al ver a Alma, el veterano policía tuvo una laguna en su memoria. Quedarse encallado en el comunicado no era propio de él. Se recompuso como pudo y prosiguió—. ¿Tenemos alguna novedad sobre el anciano?

—Afirmativo, H20 —respondió una voz a través del altavoz—. Ha sido atendido y al parecer se trata de una bajada de tensión. Resuelto con presencia policial y sanitaria; si no dispone lo contrario, nos ponemos en servicio.

—Recibido, ZETA 22, procedan —comunicó Calles, y acto seguido volvió a escribir en la lista de unidades operativas el ZETA 22.

Abrió la ventana y se encendió un pitillo.

—Como te pille la Zurda, te cruje —advirtió Pol señalando el cartel que prohibía fumar.

—A mi edad, compañero, que una mujer te cruja pasa a ser una fantasía. —Al sonreír, la dentadura de Calles ponía de manifiesto su adicción al tabaco—. ¿A qué se debe esta honorable visita? Esto se avisa, Pol —dijo Calles peinándose, con gesto presumido—. Si me traes compañeras así tengo que prepararme para la ocasión.

—¿Nos invitas a un café? —preguntó Alma, risueña.

Sabía que en ese estado lo mejor sería tomarse un Trankimazin y acostarse, pero las hirientes palabras de Roberto le acababan de abrir los ojos. Por nada del mundo iba a permitir que su jefe inmediato tuviera más argumentos para despotricar de ella. Si aquella iba a ser su última investigación en Homicidios, pensaba cumplir hasta el final.

Calles les sirvió un café a cada uno después de mostrar a Alma la extensa colección de cápsulas que guardaba en un cajón. El veterano conocía al detalle el nombre y la composición de cada una de ellas. Si los magnates de la marca italiana hubieran sido testigos de aquella exposición, a George Clooney le hubieran quedado dos telediarios como protagonista de los anuncios. Calles disfrutaba con las visitas de los más jóvenes del lugar, de los recién llegados a la empresa. El veterano se disponía a contarles una anécdota con el anterior jefe de la comisaría cuando sonó el teléfono del exterior.

—Policía Nacional —contestó Calles con el mismo entusiasmo de su primer día. Escuchó atento al interlocutor—. Un momento, por favor, voy a ver si la localizo. —Cubrió con una mano el auricular y se dirigió a los dos compañeros que tenía enfrente—. ¿Sabéis si María está en la oficina?

—La acabo de ver salir —respondió Pol—. ¿Quién es?

—Una mujer —susurró Calles.

Alma requirió el teléfono con un gesto de la mano. Calles se lo entregó.

La oficial reconoció al instante aquella voz de mujer empaquetada en el cuerpo de un hombre. Era el forense Vicente Abarca.

—María está en la calle, ¿podemos ayudarle nosotros? —se ofreció Alma tras identificarse.

—No creo que tú puedas darme lo que necesito de ella —respondió el forense, travieso—. Eso no quita que podamos compartir conocimientos forenses con una botella de vino.

—No he venido a esta isla por ocio.

—Una pena, oficial, una pena. Cuando veas a la policía escritora dile que necesito hablar con ella, es urgente. Es un placer volver a escucharte, aunque nada comparable con la posibilidad de volver a verte.

—Tengo otras prioridades.

—Los muertos.

—Los asesinados.

—Ya veo que si no hay más asesinatos no volveremos a vernos. ¿Me equivoco, oficial?

Alma colgó al forense, azorada, y abandonó la Sala del 091 ante la mirada preocupada de sus dos compañeros.

Pol salió tras ella. La oficial necesitaba ordenar el cúmulo de hechos que iban precipitándose sobre su cabeza. No era la primera vez que le ocurría, conocía bien esa sensación de plenitud, de sentir cómo todo adquiría un sentido y saberse capaz de enfrentarse a cualquier peligro. La cocaína la ayudaba a alcanzar aquel estado efímero de lucidez; tenía que darse prisa, en cuanto el efecto se disipara regresaría a las profundidades oscuras que tanto temía.

La noche en que visitaron la morgue, el forense mencionó que acababa de aterrizar de un viaje. Había poca luz, como si Vicente Abarca tuviera algún tipo de problema en los ojos. Recordó las palabras de Roberto al salir de aquel edificio: «Nunca te fíes de un tipo que tenga la voz de su madre y que lea novelas negras en una sala de autopsias.» El mismo tipo acababa de llamar a comisaría preguntando por María, la policía escritora, recalcó. Además, ¿qué clase de hombre era capaz de fantasear con que un nuevo asesinato en la isla le permitiera coincidir con ella? «Un psicópata», pronunció en voz alta, sin querer.

—¿Qué dices? —preguntó Pol.

—¿Tienes a mano las listas de embarque del día después del asesinato de Álex Soler?

47

Al oír aquel nombre, Roberto salió disparado hacia la puerta. Daniela lo recibió ataviada con un visón auténtico en tonos ocres, falda corta, medias opacas y botas altas. El policía que realizaba las funciones de seguridad del perímetro del edificio no le quitaba el ojo de encima.

Roberto hizo caso omiso de la aristocrática sonrisa con que lo recibió, se limitó a asirla del codo y a conducirla a la calle. La inesperada visita que había recibido días atrás en su piso de Madrid —el mismo que ya era historia tras ser arrasado por un incendio nada accidental— le había sorprendido. El reencuentro en Ciutadella le irritó. Aquella mujer movía las fichas sobre el tablero de su particular guerra del mismo modo en el que lo haría un narcotraficante. Advertir, golpear y encarar. El inspector se preguntó si estaría dispuesta a repetir ese ciclo.

Ensimismado en sus pensamientos aceleró el paso, no quería testigos de aquel encuentro y mucho menos de aquella conversación. Encaró el Camí de Baix, paralelo al puerto de Ciutadella, y caminaron hacia el castillo de San Nicolau. Ninguno de los dos abrió la boca durante un buen rato. Daniela parecía sentirse cómoda, algo atónita ante la belleza del lugar. A los ojos de un extraño parecían una pareja abocada a la debacle.

—Recibí un correo electrónico anónimo de contenido muy dañino —abrió fuego la condesa.

Roberto caminaba impasible, con la mirada puesta en las mansas aguas que la tramontana había adiestrado. Álvaro había hecho su trabajo.

—Imagino que tú no sabrás nada de ello, ¿me equivoco, querido? —continuó Daniela—. Sin embargo debo admitir que alguien ha hecho una investigación fantástica. Ilegal, pero fantástica. De hecho, si llegara a oídos de nuestro mediocre ministro de Hacienda, puede que incluso premiara al delincuente que ha accedido a mi vida privada.

—Ya ves. —Roberto adoptó una impostada mueca de lamento—. Estamos pasando los dos por una mala racha. A mí me han quemado la casa y me han congelado las cuentas bancarias, pero, claro, tú tampoco sabrás nada de todo eso.

Daniela detuvo el paso de manera teatral, le devolvió la pelota fingiendo sorpresa y reemprendió la marcha, indiferente ante lo que acababa de oír.

—Mi padre nunca estuvo presente. —La voz de Daniela se había transformado. Era una voz del pasado, propia de una niña que no había sabido ni querido perdonar. Llena de rencor, de lágrimas contenidas y de soledad impuesta, la más vil de las soledades—. Tuve una infancia de mierda gracias a tu madre. —Roberto la miró airado. Su madre era terreno prohibido—. Sí, Roberto, no pongas esa cara, el día que ella dijo a mi padre que iban a tener un hijo, él terminó por confesar que ya era padre de dos niños en Madrid. Nunca mencionó su título nobiliario, ya para aquel entonces ostentarlo era una rémora. Sí, presumió de lo que era su pasión y terminó siendo su trabajo: la fotografía. Estoy segura de que nos habría dejado de no ser por tu madre. Ella se negó a que él nos abandonara. Y la verdad, no sé si fue peor el remedio o la enfermedad. ¿Que cómo sé todo esto? —Roberto no había planteado ninguna pregunta, pero Daniela adivinó sus intenciones—. Mi padre guardó toda la correspondencia, no te apures, te la entregaré un día de estos. ¿Qué necesidad tengo de releer la historia de amor que terminó aniquilando mi infancia?

—¿A qué has venido?

—A enterrar el hacha de guerra, hermano.

Roberto buceó en la mirada de la condesa, oscura y dura como el roble. De pequeño llegó a imaginar que un día su madre tendría otros hijos, unos hermanos a los que cuidar. Y puestos a elegir prefería que fuera una princesa. Su imaginación no alcanzó a crear la situación que estaba viviendo: conocer a su única hermana a los cuarenta y seis años y después de intentar despellejarse el uno al otro.

—¿Todo lo que has hecho es por la dichosa fotografía?

Daniela encajó la pregunta con una mueca de fastidio.

—Ya veo que Diego te ha puesto al día.

—Creí que a la nobleza española no le preocupaba el dinero.

Daniela rio como hacía tiempo que no lo hacía.

—La aristocracia española es una pizza, querido. En ella puedes encontrar salmón, caviar, pero también tocino del barato. No todos viven en palacios; de hecho, conozco nobles que viven en pisos de protección oficial. Nuestro anterior rey se ocupó de que no levantáramos la cabeza. Ya no existimos —profirió Daniela, apenada, atenta al suave rumor del Mediterráneo—. Ni tenemos orgullo de casta, ni estamos unidos, ni hay lealtad. Diego es un buen ejemplo de ello: en lugar de enfermar y morir con dignidad, le dio por investigar sobre el hijo ilegítimo de Enrique de Aliaga y Busay. Así que venciste, Roberto, las pruebas de ADN no engañan. Además, existen sentencias judiciales por las que un hijo ilegítimo puede solicitar su título nobiliario. Ya te digo, en la pizza de la aristocracia te puedes topar incluso con policías.

—Inspector jefe —puntualizó Roberto, alzando un dedo al aire.

Daniela le invitó con un gesto a que tomara asiento junto a ella en un banco. El inspector accedió.

—Te propongo un acuerdo —soltó Daniela, mirándole por primera vez a los ojos—. Solo necesito que me prestes cinco minutos de atención.

El silencio de Roberto la empujó a continuar.

—Nuestro padre fue un desastre como tal, es lo que tienen los genios. ¿Recuerdas las fotografías que un señor te hacía una vez al mes?

Claro que lo recordaba. ¿Cómo iba a olvidarlo? Roberto lo supo desde que Diego lo llamó meses atrás para comunicarle quién era su padre. La figura del tito Quique, un viejo amigo de la familia que les visitó durante años una vez al mes. Equipado con un maletín repleto de objetivos, pequeños trípodes y filtros, le pedía que se apoyara en la pared de siempre con el mismo fondo de ventana. Ese mismo ritual durante quince años. Después iban juntos a comer, y el tito Quique les descubría una Barcelona que en su ausencia tenía la persiana metálica bajada. Convertía lo inaccesible en posible, una suerte de mago del que solo podía disfrutar unas horas al mes. Antes de que partiera de nuevo, el tito Quique llevaba a cabo un ritual: pinchaba un disco de los Beatles, se encerraba en la habitación con su madre y dejaba al pequeño Roberto un regalo sorpresa sobre la mesa del comedor. Casi siempre era un Click de Famobil. Hasta que un día el tito Quique desapareció para siempre, como lo había hecho su padre —según su madre— antes de que él naciera. Entonces ya no le hizo más fotografías y, en lugar de visitarle y regalarle el cariño paternal que nunca había tenido, enviaba a su madre —de manera puntual— un sobre con dinero y fotografías originales de los Fab Four de Liverpool.

—Una de sus obras, la más conocida, se llama *15 y.o.*, ya sabes, *Fifteen years old*. Se trata de ciento ochenta fotografías tuyas que decoran toda una sala en blanco. A lo largo de veinte años, la colección ha recorrido los museos más prestigiosos del planeta. Su valor, en caso de que decidieras subastarla, supera el millón de euros. Conozco a la directora de la casa de subastas Christie's en España, la condesa de Carvajal. Y si ella lo dice...

Roberto se sentía superado por la situación. La investigación de los asesinatos necesitaba de un líder, alguien capaz de entregarse al cien por cien. Esa intromisión tan abrupta en su vida lo acababa de noquear. Por una parte, una cantidad de dinero exorbitante; por otra, una avalancha de recuerdos que jamás iban a volver.

Daniela todavía no había terminado:

—Roberto, elimina todo lo que tu *hacker* haya obtenido de mí, quédate con dos de las tres colecciones que nuestro padre nos legó, la última fotografía de Lennon, *15 y.o.* o *Un segundo con X*, y renuncia al título nobiliario.

Roberto meditó la propuesta. No necesitó más de un minuto. Ante todo necesitaba paz y equilibrio.

—La fotografía de Lennon y *15 y.o.* para mí. El título nobiliario y el resto te lo puedes meter...

—Chsss —chistó Daniela con un dedo sobre los labios—. No me seas soez, hermanito. Y no te olvides de un detalle.

El inspector escuchó con cautela la advertencia de Daniela. Sabía bien cómo se las gastaba.

—Renunciar al título nobiliario no significa hacer lo mismo con la genética. Como ya sabes, Diego sufre de Huntington, una enfermedad hereditaria y... mortal. —Esa pausa dramática de Daniela no fue fingida. «Un resquicio de humanidad», pensó el inspector—. Tal vez nos libremos, tal vez no. No te quejes, también has heredado los ojos de papá.

Daniela le hizo entrega de un sobre. Reparó en el reloj Omega que Roberto llevaba en la muñeca y sonrió.

—Dentro tienes la llave de un apartamento de la calle Claudio Coello de Madrid. Un conde de Aliaga y Busay, de hecho aunque no de derecho, ha de vivir en mejores condiciones. Tienes el alquiler pagado durante seis meses.

—No hacía falta que me destrozaras el piso.

—No sé de qué me hablas, pero un pajarito me ha dicho que tu seguro de hogar va a cubrir el capital de hipoteca pendiente.

Roberto extrajo del interior del sobre un documento y empezó a leerlo, pero Daniela no le dejó.

—Es una citación para que comparezcas dentro de una semana en el despacho del notario don Francisco Andrés de Ledesma y Martín, otro conde, muy aficionado a la novela policiaca, por cierto.

La condesa se levantó del banco con una clase que no se enseña en ningún curso de CEAC y apenas le rozó las mejillas lanzando dos besos al aire.

—¿Dónde queda la plaza Es Born, querido? Un viejo amigo tiene un palacio cerca de allí y me apetece darle una sorpresa. —Daniela barrió con la mirada toda la longitud del puerto y suspiró—. Esta isla me fascina. Ha sido asolada por invasores y aquí la tienes, férrea, bella y, por qué no decirlo, melancólica. —Roberto esbozó la primera sonrisa sincera en presencia de su hermana mayor—. Será que ya noto la edad.

Roberto le indicó la dirección de la plaza y, cuando emprendió el camino, alzó la voz con cierto desespero.

—¿Qué hay de mis tarjetas?

Daniela consultó su reloj.

—En un par de horas estarán operativas.

—¿Y mi teléfono?

Daniela frunció la nariz, se encogió de hombros y siguió su camino.

48

María salió de los juzgados trastabillándose por las escaleras. Una espesa niebla le aplastaba la cabeza mientras trataba de encajar la demanda interpuesta por Bruno. Deambuló por las calles sujetando en la mano aquella compilación de falsedades e imputaciones maquiavélicas que solo tenían un fin: conseguir la custodia de su pequeño.

Los argumentos que esgrimía su ex marido eran un veneno cocinado a fuego lento en el que se vertía todo el dolor necesario para destruirla: inestabilidad psicológica, adicción enfermiza al trabajo y el estoque final, lo que más le dolía: «Una mujer que en más de tres ocasiones —durante los últimos dos meses— ha llegado tarde a recoger a su hijo en la guardería, provocando en el menor de tres años una sensación de abandono que su progenitor ha sufrido a modo de terrores nocturnos durante los días que ha cuidado de él. Por todo lo expuesto solicitamos que V.I. decrete medidas urgentes a fin de preservar la estabilidad del menor y su entorno.» A todo ello Bruno adjuntaba la copia de una oferta de trabajo en Alemania.

La posibilidad de que en un futuro su hijo estuviera separado de ella por más de dos mil kilómetros le encogió el alma. María se dejó caer en la silla de la primera terraza de bar que encontró. El sol de invierno era una caricia y en ese momento lo necesitaba.

El teléfono móvil volvió a emitir un sonido breve, un wasap. De hecho, no había dejado de sonar desde que había accedido a los juzgados. Repasó el número de llamadas perdidas. Dos de ellas desde comisaría, una de un número de Ciutadella que no tenía registrado como contacto y otra desde el móvil de Pol. Ninguna de Roberto, lo cual indicaba que nada era urgente.

Bruno tiraba con bala y en ello debía centrarse. Repasó de nuevo el contenido de la demanda; algunos párrafos requerían tres lecturas para entender lo que decían. Maldito lenguaje jurídico, tan abstruso y poco humano. De nuevo el tono de la recepción de un wasap. Esta vez lo consultó. Eric García, el periodista que merecía un revolcón. «Qué inoportuno», pensó la policía. «Con la de tiempo que has tenido.» Aun así descargó la fotografía que le había enviado junto a un emoticono en el que un rostro amarillo le guiñaba un ojo, le ponía morritos y le enviaba un beso en forma de corazón. Se trataba del *selfie* que el propio Eric realizó cuando María le dedicó la novela *Cazadora cazada*.

María continuó con la lectura de la demanda cuando el tono del móvil volvió a sonar. Decidió contestar sin mirar la pantalla. Tras esa llamada apagaría el teléfono e iría a por Bruno. «Si ha tenido cojones para escribir toda esta sarta de mentiras, a ver si los tiene para decírmelo a la cara», se dijo. Presionó la tecla verde del teléfono.

—¿A que estamos guapos? —le preguntó una voz radiofónica.

María suspiró sin disimulo.

—Lo siento, Eric, pero me pillas en mal momento.

—¿La investigación?

—Sí —mintió la policía tras un breve titubeo.

—Solo quería preguntarte si te apetece meter en la cárcel al concejal Joan Maimó.

—No creo que Joan sea un asesino.

—Yo tampoco, pero acabo de entrevistarme con Teresa Bonín, su mujer. Deberías haberla visto, estaba que trinaba, esta mujer ha tenido que soportar mucho. Me ha entregado una montaña de documentos que lo implican directamente con el deporte nacional de nuestros políticos, ya sabes, la *spanish corruption*. No hay mejor denuncia que la que interpone una mujer despechada.

María sopesó por qué Teresa había estallado en ese momento. De repente le vino a la cabeza la conversación que había mantenido con Lorena, la *escort* brasileña cuyos servicios había contratado Joan Maimó en Barcelona. Un arranque incontrolable de los suyos la había impulsado a pedir a Lorena dos Santos que mandara una copia de su sesión sexual a la comisaría y otra a la ficticia jueza Teresa Bonín. En cualquier otro momento aquella noticia le habría provocado una carcajada de órdago. Y, a pesar de las circunstancias, le gustó escuchar todo aquello. Que se removiera la mierda era algo necesario, pero no iba a ser ella la que cogiera el palo para llevar a cabo esa tarea. No ese día.

—¿Y si te invito a un café esta mañana? —tanteó Eric.

—No puedo.

—¿Una copa esta tarde o noche? Soy un periodista honesto, no quiero hacer mal uso de esta información y creo que tú eres la persona ideal para investigarlo. —Al comprobar que la policía no se manifestaba, decidió tomar la vía directa—. Además, eres escritora, podría servirte para tu segunda novela. Seguro que ya te está tanteando alguna editorial... —María siguió callada, confusa—. Está bien, lo confieso, me apetece verte.

Por toda respuesta el periodista oyó un profundo suspiro, de los que en caso de ser clasificados sería etiquetado con el término «hastío».

—Ya te llamaré, Eric.

Tras un breve silencio el periodista respondió, con buen talante.

—Está bien, acataré las instrucciones, agente. Y recuerde, tenga cuidado ahí fuera. Un beso.

María no devolvió ni ese beso ni el del emoticono. Le esperaba una última lectura de la demanda y encarar al hombre que le estaba desguazando la vida.

49

Roberto llevaba media hora guerreando con las distintas voces al otro lado del charco que representaban a los interminables departamentos de Movistar. El diagnóstico final: un problema técnico, sin más. La compañía le compensaría con cien minutos gratuitos en llamadas y un giga el próximo mes. «Pero durante el día de hoy y hasta las 23.59 horas tendrá que joderse», acabó deduciendo.

El inspector colgó de un manotazo el teléfono y permaneció durante un tiempo indeterminado con la mirada perdida, bloqueado por el pacto con Daniela, la posibilidad de un futuro distinto, jamás previsto, y la constatación de la sospecha que su madre jamás había querido confirmar. Cansado de no ser quien solía, ordenó a su mente una mayor concentración. Todo tiene su momento. Tocaba cazar a un asesino.

Buscó con la mirada a Alma, quien evitaba cruzarse en su campo visual de manera descarada.

—¿Tienes un minuto? —preguntó Pol.

El inspector le invitó con un gesto a que se sentara frente a él. El joven policía tomó aire.

—He revisado de nuevo las listas de embarque de vuelos. La mañana en que apareció uno de los ojos de Álex Soler en Cadaqués, Vicente Abarca viajó a la isla procedente de Barcelona.

Roberto rumió esa información.

—No es suficiente —terminó diciendo.

—Me pidió una cita —irrumpió Alma—. ¿Sabes qué dijo ante mi negativa? —Roberto no respondió—. Que el único modo de volver a vernos sería con otro asesinato. Así me lo soltó.

—No todos los psicópatas son asesinos, Alma —añadió Roberto, condescendiente.

—¿Y el repentino interés por María? —planteó Pol.

Roberto frunció el ceño, no tenía ni idea de qué le estaban hablando. Cuando Pol le informó de todo, el inspector maldijo el tiempo perdido con sus problemas de telefonía. Llamó a María desde el teléfono fijo y, a pesar de que el móvil de María estaba operativo, ella no contestó.

—Pásame el teléfono de los juzgados —ordenó el inspector. Pol se lo entregó al instante—. Mientras trato de averiguar qué tenía pendiente María con los juzgados, que alguien llame a la clínica oftalmológica Narcasán de Oviedo. Quiero saberlo todo de esa familia.

Alma se dio por aludida y se puso a ello. Le extrañó que Roberto no hiciera la llamada a los juzgados allí mismo. Se preguntó qué clase de problemas tendría María para que el inspector tuviera tantos miramientos. A ella sí la apoyaba. Cada vez que Roberto oía el nombre de la policía su expresión se transformaba. Quizás era una percepción errónea, pero a la oficial le parecía que la mirada azul del inspector era más intensa cuando María estaba presente. «La vida es contundente y básica», pensó, cansada de haber querido creer lo que no era, de convertir en complejo lo que caía por su propio peso.

Descolgó el teléfono, marcó el número que la web de la clínica proporcionaba y una voz de mujer, agradable y con acento asturiano, se mostró entusiasmada de poder ayudar en una investigación policial.

—Sí, claro, Leo es el hijo del doctor Valdés. Además es un conocido escritor —respondió con orgullo la voz de la recepcionista. Al fin y al cabo, había visto crecer a ese calvo altivo y de poblada barba pelirroja que tan bien conocía.

Alma siguió preguntando acerca de Valdés e incluso le confirmaron el tratamiento por el glaucoma. Indagó sobre la muerte de su madre. Años atrás había sufrido un accidente de tráfico en la que el causante fue detenido por triplicar la tasa de alcohol permitida. Sobrevivió al mismo, pero no a las secuelas que finalmente terminaron con su vida. A la oficial se le acababan las ideas y buscó en la mirada de Pol nuevas posibilidades.

El joven policía se encogió de hombros, ocupado en hallar algún dato más de Vicente Abarca. Redes sociales, bases de datos policiales...

—¿Qué es lo que buscan? —quiso saber la amable mujer.

Aquella pregunta abierta ayudó a Alma.

—A un perturbado —respondió, cansada de tantos rodeos—. ¿Han tratado en la clínica a alguna persona así que tenga relación con el ámbito literario de Leo?

Al otro lado de la línea solo se escuchaba teclear, a gran velocidad.

—Son varios los clientes que vienen recomendados por Leo —contestó finalmente la mujer—. Si les parece bien confecciono una lista y se la envío donde me digan.

Alma le facilitó un teléfono y una dirección de correo electrónico.

—Créame, pocos de ellos son normales —confesó algo jocosa la mujer—, pero tanto como perturbados...

Alma colgó tras agradecer a esa voz de madre toda la información. Pol se acercó a ella con gesto de querer algo.

—¿Crees que tu amigo Darwinblack podría acceder a este correo electrónico? —preguntó el joven policía, risueño, sosteniendo con una mano un *post-it*.

Alma leyó la dirección: *hunterhunted1969@hotmail.com*

—Cazador cazado... —tradujo la oficial al tiempo que tomaba conciencia de esas palabras—. ¿No es ese el título de la novela de María y Galván? —preguntó. Pol asintió, satisfecho—. ¿De quién coño es este correo?

—De Vicente Abarca.

Alma se lanzó al teclado. Accedió a su cuenta de correo y exigió a Darwinblack que accediera ilegalmente al correo que acababa de facilitarle Pol. Necesitaba urgentemente toda la información posible. A ojos de un juez aquello sería una instigación al delito. A ojos de ella era una tabla de madera para dos náufragos en medio del océano. Uno de ellos se llamaba derecho a la intimidad, el otro, derecho a la vida.

Alma no necesitó pensar mucho más. Dos personas ya habían sido asesinadas y alguien más podía morir. En las investigaciones tecnológicas no se trataba de no delinquir, sino de no dejar rastro, había oído una vez en un juicio de boca del abogado de un estafador en la red. Quizás el letrado estuviera en lo cierto.

50

Al vecino del segundo segunda se le secó la garganta en cuanto vio la placa, pero unos segundos después, aliviado por la pregunta, le confirmó lo que ella ya sospechaba.

—Hará cosa de dos horas los he visto cargados con maletas. Bruno, la alemana y el crío. Hugo se llama el nene. ¿Que adónde iban? Eso ya es cosa de ellos. ¿Le puedo hacer una pregunta aprovechando que la tengo aquí?

María apenas escuchó la petición.

El hombre rondaba los cincuenta, olía a soledad, tenía el pelo alborotado y vestía un pijama de Bob Esponja. Se aseguró de que ningún otro vecino los oyera y bajó la voz.

—En el tercero segunda —señaló con la barbilla hacia arriba— tenemos dos moros muy raros. Yo creo que son de la Yihad esa. ¿No pueden hacer algo?

María abandonó el edificio como si fuera a estallar antes de cinco segundos. El hombre no daba crédito a la reacción de la policía. «Pues vamos apañados.» Cerró la puerta de su piso de solterón obsesionado con el orden y regresó a la habitación donde tenía el ordenador. Pulsó la tecla del tabulador y la pantalla volvió a iluminarse. El programa de descarga le informaba de que los vídeos de pornografía infantil solicitados estaban a punto de poder visualizarse. Se preguntó si no debería presentar una denuncia formal contra los vecinos moros. «Hay tanto hijo de puta suelto...», pensó.

María no tardó ni cinco minutos en llegar a la guardería de Bruno. Aparcó sobre la acera, fuera de sí, y se dirigió al despacho de la directora a pesar de las excusas que una de las profesoras inventó. De nuevo otra confirmación: Hugo no había ido por ahí desde hacía dos días. «Según su padre, tenía algunas décimas de fiebre», explicó la directora.

La policía salió derrotada, arrancó el vehículo policial camuflado, llamó a Roberto y pulsó la opción de altavoz mientras conducía. Apagado. Decidió llamar a la extensión de la Judicial, pero seguían comunicando, tal y como ya había constatado una hora antes. Pensó en telefonear a Calles, el veterano de la Sala del 091, pero desistió al recordar que aquel hombre siempre hacía demasiadas preguntas.

Detuvo el vehículo frente al monumento al caballo en Ciutadella y buscó entre sus contactos el teléfono de Alma. Le envió un wasap pidiéndole que Roberto la llamara en cuanto pudiera. Tenía un problema personal que solventar. Después de pulsar el icono de envío, intentó tomar aire, pero fue en balde. Su respiración era acelerada y entrecortada.

Rompió a llorar frente a aquel caballo alzado que simbolizaba las fiestas de San Juan. La silueta del animal desafiante le sirvió para recordar que no podía hundirse, que una madre es sin ninguna duda el animal más feroz de la tierra cuando amenazan a su cría. Se secó las lágrimas ante el espejo retrovisor, arrancó el motor y se dirigió al aeropuerto. Si era preciso subiría al avión arma en mano y le metería el cañón por la boca a ese bastardo. Un niño es el territorio prohibido de las disputas; quien cruza esa línea merece un castigo. Un castigo ejemplar.

51

Al entrar en la habitación tropezó con la bandolera. Logró mantener el equilibrio a pesar de que sus ojos tardaron una eternidad en adaptarse a la escasa iluminación. Le dio al interruptor y, al localizar la bandolera después de unos segundos, la pateó con violencia y la estampó contra la pared. Apretó los puños y los dientes, todo él era ira. Los días en que podía apreciar la belleza de este mundo llegaban a su fin, sin clemencia. La herencia genética de su madre se imponía a modo de venganza. Era consciente de que se acercaba el día en el que perdería su independencia, tal y como la había perdido ella. Todavía la culpaba por haberlo convertido en su lazarillo, por sus silencios cómplices cuando su padre descargaba sobre él sus frustraciones, por su miserable sumisión a ese tipo deleznable que había convertido un hogar en el averno. Y, sobre todo, por haberlo engendrado y condenado a un lóbrego abismo del que no había modo alguno de escapar.

Caminó por la estancia desbocado, como un león al que acaban de capturar. Recordaba con detalle el día en que la mató. El primer golpe fue mortal. Se tomó el tiempo necesario para calcular la distancia y el lugar exacto donde proyectar el rodillo de madera. En cuanto la vio acercarse, dispuesta a besarle con esos labios secos y olvidados, alzó el amasador y se centró en concentrar todas sus fuerzas en un brazo. La ciega ni lo olió, y eso que estaba acostumbrada a olfatear la violencia que se le avecinaba, pero nunca imaginó que esta vendría de su propio lazarillo. Cayó como un saco. Eso sí, con aquella ridícula sonrisa que había adoptado como gesto favorito, sucediera lo que sucediese. «¿Qué tipo de madre no conoce a su hijo?», se preguntó a viva voz, ensimismado en aquel recuerdo. Le propinó más de treinta golpes y no se detuvo hasta que el rostro quedó convertido en un amasijo de sangre, piel deshecha y ojos vacíos. De buena gana los hubiera arrancado, pero no tuvo tiempo. La paz que en ese instante sintió, resultado de haber conseguido satisfacer una necesidad elemental, quedó interrumpida por la voz alquitranada del borracho de su padre, que vociferaba por la calle.

Fue entonces cuando se apresuró a llamar a la policía. Al llegar su padre a casa se abalanzó hacia él y lo abrazó, empapándolo bien de sangre y de todo el rencor almacenado. Después se encerró en la habitación y solo tuvo que esperar. Que su padre golpeara a un agente y lograra estar fugado durante seis años hizo que el plan resultara mejor de lo previsto.

«Para que luego los editores me vengan con que a mis asesinos les falta verosimilitud. ¿Qué sabrán ellos de verosimilitud? En qué novela el asesino se descojona contemplando el cuerpo sin vida de su madre al fijarse en el color chillón de sus asquerosos calcetines que, como ella, también habían perdido a su pareja. En ninguna, y es que hay actos humanos tan impropios, tan imprevisibles y sin sentido, que no parecen reales. Solo si matas puedes escribir sobre ello», musitó iracundo para sí.

Se asomó a la única ventana de la estancia y la intensidad del mar logró apaciguarlo, retornarlo al presente, a su plan. Como si de la última bocanada de oxígeno se tratara, disfrutaba de la naturaleza como nunca antes lo había hecho. Sin duda aquel era un rasgo propio del ser humano: adorar la rutina solo cuando esta inicia su fase de extinción. Se dejó caer sobre la cama y puso en orden los pensamientos, todas las tareas pendientes. Y un solo nombre le vino a la cabeza: María.

Se divirtió pensando en el poder que tiene un creador. El personaje de María Médem estaba a punto de desaparecer de esta vida, y lo mejor era que ella ni lo imaginaba. De haber sabido que al cabo de seis horas moriría, tal vez no habría perdido el tiempo intentando averiguar quién había matado al hijo del editor y a la agente editorial. El placer que le otorgaba ese poder lo justificaba todo.

«María la escritora», soltó en voz alta. «No deberías haber dejado de ser policía.»

Se incorporó bruscamente de la cama, encendió el portátil y se conectó a internet. Escribió las contraseñas y los números secretos que la entidad bancaria le solicitó y tras ello realizó una transferencia de diez mil euros a nombre de una mujer a la que jamás había visto ni pensaba hacerlo. Siguió los pasos tal y como le había indicado uno de los funcionarios de prisiones mediante la nota manuscrita del Malafollá, un mastodonte granadino que cumplía pena por haber matado a golpes a un vigilante de seguridad que una vez lo miró mal. Si su informador no le engañaba, el Malafollá era pura escoria, un ser nacido para quebrar existencias, pero tenía palabra.

Sonrió al imaginar el resultado de aquel encargo tan bien detallado, tan merecido. Extrajo la Perkins de la maleta y la depositó sobre la mesa que hacía de escritorio. Insertó un folio y escribió en braille la que sería la última frase de aquella obra que sí iba a ser conocida y tal vez, por qué no, hasta imitada: «Mi ceguera será vuestra eterna oscuridad.»

52

Después de que en el mostrador de la compañía aérea le confirmaran que Bruno y su hijo habían salido con destino a Berlín una hora antes, el mundo de María quedó silenciado. Abatida, arrastraba los pies por el aeropuerto, sintiendo los desbocados latidos de su corazón en los oídos. La desolación de aquel lugar en pleno invierno era la pobre imagen de su propio estado anímico. Las piernas le flojeaban y decidió sentarse en un banco. A su lado distinguió la silueta de dos hombres junto a sus respectivos equipajes, pero no les prestó la menor atención.

Bruno se la había jugado y ella ni siquiera lo había intuido. No había sido capaz de presentir el peligro. ¿Tan ensimismada en sus tonterías estaba como para no comprender a qué se debía el cambio en la conducta de su ex marido? ¿Y ella presumía de ser una *profiler*? María no dejó de lastimarse con aquellos pensamientos que finalmente la llevaron a un estallido de lágrimas.

Uno de los hombres con los que compartía banco se interesó por ella. A pesar de su imponente presencia tenía una voz agradable, paternal incluso, y el rostro cubierto por una barba cana y poblada. Todo en él le resultaba extrañamente familiar. María fue incapaz de articular palabra, alzó la mano en gesto de agradecimiento y se levantó a toda prisa. Le cayeron al suelo de linóleo las llaves del vehículo policial y el hombre se las entregó.

—Gracias —dijo la policía entre sollozos intermitentes.

De pronto, el otro hombre, de idénticas proporciones que su acompañante, intervino:

—¿Eres María, la policía? —interrogó Gerard, el responsable del Servicio Bibliográfico de la ONCE.

María detuvo en seco el llanto. El casual encuentro con el joven le arrancó una tímida sonrisa. El gigante de la barba poblada ofreció su brazo al joven, con quien guardaba un sorprendente parecido. Ambos desprendían bondad y cariño. «Un submundo en medio de tanta mierda», pensó María.

—Mi voz me ha delatado —logró decir la policía.

—Y un ligero abuso de Noah de Cacharel —respondió risueño Gerard, pero pronto hizo desaparecer aquel gesto. No olvidaba el llanto que acababa de escuchar—. Algunas despedidas son duras.

—Sí.

—¿No será ese inspector? La investigación sigue en marcha, ¿verdad?

—Gerard —advirtió el gigante de la barba poblada, avergonzado.

—No se preocupe —dijo María, acercándose al joven—. Así es, seguimos en ello. El que se ha ido es mi pequeño, con su padre.

Los dos hombres sonrieron.

—Bueno, María, te presento a mi padre.

María le dio dos besos. Era momento de marcharse y tenía mucho por hacer.

—Me he estado informando sobre todo lo que dice la prensa acerca de los asesinatos —soltó Gerard.

—No creas todo lo que dicen.

—Ese hombre odia a los ciegos, María.

—¿Qué te hace suponer eso?

—No le haga mucho caso —intervino el padre de Gerard—. La culpa es mía, por pasarle a audio dos y hasta tres novelas negras por semana. Es el ritmo que me impone este hijo mío.

Gerard dio un golpe cariñoso en el hombro a su protector.

—Maneja la Perkins —argumentó Gerard—, conoce el braille y sin embargo no está ciego. Ha tenido que convivir con alguno, eso seguro, y esa manera de matar arrancando los ojos a mi entender significa que tiene obsesión por ellos; no, mejor dicho, lo que tiene es terror.

—¿Qué crees que teme? —quiso saber la policía.

—Lo mismo que todos los que viven bajo la amenaza de quedarse ciegos antes de que les llegue el momento: vivir a oscuras.

La contundencia y el temple de Gerard provocó un gesto de satisfacción en la expresión de su padre. María tragó saliva.

—Lo tendré en cuenta, Gerard. —La policía abrazó al joven, agradecida—. ¿Una escapadita? —preguntó la policía a ambos dirigiendo la mirada hacia el escueto equipaje.

—Una intervención —respondió Gerard—. La quinta de este par de cabrones. —Con un dedo señaló hacia los ojos.

—A la quinta va la vencida —vaticinó María.

—¿No era a la tercera? —preguntó Gerard.

—Ya, pero todo cambia, todo evoluciona. Incluso los dichos.

Al salir del aeropuerto vio ondear un cartel de la Semana Negra de Ciutadella con el logo de la Naveta des Tudons. Llamó a Roberto, pero el móvil seguía apagado. Ya había avisado a Alma, si querían algo ya la llamarían. Pensó en la plausible explicación que acababa de darle Gerard y escribió un wasap a Galván. Ella no estaba en condiciones de insertar en su dispersa cabeza aquel posible rasgo del asesino.

Arrancó el coche y puso rumbo al despacho de la abogada. En sus cavilaciones regresó la expresión «sustracción de menores». «Esas cosas solo les pasan a los demás», se dijo. Necesitaba saber qué pasos legales debía seguir. Si los iba a dar o no, eso ya era otra cosa.

53

Garrido salió a la carrera del despacho de la Judicial y se cruzó con Roberto en el pasillo. Este hizo ademán de decirle algo, pero el subinspector lo atajó y se perdió escaleras abajo.

Apoyado en la jamba de la puerta, Roberto señaló con un dedo hacia la ausencia que acababa de dejar el subinspector.

—Ha recibido una llamada urgente —informó Pol—, algo sobre su padre.

«Ya somos dos», pensó el inspector.

—¿Está enfermo? —se interesó Alma.

Pol se encogió de hombros.

Sonó el móvil de Alma. La oficial echó un vistazo a la pantalla y, en cuanto vio quién la llamaba, le pasó el teléfono a Roberto.

—Es Navarro.

Roberto volvió a salir al pasillo con el aparato pegado a la oreja.

—¿Qué cojones le pasa a tu móvil? —ladró el comisario.

—Es una larga historia. ¿Me habéis mirado lo del forense?

—Sí, carece de antecedentes, pero hace un par de años se le interpuso una denuncia por necrofilia en los juzgados de Zaragoza.

—¿Qué?

—Pues eso, hay quien la mete en caliente y los hay que prefieren meterla en frío.

—Y también los hay que no la meten —añadió Roberto.

—También, pero a esos nadie nos denuncia.

—¿Y ya está? ¿No vas a darme más detalles?

—Vamos a ver, Roberto, he tirado de un contacto de la Audiencia Nacional y me ha pasado la información con cuentagotas. Parece ser que lo pillaron con los pantalones bajados y con el pito rozando a un fiambre. Quedó absuelto, dado que el estado psicológico del testigo era algo más que inestable, y además todo indica que fue un arrebato de cuernos entre el forense y el enfermero que lo denunció.

—¿Le da a los dos palos el tal Vicente Abarca?

—A los tres, no te olvides de los muertos. Yo de ti no la palmaría en Menorca si quieres transitar por este mundo con el culo intacto.

—Por eso me mintió —caviló el inspector—. Este tío no estuvo en la isla cuando investigamos el caso de las ancianas asesinadas. Sabes que jamás olvido una cara ni...

—El nombre de una víctima —completó el comisario.

—Supongo que quiere ocultar lo ocurrido en Zaragoza y finge haber estado aquí en aquella época. Pero ¿con qué fin?

—Crees que él podría ser...

—No lo sé, jefe, no lo sé. A menudo mentimos casi por costumbre.

—Nadie quiere ser quien es, Roberto. Por cierto, llama al jefe superior de Palma, no sé si él quiere ser quien es o solo quiere echarte un rapapolvo por haber dado por saco a un concejal.

—Se trata de un sospechoso de asesinato —protestó el inspector.

—Yo ya te lo he dicho, tú verás. Y te salvas de que los Mossos no avanzan, que si no sería yo quien te estaría despellejando ahora mismo.

—Lo sé.

—Y no te quejarás de que Celia te esté molestando.

—Cierto. Apenas la veo, tiene horario de comisario.

—Prefiere darme por culo a mí llamándome ocho veces al día.

Roberto se mantuvo callado, no era su guerra.

—Trinca a ese hijo de puta antes de que la vuelva a liar —ordenó el comisario.

—Estoy en ello.

—Ah, y saluda a mi sobrina. —Navarro cortó la comunicación sin esperar réplica.

Roberto no iba a perder el tiempo llamando al jefe superior. Ya empezaba a estar cansado del paripé corporativo que suponía una investigación de homicidios: presión, amenazas y reproches de la cúpula policial durante el proceso para terminar con una leve palmada en el hombro. Los años le habían acostumbrado a encajar esa palmada; el resto podían guardárselo para quienes disfrutaban sometiéndose a las normas que los mandamases habían dictado. Necesitaba encauzar su vida, saber qué dirección tomar, pero antes debía terminar con aquella pesadilla que había vuelto a azotar la isla.

Se exigió concentración. Pensó en el forense y en su extraño comportamiento. La información que el comisario Navarro le había facilitado no convertía a Vicente Abarca en un asesino. Respecto a la extraña llamada que efectuó el forense a la Sala del 091 preguntando por María, tenía la explicación. Después de telefonear al juzgado, Roberto comprendió los motivos que le habían empujado a querer contactar con ella.

Una de las funcionarias le había informado de que esa misma mañana la policía había recogido la demanda de su ex marido en la que solicitaba la custodia de su hijo. Al parecer ese capullo alegaba cierta inestabilidad mental de María y el juzgado había requerido del preceptivo informe del forense. A Vicente Abarca le había faltado tiempo ante la posibilidad de explorar a la policía a solas y en un momento de debilidad.

A Roberto la idea de que María volviera a estar disponible le producía una extraña sensación. Era cierto que ya nada era lo que había sido, y que ella se había convertido en una madre con problemas para mantener su vida emocional en equilibrio. Pero no podía engañarse a sí mismo. Saber que no había nadie en su vida le producía una alegría profunda, poco confesable pero genuina.

Se asomó a la puerta de la Judicial y ni Alma ni Pol lo vieron. Andaban atareados tecleando y revisando toda la documentación, los esquemas, las declaraciones... Necesitaba un café. A solas.

Garrido conocía bien las obsesiones de Frank. La enfermedad no atinaba del todo a la hora de exterminarlas y al cabo eran esa ínfima impronta de su aniquilada personalidad. El subinspector dio una batida por las calles adyacentes a la clínica a pesar de que sabía dónde encontrarlo. Estacionó frente al bar de siempre y en cuanto cruzó el umbral lo vio apoyado en la barra. Insignificante y encogido, sostenía en una mano un vaso con hielo.

—Zumo de manzana —le susurró a Garrido el camarero, ya experto en aquel ritual privado.

Garrido pasó un brazo sobre los hombros de su padre.

—¿Qué tal, Frank?

El viejo lo escrutó con la mirada e, indiferente, le dio un trago al zumo.

—Ponme lo mismo —pidió Garrido. Al ver que el camarero iba a servirle un zumo, le alzó la voz—. Lo mismo que te ha pedido él, cojones.

—Eso está mejor —musitó Frank con la mirada clavada en el televisor. Un grupo de mujeres y hombres se gritaban sin escuchar, sentados en un plató que no merecían—. Mucho mejor.

—¿Esperas a alguien?

—Sí —dijo Frank, convencido—, a los chicos. Sam y Dino, ya sabes. —Le dio un codazo de complicidad y le sonrió con la inocencia de un niño—. Hoy tenemos cena en un club de Nueva York.

A Garrido siempre le había hecho gracia el acento cordobés con que su padre pronunciaba el nombre de la gran ciudad.

—Si quieres te puedo llevar yo al club. Tengo el coche ahí fuera.

Frank sopesó la propuesta.

—¿Eres el chófer de Sam, verdad? ¿Te ha enviado él?

Garrido asintió, esbozando una sonrisa que se quedó a medio camino.

—Será cretino, este Sam. Oye, chico —llamó Frank, reclamando la atención del camarero—. Anótalo todo en mi cuenta, lo del chófer también.

El camarero le siguió el juego. Garrido apuró de un trago la copa, dejó un billete de diez euros sobre la barra y salieron juntos del bar. Ya en el interior del vehículo, Garrido lanzó una mirada al rótulo destartalado del establecimiento: Bar Nueva York. Durante el trayecto Frank no abrió la boca y al llegar a la clínica al subinspector le pareció hallar en sus ojos un llanto contenido. El viejo se despidió con un insólito «Adiós, hijo». Cinco minutos después Garrido regresó a su vehículo y, sosteniendo las llaves en la mano, lloró como nunca.

En la segunda planta de la comisaría el ajetreo iba a más. Roberto se había encargado de pisar el acelerador tras la charla con el comisario.

—¿Qué hacemos con el forense? Podemos citarle y presionarle un poco, que venga a nuestro terreno —propuso Alma.

Roberto negó con un leve movimiento de la cabeza.

—De momento vamos a olvidarlo —decidió. Al ver muecas tensas en sus compañeros, creyó conveniente dar más explicaciones—. Es un tema personal de María, ha sido denunciada y el denunciante exige una exploración psiquiátrica. El forense quería echarle una mano. —Prefirió omitir todo lo referente a las costumbres sexuales del individuo.

—He recibido información de Darwinblack, el *hacker* —anunció Alma.

Sonó uno de los teléfonos del despacho. Pol se apresuró a

atender la llamada. Alma continuó explicando al inspector lo que había averiguado.

—Nuestro querido forense mantiene correspondencia electrónica con más de cien personas. Todas tienen la misma afición: visitar locales de intercambio y organizar encuentros para *swingers*.

—¿Qué es eso?

—Los que practican intercambio de parejas, sexo en grupo...

—Ya estoy viejo para esas cosas.

—Y para otras también —atacó la oficial con encono.

El chasquido de los dedos de Pol queriendo llamar la atención logró su cometido. Roberto y Alma escucharon la conversación que mantenía el joven agente.

—¿Está segura del apellido? —insistió Pol, repitiendo a viva voz todo lo que anotaba en un folio reciclado—. Vericat. ¿Y dice que es un conocido del hijo del jefe? —El entusiasmo de Pol iba a más—. Muy bien, y por eso ni el nombre ni el segundo apellido ni el teléfono de contacto le aparece en la clínica, que están en blanco los tres cuadritos de la base de datos. Lástima. ¿Hay alguna dirección de correo electrónico? Sí, por favor, ya espero. —Pol cubrió el auricular y se dirigió a Roberto—. Es la recepcionista de la clínica de Oviedo. Al parecer uno de los amigos de Valdés está pasando por un momento muy delicado, a las puertas de quedarse ciego por una enfermedad degenerativa. Siempre es él quien les llama, pero hace unos días les envió un correo electrónico solicitando una receta. —Pol regresó a la conversación con la recepcionista—. Sí perdone, dígamelo. T-I-F-L-O, arroba, hotmail punto com. —Pol alzó el brazo como si hubiera marcado un gol—. Perdone que le pregunte de nuevo, ¿cómo se llama esa enfermedad que padece? —Pol miró al inspector y alzó las cejas—. Retinosis pigmentaria. Y dice que provoca ceguera, ¿verdad? —El joven policía asentía entusiasmado mientras iba alternando su mirada sobre la de sus compañeros—. No dude en volver a llamar si tienen algún teléfono de contacto.

Pol colgó entusiasmado el aparato y le entregó la nota manuscrita al inspector. Roberto pronunció el apellido Vericat de manera reiterada e inició su característico paseo por la estancia.

—Comprobad en las listas de llegadas de vuelos este apellido; no es muy común que digamos —ordenó Roberto en el mismo momento en que apareció Zambrano, con gesto somnoliento y movimientos perezosos. Dirigió una sonrisa a Alma, que no le correspondió, y cuando reparó en la presencia del inspector ya era demasiado tarde—. En esta vida todo lo que das se te devuelve, Zambrano —vaticinó Roberto golpeándole el pecho con un dedo—. Ayuda a Pol en lo que le he pedido. Y no te preocupes, no voy a perder ni un segundo de mi valioso tiempo en vosotros dos. A trabajar.

Alma se contuvo. Un paso más en falso y mandaría todos los años de esfuerzo al garete. Respiró con hondura y obedeció a ese hombre insensible del que se había enamorado con locura. ¿Acaso había otra forma de enamorarse?

Pol cazó el tiroteo de miradas que se cruzaron los tres implicados en aquello que él desconocía. La investigación apremiaba. Puso al día a Zambrano intentando un ritmo que fuera inteligible, pero el joven policía se atropellaba con sus palabras.

Roberto llamó a Barcelona. Aquel apellido se había incrustado en su memoria, pero no lograba encajarlo en la historia a la que pertenecía. Marcuello era un metódico inspector con quien había compartido años de investigación en el grupo de Homicidios de la Ciudad Condal y que sin duda tenía mejor retentiva que él. Ni siquiera necesitó consultar en el archivo.

—Vericat, sí, hombre. Ese cabrón mató a su mujer tras atestarle más de treinta impactos en la cabeza y en la cara con un rodillo de cocina. Era un maltratador habitual que logró zafarse de la justicia durante años. ¿No te acuerdas del tipejo? Un tío mierda, un borrachín, un don nadie —insistió, pero Roberto no lo recordaba—. Supongo que aún duerme en el talego. Como dato curioso, por si te sirve —añadió Marcuello—, la víctima era ciega y fue su hijo adolescente quien se encontró con todo el fregao.

Roberto le pidió que buscara una copia del atestado; por entonces en jefatura todavía no se había iniciado el proceso de digitalización. Marcuello se comprometió a llamar en cuanto accediera a esa copia.

Al colgar Roberto pensó en ese adolescente que a esas alturas tendría más de treinta años. Y de pronto le vino a la cabeza el caso de Pol y su historia familiar.

—¿Y si ese tipo ha hecho lo que tú, Pol? —dedujo Roberto. El joven policía no lograba entenderle—. Su padre asesina a su madre, con los años decide cambiarse de apellidos, pero los del Registro Civil consideran que no es causa suficiente el hecho de que tu padre te haya dejado sin madre. Ya te comenté el caso de las mujeres violadas por su padre a las que se les deniega la posibilidad de erradicar los apellidos paternos de su filiación. Puede que nuestro objetivo utilice en el día a día los dos apellidos de su madre, excepto cuando le piden el Documento Nacional de Identidad, como ocurre al comprar un billete de avión. Busca en el listado a un Vericat.

—O registrarse en un hotel —añadió Alma.

Roberto agradeció con un guiño la observación.

—Llama al hotel, Alma —ordenó.

Cuando sonó de nuevo el teléfono del despacho, Roberto se acercó a ellos. La voz de Marcuello confirmó que en el momento del hallazgo del cadáver el adolescente permaneció allí, en estado de *shock* y tratando de reanimar a su madre. La Dirección General de Atención a la Infancia se ocupó de él hasta que cumplió los dieciocho años. No constaban detenciones ni datos policiales sobre el hijo de Vericat. Sí aparecía su filiación completa.

—Lo tenemos —gritó Pol mientras subrayaba con un rotulador rojo los apellidos y el nombre del asesino en la lista de embarques.

Roberto agradeció a su viejo compañero la confirmación que acababa de descubrir el joven policía.

Lo tenían.

Un minuto después, el despacho de la Judicial se quedó vacío, los cajones de los armarios no contenían armas ni esposas, y por la emisora policial se había requerido el apoyo de una unidad uniformada.

Celia Yanes oyó por la emisora oficial el comunicado y llamó a Roberto. El inspector tenía el teléfono apagado. Lo intentó con Garrido y, aunque este sí le daba tono de llamada, no llegó a contactar con él. «Panda de inútiles», pensó cuando recibió un wasap de un teléfono desconocido.

Era Pol y en el mensaje adjuntaba la fotografía del posible asesino extraída de Google. Le pedía en nombre de Roberto que mediara para obtener la máxima colaboración judicial a fin de poder llevar a cabo un registro.

La Zurda respondió parcamente con un «ok», con la mirada todavía atrapada en aquel rostro conocido. Se retrepó en el sillón de su despacho y sonrió ante el futuro que imaginaba. Madrid estaba cada vez más cerca.

Tomó aire y llamó a su marido.

—Te necesito, señoría.

54

El viejo profesor tardó un par de horas en darse cuenta de que María le había enviado un wasap. Leyó el mensaje en la terraza de la coctelería Ulises. «Teme quedarse ciego», repitió en silencio tratando de dar sentido a la conclusión a la que había llegado la policía. Sabía que para realizar un buen perfil criminal, además de contar con conocimientos y herramientas cada día más sofisticadas, era necesario un alto nivel de empatía con esa mente asesina. Tratar de saber qué siente no es lo mismo que sentir.

Galván pagó la cerveza y el pincho de tortilla y decidió transformarse en una persona amenazada por la ceguera. Mirar el mundo como si fuera la última vez que pudiera hacerlo.

Días antes había quedado con Mae, la librera de Torre de Papel, para dedicar doce novelas a clientes vecinos a los que les llamaba la atención la existencia de una novela negra basada en hechos acontecidos en la isla. Mae se había convertido en una suerte de brújula literaria para quienes se adentraban en ese local de madera que olía a literatura y a tiempos pasados que se resistían a desaparecer.

Detuvo el paso y la llamó cerrando los ojos. Prestó atención a la voz de Mae, preñada de poso de vida como su local, y se disculpó por no poder ir en aquel momento. La librera lo emplazó para el día siguiente en el mismo lugar y a la misma hora. Él le preguntó si tenía algún manual para personas amenazadas por la ceguera.

Mae tardó un par de segundos en contestar.

—¿Alguna vez te he dicho que no a algo? Oye, ¿no estarás preparando una segunda novela sobre el asesinato de la agente editorial?

Galván se despidió evitando responder la pregunta. Cruzó los distintos pasos de peatones y recordó el sonido de los semáforos en Barcelona, esa señal acústica que advertía a las personas ciegas del estado de la circulación. Le vino a la memoria la noticia de que en Ciutadella los semáforos iban conectados a un mando que la ONCE proporcionaba a quienes lo solicitaran, para saber cuándo era óptimo cruzar la calle.

Una sentencia médica que condene a una inminente ceguera es motivo suficiente para despertar al monstruo que uno lleva dentro, caviló el viejo profesor mientras se adentraba en las calles próximas al hotel. Sobre todo tratándose de un psicópata. Sin embargo no terminaba de comprender que el hijo del editor fuera la primera víctima de aquel depredador. Tenía que haber delinquido antes. ¿Y si había matado pero nunca llegó a descubrirse su participación?

Por las calles de cientos de ciudades circulan asesinos anónimos. Galván estaba seguro de que aquel monstruo había de tener un pasado delictivo. Le faltaban datos para pensar en la fase de enfriamiento, ese periodo en el que dejaba de matar. Lo cierto era que esa fase había quedado prácticamente eliminada. Entre la muerte del hijo del editor y Marga Clot apenas habían transcurrido dos días. El asesino había perdido los papeles, se estaba desorganizando, algo le apremiaba. La amenaza de la ceguera. De ser ciertas las conclusiones, pronto cometería un error.

Galván cruzó la puerta del hotel y decidió esperar la llegada del ascensor. Una vez en el interior de la cabina, pulsó el botón de su planta y sintió en la yema de los dedos el relieve de unos puntos. «Sentir como un ciego», pensó. Se avergonzó al caer en la cuenta de que aquella era la primera vez que reparaba en los números escritos en braille sobre los botones. Un escalofrío le recorrió el espinazo al rememorar la noche del apagón. Solo uno de los que estaba en el ascensor fue capaz de atinar a oscuras el botón que tenía que presionar.

Al salir a la planta a Galván le faltaba el aire. Entró en la habitación a toda prisa, tan nervioso que no atinó a abrir la puerta a la primera. Ya en el interior llamó a Roberto al móvil. Permanecía apagado. Lo intentó con María. No contestó; saltó el buzón de voz y el viejo profesor pronunció el nombre del principal sospechoso. Todo encajaba. Galván ni siquiera se había desprendido de su plumón rojo cuando decidió acercarse hasta la comisaría.

Al salir de la habitación oyó un fuerte estruendo en el piso de abajo, como si acabaran de echar abajo una puerta. Lo siguiente que captó fue el grito de «Alto, policía».

TERCERA PARTE

55

María condujo por el Camí de Sa Farola doblando la velocidad permitida. El pinar, las vistas al mar, los pequeños embarcaderos y algún que otro caballo en establos a pie de la angosta carretera transcurrieron veloces ante sus ojos, enajenados y todavía atónitos tras la conclusión a la que había llegado la abogada.

«Tenemos tres vías, María, tres vías. Denuncia policial, presentar una demanda de divorcio solicitando medidas urgentes respecto a la custodia del menor, y pedir la restitución de Hugo basándonos en el Convenio de la Haya.» Cuando la policía le preguntó de cuánto tiempo hablaban, la letrada le sirvió la primera de las tres pomadas, que ingirió como si fueran agua. «En diez días el juez decidirá sobre las medidas urgentes y emplazará a Bruno, aunque como comprenderás, él no va a venir. Entonces tal vez por la vía penal, al haber cometido un delito en España, finalmente solicite cooperación judicial para llevar a cabo su detención en Berlín y la entrega de tu hijo.» María le había exigido que concretara ese «finalmente». La respuesta de la abogada, precedida de un buen trago de ginebra y de un suspiro, fue: «Meses, María.»

Entró en la casa que compartía con Lola y recibió un azote de soledad. Necesitaba los abrazos de su amiga, su fuerza y capacidad para hallar siempre una salida.

Al entrar en la habitación de Hugo, el olor del pequeño la

acogió como un abrazo. María rompió a llorar y se sintió mareada, herida en el alma. Sentada sobre las tablas de madera de pino que una tarde de diciembre las dos amigas habían instalado, no dejaba de preguntarse cómo era posible que no existiera ninguna ley que pudiera resolver de manera inmediata una situación como esa. Sintió un fuerte dolor en el pecho que no remitía a pesar de la ingestión de ginebra. Se negaba a permanecer de brazos cruzados, a la espera de los acontecimientos. Decidió tomar una ducha, cambiarse e ir a la comisaría a interponer la denuncia. No era una medida resolutiva, pero sí imprescindible.

Llamó a Roberto y obtuvo el mismo resultado. Solo apagaba el teléfono cuando interrogaba a alguien. ¿Llevaba todo el día tomando declaraciones? Lo cierto era que él no la había llamado y Alma ya sabía que tenía un problema personal. Aquella despreocupación del inspector le dolió. Una decepción más en la interminable cuenta mental que ella llevaba.

Jugó con los dos grifos hasta encontrar el agua a su gusto, y, al poner un pie en el interior del plato de la ducha, sonó el móvil. A pesar de ver en la pantalla quién era, contestó.

—Nunca he llevado bien esperar una llamada —anunció Eric.

—Lo siento. No estoy en mi mejor momento.

La voz de María, afectada, no ofrecía dudas.

—¿Puedo ayudarte en algo?

Ella estuvo a punto de agradecer su interés, despedirse amablemente y colgarle, pero de pronto se le ocurrió una idea.

—Tengo un problema muy grave y necesitaría repercusión en los medios. ¿Crees que podrías echarme una mano?

—¿Dónde estás?

—En mi casa.

—Puedo estar allí en unos minutos.

Se produjo un silencio.

—Está bien.

—No te preocupes, sea lo que sea, todo va a terminar.

María trató de pensar en aquella frase, pero tenía la cabeza demasiado embotada.

—No te he dado la dirección.

—Es verdad —reconoció él, divertido—. La ilusión por verte anula mi sentido común.

María colgó, entró en la ducha y se dejó masajear por un surtido de chorros de agua caliente. No pudo oír la llamada a su móvil del viejo profesor. Al poco sonó el timbre de la puerta, mientras se untaba las nalgas de crema hidratante contra las estrías. Quiso consultar la última llamada de Eric a fin de constatar cuánto tiempo hacía que la había llamado, pero la batería del móvil había desfallecido. Estaba segura de que no habían transcurrido más de cinco minutos.

56

—No les voy a permitir la entrada sin un mandamiento judicial —advirtió el director del hotel Can Paulino, titubeante y desde la escalera por la que se accedía al rellano de la segunda planta. El miedo le impedía subir los tres escalones que lo separaban de los policías.

Roberto hizo caso omiso del comentario, lo fulminó con la mirada y sondeó a su equipo:

—¿Estáis preparados?

Todos ellos desenfundaron las armas. Zambrano apartó al director con un movimiento del brazo y buscó con la mirada el definitivo consentimiento de Roberto. Este asintió con un gesto.

Zambrano encaró la puerta, retrocedió unos pasos y se abalanzó contra la hoja convirtiéndose en un ariete humano. Fue tal el impacto que arrancó parte del marco y le cayeron sobre el pelo restos de pintura. Al instante barrieron con las armas la estancia principal y el baño.

No había nadie. Lo primero que atisbó Roberto fue la belleza del puerto de Ciutadella a través de la única ventana de la habitación. Lo segundo, una bandolera que le resultó familiar. La funda de la Perkins.

—¿Hemos de comunicar algo a la Sala? —preguntó Alma.

—Sí, que todas las unidades tengan la foto de Eric García. Y que haya un operativo en la puerta del hotel, no vaya a ser que nos sorprenda.

—Eric Vericat García —puntualizó Alma.

—¿Qué buscamos? —preguntó Pol mientras repartía guantes de látex a sus compañeros. Roberto fue el primero en enfundárselos.

—Todo lo que hemos hablado estos días —recordó el inspector—. Una máquina de escribir para ciegos, tienen seis teclas y esta es su funda. —Alzó del suelo la bandolera y volvió a dejarla caer—. Cualquier dispositivo electrónico que encontremos. —Señaló la mesa de escritorio sobre la que reposaba un ordenador portátil—. Documentos u objetos que lo relacionen con las dos víctimas. No os olvidéis de la droga que ha empleado junto al alcohol que hizo ingerir a las víctimas para dejarlas sin conocimiento.

—¿Cómo es? —preguntó Zambrano, restregando los dedos.

—Líquida, incolora e inodora; tiene un ligero sabor salado —respondió Alma con seguridad ante la mirada atenta de Roberto.

—Caray, sí que estás puesta —respondió Zambrano, ingenuo.

Roberto prefirió no hacer comentario alguno.

—Necesito un cuchillo —pidió Pol al no conseguir abrir la maleta, que requería de un código numérico.

Roberto se agachó, se levantó el pantalón y extrajo de una funda sujeta a la altura de los gemelos una navaja militar. Se la entregó a Pol ante la mirada de asombro de Zambrano. El inspector quedó a la espera de que el joven policía le devolviera el arma blanca, como si no pudiera seguir con su cometido al no sentir el roce de la misma en la piel. Pol forzó la maleta y le devolvió la navaja. En el interior de la valija, bajo prendas de ropa y algunos libros, descubrió la Perkins.

Roberto devolvió la sonrisa a Pol, estaban cerca de atraparlo.

Alma pulsó una tecla del portátil y comprobó que no estaba apagado; Eric lo había dejado en estado de hibernación. Exploró las últimas búsquedas que había realizado a través de Google y cinco de ellas hacían alusión a la misma persona.

—¿Puedes acercarte? —pidió Alma al inspector con un hilo de voz.

La agente le mostró en la pantalla las búsquedas que había hallado. Todas estaban relacionadas con María. Roberto sintió que el corazón se le desbocaba. Alma realizó una búsqueda más precisa sobre archivos descargados últimamente en ese equipo. Una imagen robó la atención a todos los presentes. Era la fotografía que Eric tomó el día en que María le dedicó la novela, en ese mismo hotel y en presencia de Roberto.

El inspector se acercó más a la pantalla del ordenador, atraído por aquella mirada de Eric tan parecida a la de Mark David Chapman. En aquel instante todo cobraba sentido, su memoria fotográfica le había jugado una mala pasada. Le pidió a Alma que ampliara la zona de los ojos de Eric. Al igual que su padre había captado la arrogancia de Chapman al saberse dueño y señor de la vida de Lennon, Eric había inmortalizado en ese *selfie* la misma maldad, encubierta por la vanidad de una policía y escritora.

—Déjame tu móvil —le pidió Roberto—. ¿Tienes el teléfono de María? —El joven asintió. Roberto no podía permanecer quieto, andaba de un lado a otro de la habitación—. Mierda, no contesta, está apagado. Pol, tú te quedas, te necesito aquí —ordenó Roberto, acelerado—. Intenta conseguir toda la información que puedas y llámanos si tienes algo. Zambrano, ¿sabes dónde vive María?

57

Le abrió la puerta ataviada con un albornoz y las pantuflas de oso panda que Lola había olvidado en el baño. El periodista se sorprendió gratamente por aquel recibimiento. La desnudó con su mirada más sinvergüenza y se detuvo en aquel calzado tan llamativo.

—¿Vestida para la ocasión?

María intentó sonreír, con escaso éxito. Captó a la primera el nivel de descaro con el que Eric la repasaba, pero no tenía el cuerpo para mambo. Lo invitó a que se acomodara en el salón con un mohín más cercano al desdén que a la alegría de volver a verlo.

—Me has pillado saliendo de la ducha. —El brillo en los ojos de la policía y el modo como arrastraba las palabras no pasaron desapercibidos al recién llegado. Que hubiera ingerido alcohol le facilitaba las cosas. Así todo podría acelerarse, y en esos quehaceres la brevedad era el camino directo hacia el éxito—. No has tardado nada en llegar —dejó caer María con cierta aspereza.

Eric vaciló un poco antes de responder:

—Me han traído en coche. ¿Conoces a Alexis del Árbol? —preguntó el periodista. María lo miró con rostro inexpresivo, sin responder—. Es un autor nacional de novela negra muy reconocido en el extranjero. Cuando me diste la dirección nos sorprendió lo cerca que estábamos y él se ofreció a traerme.

María dio por válida la respuesta, tenía otras cosas por las que preocuparse.

—Sírvete lo que te apetezca. —Le señaló el pequeño mueble bar que Lola había adquirido de una casa de citas de Ibiza que terminó cerrando por un escándalo relacionado con menores y banqueros, y se perdió por un corto y oscuro pasillo que la condujo hasta la habitación. A esas horas Lola andaría liándola en Madrid, tratando de corroborar aquello que no quería ver. «Cuando se trata de hombres casados solo hay dos tipos», pensó, «los que nunca dejan a su mujer por ti y los que nunca dejan a su mujer por ti».

Eric retrató el lugar. Demasiadas velas para su gusto y una enfermiza atracción por los colores tierra, plasmada en la elección de los cojines, el sofá, las cortinas y el tono cromático de las paredes. Una alfombra beige de pelo corto cubría prácticamente la mitad del habitáculo. Él las detestaba. En una ocasión había visto un documental en la que una cámara microscópica captaba la fauna de gérmenes que habitaban en una de ellas. «El peor enemigo es aquel que no puedes ver», pensó risueño, al descubrir que el dicho podía ser aplicado a la policía. Barrió la estancia con la mirada maltrecha y en una de las paredes descubrió un gran radiador eléctrico. Al tocarlo constató que había sido encendido recientemente. En la mesa de centro descansaban amontonadas revistas del corazón, de diseño de interiores y algún que otro cuento infantil. Repasó la única estantería que halló, invadida por fotografías enmarcadas y velas, más velas. Apenas halló rastro alguno de literatura.

Solo en uno de los estantes descubrió seis manuales sobre criminología y perfiles criminales. No pudo evitar sonreír. ¿De veras tanta palabrería ayudaba a desenmascarar psicópatas? De haber servido para algo, aquella policía le habría encañonado con su arma reglamentaria y antes de enviarlo al otro barrio le habría lanzado una frase lapidaria para calmar futuros remordimientos. Una vez más estaba en lo cierto. María Médem era una farsante más de aquel mundo putrefacto al que llamaban cultura. La policía era el resultado del sector editorial, empecinado en publicar más novelas de potenciales personajes públicos que de auténticos escritores. Dime cuántos platós y emisoras de radio visitas semanalmente y te diré cuánto te doy en concepto de adelanto por tu manuscrito. Dime cuánto vendiste en tu anterior publicación y te diré si eres nuestra apuesta o vas a formar parte de la morralla que completa el surtido con el que cada año una gran editorial cumple sus objetivos.

«¿Cómo? ¿Qué nos estás diciendo, Eric? ¿Que no nos puedes asegurar que vayas a continuar en la emisora durante el próximo año? Déjanos tu manuscrito y ya te diremos algo.» Menuda pandilla de ratas. ¿A quién le importa la calidad de la historia o del ensayo publicado? ¿Al lector? No, a ese lo tienen tan abrumado con novedades y le sirven el producto con tan dignos envoltorios que su capacidad crítica ha ido menguando sin que apenas lo perciba. Es una muerte lenta la del lector de hoy. Minuciosa y estudiada. En nombre de la crisis se han cometido verdaderos genocidios literarios. Uno de ellos, el mío. Pero dentro de muy poco todo cambiará. Mi obra se va a convertir en el verdadero punto de inflexión y sobre todo de reflexión de este putrefacto sector.»

—Estoy en dos minutos —gritó la policía desde la habitación, y su voz interrumpió el cúmulo de rencor que corroía al periodista desde hacía tiempo.

A Eric la cabeza le iba a estallar en cualquier momento. Extrajo de un bolsillo un porro ya liado y lo encendió. A la tercera calada, profunda, respiró hondo para asimilar mejor aquella sustancia que amortiguaba los pinchazos mortíferos que llevaba soportando durante las últimas semanas.

Se acercó a la estantería y prestó atención a un retrato en el que María ayudaba a su hijo a mantenerse de pie sobre la arena de una cala rodeada de rocas escarpadas y el mar de un intenso azul cegador. Junto a ellos, una morena de cuerpo escultural sacaba la lengua a quien tomaba la instantánea. «Lo siento, chaval, la vida es muy cabrona.»

Se acercó al mueble bar y eligió un Cardhu de doce años. No tenía mal gusto la policía. Se hizo con una cuchara que descansaba en el interior de un vaso con restos de café y la conservó en el interior de un bolsillo de la cazadora. Extrajo de otro bolsillo un diminuto frasco que contenía un líquido transparente. Vertió en uno de los vasos las gotas necesarias para un cuerpo como el de María, y lo depositó sobre la mesa de centro. En cuanto ella asomara, daría un trago al suyo a fin de evitar riesgos mayores a la hora de elegir las copas.

—Ya estoy —anunció María, sorprendiéndolo enredado en una madeja de pensamientos.

Eric saboreó el Cardhu apremiado por la irrupción de la policía.

—¿Tu niño? —Señaló hacia la fotografía que acababa de mirar y le ofreció una calada.

María rehusó el porro, asió la fotografía y al mirarla le mudó el rostro.

—Sí —dijo al cabo de unos segundos, devolviendo con pesadumbre el marco a su lugar.

En otras circunstancias su carácter desconfiado la habría empujado a recelar de aquella copa servida por un completo extraño y con toda probabilidad se habría servido otra bebida con la excusa de que no le apetecía. Pero aquella noche María no era ella misma. Era una madre desconsolada y abatida cuya ansiedad creciente parecía no tener fin, así que aceptó el vaso de whisky de malta escocés y se lo bebió de un trago.

Señaló hacia el sofá y Eric, sorprendido por lo bien que se le estaban poniendo las cosas, se sentó a su lado. La policía se había vestido con prendas cómodas. Ataviada con unos vaqueros, una sudadera fucsia y unas deportivas del mismo color, dejaba claro que su intención no era intimar en exceso.

Tampoco era el caso de Eric.

—Mi ex marido se ha llevado a mi pequeño a Alemania. Sin avisar. Sin hablarlo.

Eric se preguntó qué reacción debería mostrar un tipo

afable y comprensivo en esa situación. Era agotador transitar por la vida eligiendo las emociones de los demás, seleccionando la más correcta, descartando las que pudieran delatarlo. Fingir ser otro era un agobio. Repasó mentalmente gestos que ya tenía memorizados y se decidió por tres de ellos. Enarcó las cejas, dejó escapar un suspiro y apretó los labios, como si pudiera compartir ese mismo dolor.

Acortó las distancias y le acarició la espalda.

—Acaban de declararme la guerra y voy a luchar hasta el final —anunció María, todavía libre de los efectos que en breve sufriría—. Pero antes necesito saber que cuento con la mayor difusión posible en los medios.

—Una madre coraje —carraspeó Eric, dudando de que aquellas fueran las palabras correctas.

—Una madre, dejémoslo así.

Eric encajó la respuesta y puso a funcionar su creatividad. ¿Qué habría hecho un personaje de sus novelas? Esas que nadie quiso publicar ante el colapso provocado por proyectos y manuscritos mediocres como el de la policía que tenía delante. Toda una experta en perfiles criminales, según la biografía que rezaba la solapa de su novela, y que, sin embargo, apenas olía el peligro a menos de un metro. Como tampoco lo olió su madre, antes de que le destrozara la cabeza con el rodillo de madera; ni Álex Soler, quien incluso atado en el sótano de su casa en Cadaqués siguió confiando en que todo se trataba de un juego sexual; ni la zorra de Marga Clot, tan preocupada en hacerse con la representación de escritores ya representados con la promesa de convertirlos en estrellas de renombre internacional.

«Incluso podría lograr que te publicaran a ti.» Le sobró el «incluso». Aquellas fueron sus últimas palabras poco antes de dormirse para siempre. Al final solo intentó desabrocharse el botón de la blusa. La muy guarra estaba dispuesta a ofrecerse a quien iba a matarla. «Si no eres capaz de oler la inminencia de tu propia muerte, no mereces vivir.»

Eric rememoraba el instante en el que, ya desvanecida, en

el interior del coche alquilado, a Marga le asomó un pecho por encima del sujetador negro de encaje. Dispuesta para la ocasión, no como esta policía, que solo pensaba en un niño que estaría cuidado por su padre en un país con mejor presente y futuro que este.

Sin duda uno de sus personajes se habría mostrado empático ante esa situación, algo en lo que él se había especializado desde que salió de ese centro de protección de menores. Había aprendido que la empatía consistía en aceptar las miserias de los demás, sentirlas como propias. Fingir esa habilidad le convertía en el tipo cuya compañía todos buscaban, del que nadie dudaba ni se planteaba nada. Así terminaba pareciéndose a quien los demás querían ver..., pero solo pareciéndose.

El periodista consultó el reloj y sonrió.

—Se me ocurre una cosa. —Eric echó la cabeza hacia atrás y elevó el mentón—. Tú eres escritora.

María estuvo a punto de volver a reivindicar que era policía, pero prefirió callar. Si llamas a las puertas de un gremio no conviene mostrar el menor rechazo ante ellos.

—Y dicen que de las buenas. A mí vuestra novela me ha encantado, y soy un buen lector del género —continuó el periodista, tratando de sondear el grado de vanidad de la policía. A tenor de los silencios empezaba a ser alto. Como los demás escritores que había conocido, no había más que lanzar cuatro piropos literarios y ya sentían el mundo a sus pies—. Cuéntame cómo fue el proceso para publicarla.

María se sintió algo molesta por el cambio de rumbo en la conversación. ¿Cómo era posible que aquel tipo no se diera cuenta de lo que significaba que se hubieran llevado a su hijo a otro país? Una suerte de neblina merodeaba por su cabeza, sentía cierta torpeza a la hora de ordenar sus ideas. Se armó de paciencia y respondió:

—Todo lo hizo Galván. Fue idea suya y él se encargó de tirar de contactos editoriales.

—Contactos —repitió Eric, asintiendo con la cabeza y tragándose la hiel que le corroía.

Lo tenía claro: no se publicaba el talento; se publicaban los favores que habían quedado anotados en el debe del pasado, las promesas futuras de una cooperación empresarial, el «cerrar las bocas» ante lo que se hubiera podido ver u oír, las facturas sexuales que un joven escritor reclamaba a la editora que habría podido ser su abuela, las aves de paso de la televisión y sus cientos de miles de seguidores en Twitter, incluso las policías atractivas que una vez habían atrapado a una estúpida asesina que se había dejado cazar.

—Eric, se han llevado a mi hijo —le recordó en tono de reproche.

El periodista comprendió que debía aumentar la dosis de empatía, y que tal vez se había quedado corto con la de éxtasis líquido que había vertido en el whisky de la policía.

—Disculpa, tienes razón. Lo primero es lo primero. Se me había ocurrido que a estas horas el subdirector de *La Vanguardia* y los principales corresponsales de sucesos de los rotativos de este país están celebrando una fiesta en una casa alquilada cerca de la carretera de Cala Morell. ¿Y si nos acercamos?

María intentó asimilar aquella información, presionó el entrecejo con los dedos y agitó la cabeza tratando de ahuyentar una intensa sensación de sueño repentino. Era placentero sentir que su cuerpo iba relajándose después de haberlo sometido a tanta tensión. Aun así, le disgustaba no poder controlar aquella lasitud. Deslizó su mirada por los labios del periodista, el mentón afilado y la barba escasa y seductora. Se habían llevado a Hugo a otro país. Acababan de condenarla a no poder disfrutar de él durante un tiempo indeterminado. ¿Cómo era posible que en ese instante la asaltara un inconfundible apetito sexual? Jamás había experimentado aquel desbarajuste de emociones.

—¿Y nos presentamos sin avisar? —balbuceó la policía, sorprendida por sus propios pensamientos.

Eric disfrutaba del momento. El efecto de la droga ya estaba haciendo de las suyas. «Primero los relaja, después los libera de toda carga moral y al final les permite mostrar su faz más perra para terminar perdiendo el sentido», se dijo con orgullo al sentirse el auténtico amo y señor del destino de la policía.

—Tú eres escritora y yo soy periodista. Nos acogerán con los brazos abiertos.

María quiso decir algo, pero no le salieron las palabras. La neblina empezaba a ser más espesa.

El periodista se levantó, agarró las llaves de un vehículo que estaban sobre la mesa de centro y, con el mismo tono de voz con el que había cerrado su programa de radio durante más de cinco años, se dirigió a María:

—Vamos a poner juntos la guinda al pastel.

—Es un Ka —advirtió ella, señalando las llaves del coche.

—Mejor conduzco yo, ¿no crees? —respondió Eric, dirigiendo la mirada hacia la copa vacía de whisky.

La policía torció el gesto y chasqueó la lengua. Dejó transcurrir una fracción de segundo y se puso de pie, aunque necesitó ayuda para hacerlo. Eric le ofreció una mano y ella se aferró como si se tratara de un tablón de madera para la náufraga de la vida que resultaba ser. La distancia entre ellos no superaba un palmo. Si a Eric le hubieran interrogado sobre el significado de la mirada de María, habría respondido que oscilaba entre un voluntario escepticismo y un involuntario deseo animal.

El periodista no pudo esquivar el beso. La policía cerró los ojos e imaginó que su boca besaba otras muchas. Todas ellas insaciables, bruscas y nuevas. Tuvo que ser Eric quien la detuviera ya fuera de la casa. Se concedieron una sonrisa. Traviesa la de María, ensayada la del periodista.

La silueta del faro en la oscuridad lo sorprendió. Pronto las sombras se iban a convertir en pesadillas; pronto la noche sería eterna y terminará acechándolo. Sin avisar. El hombre de la mirada con las horas contadas encendió el motor del coche y recorrió el paseo de Sa Farola con cautela. Los pinos que escoltaban el arcén le parecieron espectros de gigantes agresivos y el modo en que el asfalto se estrechaba ante su mirada hizo que pisara el freno con violencia.

La policía le dirigió una mirada de reprobación.

—He oído un ruido extraño en el maletero —justificó el periodista.

—¿Alguna... de tus maletas? —intentó bromear María, pero cada vez le costaba más hablar, la debilidad de los miembros se extendía hasta los músculos faciales.

Eric ignoró la pregunta relativa al día en que se habían conocido en el aeropuerto de Menorca, detuvo el coche en un recodo del paseo y apagó las luces del vehículo. Desde la ventanilla de María se podía distinguir el tímido reflejo de una luna creciente sobre las aguas del puerto. El periodista necesitaba más tiempo para adaptar su visión.

A la cabeza de la policía acudieron imágenes desordenadas de los últimos días: la escena del crimen de Marga Clot, las conclusiones de Galván, los métodos de Roberto y su presencia perturbadora. Pero entre todas esas imágenes había una que reclamaba su atención, como si necesitara encontrar el correcto alojamiento en la memoria de la policía: la bandolera de la Perkins.

De pronto María sintió que le sobrevenía un terror tan atroz como tardío. Recordó el preciso instante en que ella misma había acomodado el equipaje de la editora y de Eric en el maletero del coche. Por eso el día que visitaron a Gerard en las dependencias de la ONCE la bandolera de la Perkins le resultó tan familiar.

La policía quiso gritar, desenfundar el arma que no llevaba encima, saltar de ese vehículo y escapar del asesino que tenía al lado, pero su cuerpo no obedeció ni una sola de las órdenes que le daba.

—¿Ya sabes quién soy? —preguntó Eric, divertido.

María estaba a punto de perder la batalla contra un sueño invencible. Las últimas palabras de Eric, lejanas, le resultaron ininteligibles. Sintió que el asiento del vehículo se la tragaba y le pareció posible hundirse en su interior hasta desaparecer.

No fue capaz de identificar el lugar al que habían llegado. Todo era silencio, oscuridad y paz.

Un vehículo pasó por delante de ellos a gran velocidad. Eric no tuvo tiempo de identificar el modelo ni a sus ocupantes. No podía correr riesgos ni esperar más. Un creador sabe cuándo es el momento de finalizar su obra. Y ese momento acababa de llegar.

57

Roberto y Zambrano saltaron con agilidad sobre el pequeño muro de piedra y cal que bordeaba la casa. Cruzaron a toda prisa la parcela de jardín con el arma reglamentaria en la mano. Alma hizo lo propio tratando de asegurar el perímetro. La casa estaba aislada, no contaba con vecinos cercanos y entre aquellas cuatro paredes no se apreciaba ninguna luz encendida. Roberto temió haber llegado tarde. En la parte frontal de la vivienda, la que encaraba al mar y al faro, una pequeña escalinata permitía acceder al porche por el que se alcanzaba la puerta principal.

La oficial cayó en la cuenta de que por debajo de las escaleras, en uno de los laterales de la casa, había una puerta de madera entreabierta. Parecía el acceso a un garaje anexo o trastero. El simple recuerdo de las imágenes del hijo del editor en el sótano de su casa de Cadaqués le provocaron un escalofrío. Alma decidió no acceder al lugar hasta que sus compañeros se aseguraran de que el interior de la casa estuviera deshabitado.

Zambrano se lanzó contra la endeble puerta y cayó de bruces al suelo. Demasiada fuerza para tan poca resistencia.

Roberto entró pegado a las paredes, le dio al primer interruptor de la luz con el que se topó y con un gesto indicó a su compañero que se encargara de revisar el fondo del pasillo. Fueron gritando «limpio» conforme peinaban una estancia tras otra. Roberto descubrió las dos copas vacías sobre la mesa de centro del salón. «Apuesto a que una de ellas contiene restos de éxtasis», dedujo iracundo. Se trataba de María, ¿cómo se le había podido pasar el hecho de que ella también formaba parte del mar en el que el asesino pescaba? Se estrujó el escaso pelo que le quedaba y trató de poner en orden los pensamientos. Tenía que centrarse.

—¿Todo bien? —gritó Alma desde el exterior.

—Sí, ¿y tú? —respondió Zambrano.

—Bien.

—Han estado aquí —informó Roberto con los ojos entornados, desde la ventana que daba a la posición de Alma.

—Aquí abajo hay una especie de sótano —informó ella, recelosa.

Roberto necesitó un segundo para recuperar su aplomo. Saltó desde la ventana al porche y desde allí hasta donde se encontraba Alma. Zambrano imitó los movimientos. No iba a ser él menos que ese cuarentón canoso. En medio del jardín, atenazados por un incómodo silencio, los tres policías se miraron un instante.

—Esperad un momento —pidió Alma—, voy a por la linterna del coche.

La oficial echó a correr y regresó en un visto y no visto.

Roberto abrió el portón con inesperada facilidad. ¿Cómo se había convertido María en una mujer tan confiada? Ayudado por el haz de luz de la linterna, el inspector barrió la zona con el arma reglamentaria. El interior era un espacio cuadrado que olía a moho, con el suelo cubierto por tablones de madera y las paredes blancas de cal. Un carrito de niño, juguetes sin abrir, sillas viejas de hierro forjado amontonadas y cajas repletas de zapatos fue lo único que hallaron.

El inspector necesitaba aire y salió de nuevo al jardín para ordenar las ideas. Concluyó que María estaba viva. Tenía que estarlo. Al cabo de unos segundos supo qué hacer.

—Alma, déjame tu móvil.

La oficial se lo entregó sin preguntar. Roberto marcó de

memoria un teléfono. El tono de una melodía se escuchó en el interior de la casa. Zambrano regresó al interior y al poco salió con una mueca avinagrada en el rostro y el móvil de María, recién cargado, en la mano.

—Me cago en todo, ni siquiera podemos rastrearlo —rezongó Roberto—. Zambrano, localízame el número de teléfono de Eric. En cuanto lo tengas, me lo das y se lo paso a los de Sitel en Madrid para que tiren de contactos y nos den la ubicación de ese hijo de puta.

—El número de teléfono de Eric —repitió Zambrano, confuso. Permaneció inmóvil hasta que descubrió el modo de llevar a cabo esa gestión.

Obedeció la orden llamando a Pol, que estaba en el hotel Can Paulino y desde allí podría solicitar datos a alguno de los organizadores o escritores del evento.

Roberto recordó que María había cogido las llaves del vehículo camuflado del grupo esa misma mañana. La inesperada visita de Daniela le había impedido acompañarla al juzgado; nada de eso habría sucedido de haber estado él centrado en la investigación. Si le ocurría algo a María nunca se lo perdonaría. Ordenó a su cabeza que se centrara en el presente, la urgencia de la situación exigía soluciones y cualquier viaje al pasado o a un hipotético futuro eran obstáculos que debía eliminar. Controló la respiración. No quería más errores propios. Que el coche no estuviera estacionado frente a la casa solo indicaba una cosa.

Llamó a la Sala del 091 de Ciutadella para ordenar que comunicaran a todas las unidades policiales, a la Guardia Civil y a la Policía Local que una agente había sido secuestrada por el asesino de la Semana Negra, y que el vehículo en el que probablemente circulaban era el de la Judicial. Calles, el veterano policía, conocía bien el modelo, color y matrícula. Roberto le facilitó el número de teléfono de Alma y le indicó que le llamara ante cualquier novedad.

Roberto devolvió el aparato a Alma. El inspector tenía la mirada clavada en el faro y en el reflejo menguado de la luna sobre el mar. La oficial se acercó todavía más a él, temerosa de su inminente reacción ante lo que le iba a decir.

—Esta mañana recibí un wasap de María.

Roberto apartó la mirada del mar y le prestó toda su atención.

—Quería que la llamaras. —Alma no se atrevía a mirarlo a la cara—. Me dijo que tenía un problema personal. La verdad, no creí que fuera importante.

Roberto montó en cólera.

—Pero ¿se puede saber qué tienes en la cabeza?

El grito de Roberto hizo que Zambrano interrumpiera su conversación con Pol y se acercara con cara de pocos amigos. El modo en el que lo hizo no le gustó nada al inspector.

—Ni siquiera te atrevas a opinar, musculitos —advirtió Roberto, completamente ido—. Tú a lo tuyo.

Alma dirigió a Zambrano una mirada de agradecimiento e hizo un gesto con la mano tratando de restar importancia al asunto.

—Lo siento —dijo la oficial.

Roberto le dirigió una mirada torva.

—Reza para que no le ocurra nada.

58

Calles había activado todo el protocolo desde la Sala del 091. No solo había puesto en alerta a toda la isla, también había advertido a la Jefatura de Palma de Mallorca, a los dos puertos y al aeropuerto. Recordó el modo en que el asesino había matado a la agente editorial y tragó saliva al pensar en María y en la sonrisa que la policía le regalaba cada vez que se acercaba hasta aquel cuartucho para enviar un fax o tomar uno de sus cafés.

Abrió la única ventana de la estancia y, tras cerciorarse de que nadie lo veía, encendió un pitillo. Lanzó una mirada de súplica al teléfono oficial y le pidió sin hablar que le diera pronto buenas noticias. El sonido estridente del aparato lo pilló por sorpresa, como si sus súplicas hubieran sido atendidas.

Estrelló el cigarrillo contra el alféizar y lo lanzó por la ventana. Asió apresurado el bolígrafo que había sobre la mesa y el amasijo de folios reciclados, cosidos con una grapa por un extremo. Descolgó el aparato y respondió:

—Cuerpo Nacional de Policía.

—Un accidente —anunció la voz acelerada de un hombre—, ha habido un accidente.

—Estoy aquí para ayudarle —trató de calmarlo Calles, evitando pronunciar el «tranquilícese» que únicamente lograba el efecto contrario—. ¿Dónde ha ocurrido el accidente y de qué se trata?

—No lo vi, no lo vi...

—¿Cómo se llama? Dígame un nombre para dirigirme a usted.

El hombre no respondía. Únicamente se escuchaba una respiración apurada y profunda.

—¿Hay alguna persona herida? —insistió Calles—. ¿Dónde ha ocurrido el accidente?

—No lo sé —balbuceó—. En la carretera principal, cerca del desvío de la escuela de hípica..., creo.

A Calles no le hizo falta que el tipo hablara mucho más para determinar su estado de embriaguez. Era el momento de tomar las riendas de la conversación y sacar algo en claro. En la pantalla digital del teléfono vio el número del terminal desde el que le llamaban; al menos tendría algo en caso de que el hombre decidiera colgar. De tratarse de un accidente lo comunicaría a la Guardia Civil y se quitaría de encima a aquel borracho. En aquel momento creyó más oportuno dejar la línea libre.

—Dígame dónde está y mandaré una patrulla...

—No vi el coche —lo interrumpió el hombre, ajeno a las palabras del policía—. Invadió mi carril y no sé lo que hice con el volante. Me paré pero... nadie se movía, nadie se movía del interior. Nadie. Y me asusté...

—Escuche con atención, ¿dónde está ahora mismo?

Calles quería rematar el asunto.

El hombre rompió a llorar.

—Necesito que me responda, tenemos que ayudar a esas dos personas —propuso Calles—. ¿Me está escuchando?

De nuevo el silencio.

—¿Me está escuchando, caballero? —vociferó el policía.

—Sí.

—Quiero saber dónde está ahora mismo.

—Ya se lo he dicho, no muy lejos de la Naveta des Tudons.

En cuanto el policía veterano oyó la respuesta ni siquiera la anotó en el papel.

—¿Sabe el modelo del coche contra el que ha impactado?

—No

—¿El color?

—Oscuro, creo.

—¿Y me ha dicho que en el interior del vehículo había dos personas?

—Dos, sí, un chico y una chica.

Calles indicó al hombre que activara los indicativos *warning* de su vehículo, se alejara del mismo y esperara en las inmediaciones la llegada de una dotación policial. Tras colgar se dispuso a marcar los números del puesto de la Guardia Civil cuando Garrido irrumpió en la Sala. Calles se detuvo al ver los ojos vidriosos de su compañero. Se conocían bien, veinticinco años de servicio en una isla daban para muchas confesiones.

—¿Jack? —preguntó Calles.

Garrido asintió cabizbajo.

Calles apretó los labios y le palmeó la espalda. Luego lo puso al día de todo lo sucedido con María y de la inquietante llamada que acababa de recibir.

—Pues déjate de los picolos y llama a Rial —apremió Garrido.

Calles llamó al teléfono que el inspector jefe le había facilitado hacía escasos minutos. Antes de que pudiera escuchar la voz de Roberto, se percató de cómo le temblaba el pulso de la mano que sujetaba el bolígrafo.

59

La timidez de la luna no ayudaba a que Eric adaptara la vista en la oscuridad. Todo ocurrió en décimas de segundo. Un fogonazo de luz lo deslumbró y tras ello el impacto, la pérdida de control y las vueltas de campana.

Nada había salido como había planeado. Y aunque el resultado era el mismo, una sensación de fracaso lo reconcomía. La policía había recibido lo que merecía, pero no del modo que él había trazado.

Caminaba desorientado, cojeando y sin alejarse del arcén. Tenía que salir de allí, curarse las heridas y subirse al primer avión. En el lugar donde se hallaba no encontró información alguna sobre qué dirección debía tomar. No sabía si se dirigía a Ciutadella o a Maó. Ya había recorrido un largo trecho desde el vehículo, demasiado como para regresar a ver la posición del mismo y determinar hacia dónde debía encaminarse. La vegetación bailaba al son que el gélido zafiro marcaba y por un instante pensó que la naturaleza al completo se había confabulado para cercarlo, apresarlo y juzgarlo por todo lo que había hecho.

Al paso de un vehículo se volvió bruscamente y comprobó que también debía de tener algún tipo de lesión cervical. Apenas podía girar el cuello y la habitual jaqueca se había convertido en un padecimiento insufrible. Las punzadas llegaban a paralizarlo, no le dejaban pensar con claridad. Al pasarse la mano por la frente sintió una extraña humedad. Tenía los dedos pringosos. La sangre de María.

De uno de los bolsillos del pantalón extrajo la nota en braille. Maldijo no haberla dejado en el interior del vehículo policial. Desafiar una vez más a esa panda de incompetentes. Cada paso que daba era un suplicio, pero no podía detenerse. Se obligó a respirar profundamente, la isla olía a tierra mojada y a miedo. El mismo miedo que se respiraba en su hogar, ese sentimiento que su madre no había sabido identificar. El mismo miedo que su padre sentiría antes de una semana.

Le pareció captar el ruido de unas pisadas, siempre había tenido buen oído. Se detuvo y contuvo la respiración. De nuevo oyó el sonido de un cuerpo deslizándose entre los matojos. La figura de un perro frente a él lo sobresaltó. Perro y hombre se miraron fijamente. El animal, manso, ladeó la cabeza como si tratara de comprender qué tipo de persona tenía enfrente. Eric vio en el perro al hombre abandonado en el que se había convertido desde que decidió reventar la cabeza de su propia madre. Se preguntó si aquel perro también habría matado a la suya. Tal vez ese fue el único momento de su vida en el que sintió verdadera empatía por otro ser vivo. Tal vez no era tan inhumano como lo describían en los libros de psicopatías. El can ladró una sola vez a modo de despedida y se perdió en la negrura.

El hombre de la mirada con las horas contadas envidió la libertad de aquel animal. La cárcel era la ceguera a la que su madre lo había condenado. La noche pronto sería eterna, como lo eran el odio, el rencor y el desprecio por todos aquellos que de un modo u otro habían menospreciado su talento.

60

Roberto recibió el comunicado de Calles como si se tratara de la última oportunidad para encontrar a María con vida y se aferró a la intuición del veterano policía como si fuera propia. Le ordenó que un vehículo recogiera a Zambrano en casa de María y otro fuera a buscar a Pol al hotel. Necesitaban el mayor número de unidades policiales para peinar la zona del accidente.

Al pronunciar aquella palabra deseó con todas sus fuerzas que así fuera, aun con el riesgo de que María estuviera herida o algo peor. Ya sabía cuál era el destino que Eric había planeado para ella, y, aunque solo fue un repentino pensamiento fugaz, rogó a un ser superior en el que no creía que si la vida de María había de acabar ese día, fuera por un accidente de coche y no de otro modo.

Salió a la carrera hacia el vehículo y Alma lo siguió sin preguntar. Zambrano había oído las instrucciones del inspector y se quedó inmóvil, convirtiéndose en un mero espectador de una función en la que su papel quedaba relegado.

—¿Y si la persona que llamó fue el propio Eric? —soltó Roberto con la mirada puesta en el asfalto y la tensión reflejada en el rostro.

Alma llamó a Calles por el equipo de transmisión del vehículo policial para pedirle que comprobara el teléfono desde el que le habían llamado y les comunicara el resultado.

—Todavía la llevas dentro de ti —dijo Alma, apenada, cada vez más segura de que estaba en lo cierto. Roberto arrugó la frente y la miró de soslayo, con desdén—. Por eso no cabe nadie más en tu vida. Está ella, siempre ha estado. ¿Verdad?

—Cállate —exigió el inspector con su voz más áspera.

Roberto tenía la mente puesta en la Naveta des Tudons. Ese era, probablemente, el lugar donde Eric había planeado llevar a cabo su nuevo crimen, concluyó. Al igual que había hecho con Marga Clot, quería convertir el logo de la Semana Negra en su propia marca distintiva. Como todo asesino de esta era, ansiaba el reconocimiento de su obra, mofarse de los investigadores, desafiarlos.

Alcanzaron la carretera principal sin distinguir ningún otro vehículo. La isla dormía ajena a la maldad que volvía a acecharla. Tal y como le había dicho Daniela, Menorca era una tierra azotada por las conquistas, por las intromisiones que habían marcado su historia pero jamás su identidad. Cuando todo eso hubiera pasado, la isla seguiría impertérrita, un lugar místico hecho de viento, piedra y mar.

Una vez más se impuso el recuerdo de la instantánea que su padre tomó de John Lennon junto a su asesino. Pensó en el instante en que Eric se había fotografiado con María ante sus narices. ¿Cómo no había sabido identificar aquella mirada de excesiva admiración? No se trataba de la mirada de un seductor: al igual que en el caso de Chapman, los ojos del periodista transmitían el goce del poder que solo los asesinos conocen. El poder de aniquilar una vida humana cuando ellos elijan.

—A esta velocidad no puedo distinguir nada —refunfuñó Alma.

El inspector chasqueó la lengua expresando su fastidio y pisó el pedal de freno con brusquedad hasta conseguir la velocidad apropiada. La oficial tenía razón: la noche cerrada no ofrecía buena visibilidad y nadie les aseguraba que la información que Calles había aportado fuera del todo auténtica o si por el contrario estaba manipulada.

—Allí —gritó Alma.

A Roberto se le aceleró el pulso. Frente a ellos primero distinguieron la silueta de lo que parecía un hombre. En cuanto lo sobrepasaron, detuvieron el vehículo y lo cruzaron sobre el arcén de modo que el hombre no tuvo escapatoria, y aunque intentó adentrarse en la vegetación Roberto le dio alcance. La primera patada impactó contra una de las rodillas y lo doblegó. Una vez en el suelo el inspector le soltó tres puñetazos encadenados en la mandíbula, nariz y en un oído, este último a consecuencia del intento de Eric de esquivar otro que podría haberlo dejado sin dientes.

Alma extrajo de la cintura unos grilletes y esposó a Eric con las manos a la espalda. Antes de que la oficial lo ayudara a incorporarse, Roberto le propinó otra patada en las costillas.

—¿Dónde está María? —gritó el inspector.

Eric no tenía fuerzas para hablar.

—Subámoslo al vehículo y avisemos a las demás unidades —propuso Alma, encubriendo una orden para quien parecía haber perdido los papeles.

—No —atajó Roberto—. Toma. —Le entregó las llaves del coche—. Deja que hable con él.

El inspector introdujo a Eric a golpes en la parte trasera del coche. Después, él se acomodó en la del acompañante. Alma arrancó el motor y obedeció a su superior jerárquico.

—¿Hacia dónde voy? —preguntó la oficial.

El inspector hizo caso omiso de la pregunta, su mirada encolerizada acechaba la de Eric.

—¿Dónde la tienes? —volvió a preguntarle agarrándolo por el cuello, impidiéndole respirar.

—Si no le sueltas el gaznate no podrá decirte nada —le recriminó la oficial. Era la primera vez que lo veía en semejante estado de enajenación.

Se miraron y Alma descubrió que a su lado estaba sentado un completo desconocido.

Roberto soltó a Eric y este cayó sobre el respaldo como un ser sin vida. Al poco abrió los ojos, observó el rostro del policía con los párpados entornados y le dedicó una sonrisa perversa.

—Demasiado tarde, inspector —logró articular Eric—. Tu compañera... ha pasado a formar parte de los sucesos negros. No voy a decir nada más. Y tú, guapa, pisa el acelerador, que necesito un médico.

—Para —ordenó Roberto.

—¿Que detenga el coche?

La mirada crispada del inspector respondió a Alma y esta no volvió a preguntar. Cumplió con lo exigido deseando que su compañero no cometiera ninguna tontería.

El inspector se apeó del vehículo, extrajo el arma reglamentaria de los riñones y desatrancó una de las puertas traseras. Antes de que Eric abriera de nuevo la boca le endiñó dos golpes con la culata de la pistola. Uno de ellos le partió la ceja, el otro lo dejó sin sentido.

Roberto ocupó de nuevo el asiento del acompañante. Una suerte de calma se apoderó de él. La inquietud solo asoma cuando uno no sabe qué es lo que tiene que hacer. En la justicia todo es interpretable, y él acababa de interpretar que con la escoria que llevaban detrás no iban a valer las normas establecidas. Resolvió que el interrogatorio no iba a tener lugar en la comisaría: regresarían al lugar de los hechos. Allí donde el asesino ya se había sentido cómodo en una ocasión y donde tal vez le esperaba el cuerpo sin vida de la mujer que más había amado.

—Llévame a la Naveta des Tudons —ordenó Roberto con la voz quebrada, la mirada en el asfalto y un par de dedos señalando hacia delante.

61

Acicateados por la curiosidad, un importante número de invitados a la Semana Negra de Ciutadella pululaban por la planta baja del hotel Can Paulino. La noticia corrió como la pólvora y, aunque la policía se encontraba inmersa en el desenlace del caso, la desbordada imaginación de los presentes y la falta de información provocaron tal alud de suposiciones que no tardaron en asomar las primeras cámaras de televisión. Incluso Calderé, el reconocido periodista local, se apresuró a entrevistar a una afectada Raquel Nomdedeu, quien en su papel de editora de María e íntima amiga de Eric todavía no podía creerse todo lo que estaba oyendo. El mero hecho de rememorar el momento en que ella misma los presentó le provocó una inmediata acidez estomacal. No lograba comprender ninguna de las palabras que Calderé pronunciaba. Al pensar en todas las veces que había deseado a quien ya tachaban de asesino sintió que se quedaba sin fuerzas, sin ganas de responder. De pronto todo empezó a darle vueltas. Una mujer gritó al ver caer a la editora al suelo y el pánico se multiplicó.

La oportuna aparición del subinspector Garrido, acompañado por una dotación policial uniformada y otra de la Científica, ayudó a mantener una calma forzada entre aquel grupo de personas desorientadas, pendientes del aleteo de una mariposa.

En la habitación de Eric ya poco podían hacer. Cuando Garrido asomó para recoger a Pol —otra unidad ya lo había hecho con Zambrano—, este se apresuró a dar instrucciones a los compañeros de la Científica acerca de las cuestiones que consideraban de mayor importancia para la investigación. Él mismo se hizo cargo de una caja repleta de documentación relativa a Joan Maimó y sus negocios. No entendía cómo había ido a parar todo eso allí, pero cuando llegara el momento haría uso de ello con una devoción especial.

El joven policía le guiñó un ojo a Galván y recordó a los especialistas que el profesor de Criminología colaboraba estrechamente con el principal responsable de la investigación. El viejo profesor agradeció el gesto. A pesar de los años dedicados a estudiar aquellas mentes perversas, era la primera vez que pisaba el santuario de un psicópata. Y aunque aquel fuera un lugar provisional y no hallara mucho más que lo que se veía, siempre había querido pisar el mismo suelo que esos monstruos, escudriñar la cama en la que dormían y poder fisgonear entre sus cosas. Centró su atención en la máquina de escribir Perkins. Le parecía fascinante el hecho de que un tipo sin emociones se aferrara a un objeto del pasado. Ya jubilado y con un pie más allá que aquí, el viejo profesor tuvo la certeza de que la ciencia apenas conocía a esa clase de asesinos.

Garrido y Zambrano se informaron por teléfono ante la imposibilidad de contactar con Alma y Roberto. Decidieron dividir el terreno que Calles les había dicho. Uno de ellos se encargaría de rastrear el tramo de carretera que comprendía desde la escuela de hípica hasta Ciutadella, y el otro lo haría desde la escuela hasta la Naveta des Tudons.

No transcurrieron ni cinco minutos cuando Garrido localizó en la carretera principal pequeños restos de lo que parecía el guardabarros de un vehículo y el trazado oblicuo de unos neumáticos sobre la calzada. A cincuenta metros de ellos, cerca de un árbol, le pareció distinguir algo. Pidió a Pol que detuviera el vehículo y abordaron el lugar con las linternas oficiales.

Al poco descubrieron que el Ford camuflado de la Judicial había volcado. En un primer momento, Pol únicamente distinguió la forma de un cuerpo en el interior y temió encontrarse ante una réplica de la escena que había visto en la Naveta des Tudons. Llevó el foco hasta la mano ensangrentada, inerte, que sobresalía por el marco de una puerta del vehículo que ya no estaba en su lugar.

El haz de luz de una linterna ajena a la que él sostenía enfocó directamente hacia el rostro de María.

62

A ojos de Roberto, la Naveta des Tudons se había transformado en un cuadrilátero limitado por un muro lítico y la presencia inquietante de la cinta policial. El inspector sujetaba con la mano, cubierta por un guante de látex, la navaja militar que lo había acompañado a lo largo de toda su carrera. Acababa de preguntarle a Eric aquello que los libros reiteraban.

—¿Un psicópata tiene miedo?

—Solo temo al olvido —respondió el periodista, débil pero todavía altivo.

Roberto caminó alrededor de aquel asesino transformado en un desecho humano, escrutándolo, tratando de inquietarlo tal y como él había hecho con sus víctimas. Malherido, Eric giraba sobre sí mismo, no quería darle la espalda a aquel policía empeñado en perder su placa.

Alma se acercó a Eric con las esposas en la mano.

—¿Qué estás haciendo? —interrogó el inspector a su compañera con desdén, sin perder de vista a Eric.

Alma suspiró con énfasis y lo miró perpleja, sin mover un músculo. No reconocía a Roberto, era otro hombre. En ese preciso instante lo creía capaz de cualquier cosa, pero algo le decía que no abusaría de un tipo maniatado. Se acercó a Eric, pero Roberto la atajó. Alma retrocedió ante la gélida mirada de su superior. El periodista apenas se aguantaba en pie y poder mover los brazos le produjo un dolor espantoso.

—¿Y dolor? —preguntó Roberto—. ¿Qué me dices del dolor? ¿Sois capaces de sentirlo?

A Eric le costaba seguir el paso del inspector.

—Prefiero infligirlo —afirmó con una sonrisa efímera, mostrando los dientes manchados de sangre.

A cada vuelta que daba Roberto pensaba en cómo hacerlo. Sabía que si previamente visualizaba todos los movimientos que iba a requerir, lo haría. No podía esperar más. En el mejor de los casos María corría peligro. En el peor... Flexionó las rodillas, tomó impulso hacia el lado derecho y, con todas sus fuerzas, le clavó la navaja a Eric en el bíceps femoral de la pierna izquierda. El periodista encajó la agresión con un estoicismo inicial; sin embargo, Roberto empezó a retorcer la navaja en el interior del tejido, como si de una llave se tratara. Primero hacia la derecha, después hacia la izquierda y volver a empezar.

El grito desgarrador de Eric sacó a Alma de su estupefacción. La oficial empujó a Roberto y, al arrancar la navaja de la pierna del periodista, este cayó sobre la misma tierra blanda en la que miles de años atrás distintas civilizaciones habían honrado a sus difuntos. A Alma se le cayó el equipo de transmisiones y la linterna, pero seguía sujetando la HK.

—¿Estás loco? —gritó ante la mirada enajenada de Roberto. Ni siquiera reparaba en ella, solo tenía ojos para Eric.

La oficial no iba a permitir más actos como el que acababa de presenciar. No estaba hecha de la misma pasta que aquel hombre indomable, oscuro y visceral. Roberto avanzó un paso, dispuesto a repetir el gesto en la otra pierna, cuando escuchó la apremiante voz de Pol a través de la radio.

—Está viva, María está viva...

Alma relajó los brazos y cerró los ojos durante un segundo. Roberto echó la cabeza hacia atrás y, sin soltar la navaja, se restregó la cara, se acercó al edificio más antiguo de Europa y apoyó la espalda en un lateral. Se sintió arropado por aquellas piedras que tanto habían visto y tanto habían callado.

Alma lo buscó con la mirada.

—Unidad Omega 1 para Omega 4 —interpeló Pol en un intento más de conectar con el inspector.

Ninguno de los dos se apresuró a contestar.

—Unidad Omega 1, ¿me recibe? —insistió Pol con evidentes muestras de preocupación.

—No tienes por qué joderte la vida —dijo Roberto, señalando con la navaja el cuerpo inmóvil del periodista—. Yo responderé por todo esto.

Alma comprobó el pulso de Eric, cuya herida sangraba profusamente. Se deshizo del cinturón que sujetaba su tejano ceñido y le practicó un torniquete. Su primer torniquete.

—Llama a una ambulancia —le pidió Roberto, vencido.

La oficial levantó una mano solicitando un momento de pausa. Asió una mano de Eric y con la misma empuñó el arma reglamentaria. Realizó tres disparos, dos a escasos metros de Roberto y uno al suelo. Volvió a ponerle las esposas al detenido y se hizo con el transmisor.

—Omega 4, Omega 4 para Omega 1 —solicitó Alma, acelerando la respiración como si acabara de correr.

—Adelante, Omega 1 —respondió Pol.

—Lo tenemos... Tenemos al objetivo. —Alma seguía con su farsa a través de las ondas. Sabía que tenía que hacer pausas, fingir que se quedaba sin resuello—. Nos ha disparado y está herido. Necesitamos urgentemente una ambulancia en la Naveta des Tudons.

Roberto no salía de su asombro.

—¿Vosotros estáis bien? —preguntó Pol con un temblor en la voz.

Alma se deshizo del anorak, lo tiró al suelo y lo pisó.

—Afirmativo —respondió Alma—. Objetivo herido con arma blanca.

La oficial volvió a ajustarse la prenda.

—¿Con arma blanca? —inquirió Pol, sorprendido.

Roberto le pidió con un gesto el transmisor. Alma accedió.

—Comisione una ambulancia al lugar, Omega 4 —ordenó Roberto, zanjando las preguntas—. Es urgente. Y ahora infórmeme del estado de la compañera a través del teléfono de la oficial.

—Recibido y procedo.

Al instante sonó el móvil de Alma y, al igual que había hecho con el transmisor, también se lo entregó a Roberto.

Pol describió al detalle el estado de María. Se encontraba inconsciente, con posibles fracturas de las costillas y múltiples heridas abiertas que precisarían de sutura. Según el médico que la asistía, su vida no corría peligro. Y fue con esto último con lo que Roberto se quedó y colgó la llamada sin articular palabra.

Únicamente se escuchaba el rumor de la naturaleza y los lamentos de Eric. Después de un incómodo silencio, Alma habló.

—Una vez me dijiste que las únicas cosas que suceden son las que se han escrito en un atestado. —La oficial trazaba círculos en la tierra con una rama—. Que la única verdad es la que se plasma en el papel. —Roberto asintió, expectante. Alma dejó caer la rama y encaró al inspector—. Por mi parte, voy a reflejar lo que acabo de decir por la emisora. Ni más ni menos.

—Gracias —musitó el inspector.

Alma negó con la cabeza, risueña.

—Durante esta investigación jamás he hecho una vigilancia nocturna en el hotel Can Paulino. Y, por supuesto, no hay nada que Navarro deba saber.

Roberto asintió, se acercó a Eric, se puso de cuclillas y le escupió. Después se levantó, fue adonde estaba Alma y le estrechó la mano con firmeza.

—Nada —selló Roberto con solemnidad.

Ella tomó aire y soltó un puñetazo contra la cara del inspector.

—Deberías hacer como yo, romper tu cazadora o el pantalón —sugirió la oficial sacudiendo al aire la mano dolorida, sin prestar atención a la sangre que brotaba de los labios de Roberto—. No perdamos credibilidad por descuidar los detalles.

63

Sábado 21 de febrero

A pesar de que todavía no eran las nueve de la mañana, la inspectora jefa Celia Yanes no cabía en sí misma. Impecablemente uniformada y sabiéndose ascendida ante la ausencia injustificada de Roberto Rial, respondió a la última pregunta de los periodistas con un «no» rotundo. Sabía bien lo que era una rueda de prensa en sede policial. Una tenía que instalarse en la boca un cuentagotas de información, jamás causar alarma social y exhibir una buena dosis de mano izquierda para torear las preguntas capciosas.

¿Cómo iba a admitir la posibilidad de que Eric Vericat trabajara con alguien más? Cierto que en una determinada fase de la ejecución de los asesinatos se sirvió del apoyo de Darwinblack, el *hacker* que al final optó por colaborar con la Judicial, pero, dado que había sido imposible identificarlo, lo mejor sería silenciar el detalle.

Les gustara o no, Eric Vericat ya formaba parte de la lista de psicópatas nacionales que no habían sido capaces de aplacar sus deseos de matar. Incidió en el hecho de que tratar de encontrar un sentido a lo que no lo tiene era terreno yermo para la policía. Celia estaba segura de que, si les daba carnaza, aquellos tiburones de la información la transformarían en basura. A modo de cierre esbozó la mejor de las sonrisas y comunicó que, como resultado de la operación, la Policía del Estado había intervenido una importante cantidad de documentos relacionados con un caso de corrupción política en las Islas Baleares.

A pesar de los intentos por parte de los periodistas de saber más detalles, la inspectora jefa solo tuvo palabras de agradecimiento para María Médem y para el subinspector Garrido, que la acompañaba en la rueda de prensa como convidado de piedra. Celia destacó el empeño y la experiencia que el subinspector había aportado a la investigación a pesar de que en menos de tres días se jubilaría. «Otro en su lugar habría preferido un destino más acorde con su situación», concluyó.

El propio Garrido no supo cómo tomarse las últimas declaraciones y sintió que la sangre se le helaba en las venas al descubrir aquel insólito tono meloso que nunca antes había oído en labios de la Zurda. La miró de soslayo y optó por seguir haciendo lo que mejor se le daba, disfrazar de humildad lo que en el fondo era simple indiferencia. Todos los periodistas se levantaron de los asientos y aplaudieron de manera unánime ante la estupefacción de Pol y Zambrano, testigos de todo ello desde el fondo de la sala.

—Hay que joderse —susurró Pol al oído de su compañero—. Ni una palabra para los de la Central.

—Ni para nosotros —añadió Zambrano con los brazos cruzados y una mueca torcida.

Garrido abandonó la sala tan silencioso como una serpiente. Dejó que los periodistas acorralaran a la Zurda y se deshizo de algún que otro halago estrechando la mano a Calderé, mientras el fotógrafo que acompañaba al periodista inmortalizaba el gesto con el escudo del Cuerpo Nacional de Policía a su espalda, dotando la instantánea de una oficialidad indiscutible.

Ya en el pasillo que llevaba a la salida, Garrido encendió el móvil y comprobó que tenía seis llamadas perdidas de un mismo número de teléfono.

—Espera, Garrido —gritó Pol, corriendo a su encuentro.

Pero el subinspector necesitaba responder a las llamadas, se temía lo peor.

—Tengo prisa.

—Solo quería darte las gracias de parte de María —anunció el joven policía—. Acabamos de llegar del hospital y parece que no tardarán en darle el alta. Tiene un par de costillas rotas y el efecto de la droga ya pasó a la historia. Le prometí que te lo diría.

Garrido asintió desganado, con la mirada ausente y el pensamiento en un lugar muy concreto.

Zambrano se acercó hasta ellos y palmeó la espalda del subinspector.

—¿Qué le has dado a la Zurda? —bromeó Zambrano—. Cuidado, que esa no regala nada.

Garrido se encogió de hombros y salió del edificio con el deseo de convertirse en un ser invisible y desaparecer de aquel mundo que ya no era el suyo. Al alcanzar el paseo de Sant Nicolau se armó de valor e hizo la llamada. No solo los policías carecían de tacto, pensó el subinspector al tener que sufrir el modo en que le comunicaron que Frank ya no volvería a mirarle con sus ojos desmemoriados. Garrido colgó y caminó sin saber que lo hacía. La llamada más temida había tenido lugar mientras hacía de pasmarote en la rueda de prensa que la Zurda se había sacado de la manga en su propio beneficio. El viento gélido le azotó el rostro y, en lugar de atisbar las calles de Ciutadella, ya liberadas de un asesino, se vio de pequeño en su Priego natal, llegando a casa del colegio mientras Frank escuchaba algún vinilo de los Rat Pack, preguntándole sin abrazos ni besos qué tal le había ido el día. «Me han aplaudido, papá, hoy me han aplaudido.»

Alma recogió las prendas del armario y las dejó sobre la cama. Localizó el mando del televisor, escondido entre las sábanas, y lo encaró hacia el aparato; necesitaba erradicar aquel fragoroso silencio. Dobló las prendas sin esmero y las colocó en el interior de la maleta junto al neceser y el cargador del móvil. Ni siquiera tuvo que ejercer presión alguna para poder cerrarla, pues siguiendo los consejos de Roberto apenas se había traído equipaje. Echó un vistazo a la habitación y descubrió sobre la mesita de noche una tarjeta de visita del último restaurante de Madrid al que habían ido juntos. Recordó haberla dejado allí tras encontrarla en uno de los bolsillos traseros del pantalón. Se dejó caer sobre la cama deshecha, miró la tarjeta y se sintió vencida.

Otra apuesta errónea para anotar en la lista. «La soledad no es un estado», se dijo; «es una enfermedad crónica de la que algunos no logran deshacerse». Oyó un ruido junto a la puerta. Se sobresaltó al ver que un sobre asomaba por debajo de la misma.

Saltó de la cama, se acercó hasta la puerta y recogió del suelo el documento. Salió apresurada al diminuto rellano del Rifugio Azul sosteniendo el sobre, pero quien lo hubiera dejado ya no estaba. Del interior extrajo una nota manuscrita cuya letra conocía bien. «Dile a Navarro que me tomo unos días libres. No te olvides de olvidar», firmado RR.

Alma cogió aire y lo expulsó lentamente. Se secó las lágrimas con la manga de la cazadora que llevaba puesta y se enfurruñó consigo misma. Podía tomarse aquellas palabras como una última orden o como el consejo de un policía que, como ella, pendía de un hilo para continuar siéndolo. Decidió tomárselo como lo que era, una despedida irrevocable. De lo contrario no avanzaría, y no estaba dispuesta a dar un solo paso hacia atrás.

Estrujó la nota, la lanzó a la papelera de la habitación y pulsó el mando del televisor hasta lograr silenciarlo. Salió del edificio arrastrando la maleta por el suelo empedrado. Centrada en el ruido que producían las ruedas sobre aquella calle congelada en el pasado, sonrió al imaginarse viajando en un tren sin destino que no pensaba perder.

64

Centro Penitenciario Can Brians

El viejo Tomás llevaba más de dieciocho años entre rejas. Nadie sabía el motivo de tan prolongada estancia, pero todos daban por hecho que había mediado sangre, y mucha. Después de cumplir los setenta se rindió a los caprichos de la próstata. Aquella mañana helada se topó con un problema en la puerta del meadero.

Dos reconocidos secuaces del Malafollá custodiaban el habitáculo e impedían el acceso a cualquiera que se acercara. Tomás pidió que le franquearan la entrada elevando ligeramente el mentón y clavando su mirada acerada en los ojos de aquel par de chaperos ciclados. El viejo conocía de sobras el significado de todo aquel decorado. Entre las paredes blancas de los cagaderos alguien estaba perdiendo la vida o, en el mejor de los casos, la virginidad.

—Me la trae floja lo que estéis haciendo ahí dentro —advirtió Tomás, considerando sumamente apropiado el comentario relativo a su miembro—. Necesito mear. Ya.

La voz ronca del Malafollá respondió desde el interior de los aseos.

—¿Tomás, eres tú? —preguntó el granadino.

—Sí —contestó por el viejo uno de los ciclados.

El viejo oyó al otro lado de la puerta el sonido del agua

seguido de un prolongado silencio. Al cabo el Malafollá asomó secándose las manos con lo que parecía una camiseta empapada de sangre. El granadino le dedicó una sonrisa repleta de dientes partidos y con un ademán de mano exagerado, casi reverencial, le invitó a que entrara.

Tomás no vio a nadie en los aseos, liberó el paupérrimo y cálido chorro que tantas noches insomnes le provocaba y sacudió el miembro con ira. Ni para mear le servía. Uno de los espejos le devolvió la imagen de un tipo ajado al que ya no reconocía.

Al ir a lavarse las manos los vio. Un par de ojos arrancados lo miraban desde la jofaina. No estaba del todo seguro, pero habría jurado que conservaban la misma tristeza con la que siempre lo había mirado el desgraciado de Vericat. Tomás contempló durante un tiempo impreciso ese par de globos oculares con aire de desconcierto.

Alzó las cejas, decidió lavarse las manos en otro lado y se dijo que ese no era su problema. Si algo había aprendido durante aquellos años en el talego era a no hacer suyo algo que no lo era. Maldita próstata, pensó, de nuevo tenía ganas de orinar.

65

5 días después

Berlín, distrito de Mitte

El reloj del Balzac Café de la calle Friedrichstrasse señalaba las seis de la tarde. Pagaron las consumiciones y recorrieron la afamada vía una vez más. El día era gélido y desapacible, y los berlineses se apresuraban a llegar a casa para cenar.

Roberto lo había planificado todo como si de una operación especial se tratara. Se acercaba la hora más delicada, aquella en la que el objetivo accedería al portal de su hogar, a escasos cuarenta metros del conocido Checkpoint Charlie, una reconstrucción del que fue el paso fronterizo más célebre durante la vigencia del muro de la vergüenza. Llevaban un día en la ciudad, habían pernoctado en el interior del coche que habían alquilado en Francia con documentación falsa y durante la mañana se dedicaron a seguir al objetivo.

Gracias al inglés que Roberto había aprendido a una temprana edad escuchando la voz de Lennon y McCartney, y que con los años nunca había abandonado, le fue sencillo preguntar por ella en la sede social de la empresa que administraba junto a dos socios más, y conocer con detalle su horario laboral. El recelo es un rasgo propio del carácter español; más allá de nuestras fronteras el prójimo se muestra más confiado.

Roberto lo había dejado claro: el éxito de la ejecución pasaba por lograr acceder al domicilio al mismo tiempo que ella, actuar en menos de cuatro minutos y desaparecer del lugar.

—¿Es ella? —preguntó Roberto a María cuando vio acercarse al portal que controlaban a una mujer que, embutida en un anorak hasta las rodillas, divisaba la vida a más de un metro ochenta de altura.

El inspector era buen fisonomista, pero solía mostrarse cauto cuando se trataba de mujeres. Si existía un ser vivo camaleónico en el planeta ese era sin duda la mujer. Sin ir más lejos, María no se parecía a María. Ataviada con pantalones de campaña, cazadora negra y tocada con un gorro de lana verde a juego con unos guantes del mismo color, estaba irreconocible.

María asintió, respiró hondo y repasó mentalmente, punto por punto, todo lo que habían planeado.

—¿Alguna duda de última hora? —preguntó Roberto como si le leyera el pensamiento.

La policía negó con la cabeza y logró esbozar algo parecido a una sonrisa.

Accedieron al edificio aprovechando el momento en que la rubia abrió la puerta de la escalera. Con los rostros embozados, Roberto le cubrió la boca con una mano y con la otra le encañonó la zona lumbar. Tuvieron la sangre fría de esperar el ascensor y apostaron por que a nadie le diera por abandonar el edificio a la hora de la cena. Al alcanzar el rellano de la segunda planta le pidieron a la rubia, con un gesto inequívoco, que les franqueara la entrada.

A partir de ese momento fue María la que se ocupó de la rubia; Roberto siguió el sonido del televisor y se plantó en el salón de la casa sosteniendo un arma de grandes dimensiones con las dos manos. De haber tenido una tercera, habría fotografiado la mueca de terror que Bruno exhibía. Lo agarró del pelo y solo pronunció una palabra: «Hugo.»

—Si creéis que os voy a dar a mi hijo...

Bruno no pudo terminar la frase. Roberto le giró la cara

de un guantazo y tiró de la corredera hacia atrás. «Las pistolas de fogueo cada día están mejor hechas», se dijo el inspector al comprobar el chasquido de los engranajes del arma. María colaboró en incrementar la dosis de pánico introduciendo el cañón en la boca de la rubia.

Bruno accedió a la petición de aquellos dos matones y condujo al más corpulento hasta la habitación de Hugo. En cuanto oyó la voz del pequeño, María empujó a la rubia sobre el sofá del comedor y lo cogió en brazos, realizando un esfuerzo sobrehumano para no despojarse del disfraz y colmarlo de besos.

Con un gesto, Roberto indicó a María que era el momento de salir de aquel piso de amplias estancias y altos techos. La policía señaló hacia el armario; el inspector lo abrió y comprendió que el pequeño necesitaría un abrigo para soportar las bajas temperaturas. Lo cubrieron con uno de ellos.

—*Telephone* —pronunció Roberto en un inglés impecable, sin el brusco y delator acento español, moviendo dos dedos hacia sí en un gesto universalmente conocido.

La rubia extrajo del bolso que aún le colgaba del hombro su móvil y se lo entregó al hombre de pocas palabras. Bruno cogió el suyo de la mesa del comedor e hizo lo propio, estudiando las posibilidades de una reacción por su parte. Tras un rápido vistazo a la estancia, Roberto localizó un teléfono fijo. Se acercó hasta el aparato y arrancó el cable y la caja de conexión que sobresalía de la pared. Bruno aprovechó el instante para abalanzarse sobre Roberto, pero este vio venir el movimiento y, sirviéndose del ímpetu de su contrincante, le dirigió un golpe directo al mentón. Tras el impacto Bruno cayó inconsciente al suelo.

Antes de salir a la calle se deshicieron de los pasamontañas y de las pistolas de fogueo. Se mezclaron con los vecinos del barrio de Mitte y con los turistas que se fotografiaban junto a un tipo disfrazado de soldado americano en el Checkpoint Charlie. Lanzaron la bolsa en el primer contenedor que hallaron y Roberto leyó el cartel de aquella reproducción de frontera de lo que en su día tuvo que ser una pesadilla para los alemanes del Este: «Está usted saliendo de la zona americana.» Sonrió para sus adentros al pensar que aquel mismo lugar había sido el escenario de huidas espectaculares durante veintiocho años.

Detuvieron un taxi y pidieron que los llevara a una calle de Kreuzberg, conocido como el barrio turco de la ciudad. En ese distrito obrero —lindaba con Mitte—, un coche con matrícula francesa jamás llamaría la atención. Ya acomodados los tres en el taxi, Roberto sintió el alivio existencial que se experimenta al cruzar la puerta hacia la libertad. Recordó haber leído que el Muro de Berlín fue construido en apenas dos días de agosto. Se asombró al descubrir que, al igual que las relaciones humanas, basta un par de días para aniquilar todo el amor que los años de unión comportan.

Llevaban recorridos más de trescientos kilómetros. Roberto calculó que antes de dos horas alcanzarían Varsovia. Allí abandonarían el coche en el aeropuerto, tomarían un avión directo a Barcelona y pondrían fin a aquella locura de la que no se arrepentía. La noche era cerrada pero bella. El cielo, ajeno a las luces de las grandes ciudades, mostraba el esplendor de otras luces pretéritas. María se había acomodado en los asientos traseros y estrechaba a Hugo entre sus brazos. Encendió el teléfono móvil —Roberto le había recordado que lo mantuviera apagado mientras permanecieran en Alemania— y sonrió al leer un wasap.

—Álvaro no sabe lo que quiere.

—¿Cómo dices?

—Es Lola, desde Menorca —informó María—. Parece ser que a tu amigo la paternidad lo confunde.

—¿A ti no?

—No.

Roberto bajó el volumen de la radio, a pesar de que la voz de Chris Isaak siempre le había parecido hipnótica.

—¿Qué nos separó? —preguntó el inspector con la mirada clavada en el retrovisor.

Fue solo un instante, pero aquella mirada a través del espejo arrastró a María hasta el día en que conoció a Eric. No solo le dolían las costillas fracturadas y las heridas que disimulaba con gran cantidad de maquillaje sobre la ceja y el mentón. No haber reconocido al depredador había resultado para ella un golpe demoledor. La pregunta de Roberto la devolvió al presente.

—No hubo terceras personas —recordó el inspector ante el silencio de María—, nos entendíamos en la cama y soportábamos bien trabajar juntos.

María no necesitaba mucho tiempo para darle una respuesta; ella misma se había hecho esa pregunta a lo largo de incontables noches.

—Fue tu mirada, Roberto.

—¿Qué?

—Sé que no descubro América si afirmo que no eres un hombre cariñoso, ni sonríes demasiado, ni eres detallista. —María tuvo que esforzarse por no soltar una carcajada, pero de pronto su rostro se tornó sombrío—. Sin embargo te brilla la mirada cuando algo te apasiona, cuando alguien te enloquece. Y doy fe de que me regalaste esa mirada durante mucho tiempo hasta que un día... ya no brilló más.

Roberto apagó la radio y la siguió mirando por el retrovisor.

—Siempre te falta algo para ser feliz —continuó María. Su tono tenía más de lamento que de reproche—. Habitas en el inconformismo. Te pasas la vida buscando lo que no tienes y, cuando lo consigues, inicias la carrera hacia el vacío. Y no estoy hablando solo de tu vida personal. ¿Alguna vez te has parado a pensar lo que has logrado en tu carrera profesional?

—Sabía que ese era un terreno sembrado de minas, pero tenían que pisarlo juntos—. Has perdido la cuenta del número de condecoraciones que has recibido, eres una referencia nacional en lo que a investigación de homicidios se refiere, rara vez hablan mal de ti... Pero nada de eso te importa. Una vez que obtienes lo que quieres ya no es tu meta. Y así hasta que lo pierdes, como te pasó conmigo... Y entonces vuelves a desearlo.

El inspector no supo qué decir. María había descrito su maldita enfermedad a la perfección. Sin embargo, por mucho diagnóstico que recibiera, continuaba sin la prescripción del medicamento que lograra erradicarla.

—Fue muy doloroso tenerte delante y ver cómo se apagaba tu mirada. Por eso decidí desaparecer, era el único modo de conservar la esperanza del reencuentro.

El inspector abrió más los ojos. Se volvió hacia ella y olvidó mirar hacia la carretera.

—Me confundes.

María rio con ganas.

—¿Que yo te confundo? Anda, mira la carretera.

El inspector obedeció y dos curvas después volvió a abrir la boca.

—¿Y ahora qué hacemos? —La voz sonó infantil, propia de un niño desamparado.

María asomó entre los dos asientos delanteros y, sin dejar de sostener al pequeño, le besó en la cara. Él le correspondió con una de sus insólitas sonrisas.

—Nunca olvidaré lo que hoy has hecho por mí.

Roberto levantó la mano del cambio de marchas y agarró la de María. La estrujó durante un tiempo indeterminado. Era su modo de pedir perdón. Ella le regaló una caricia en la cara y regresó a la posición inicial.

Él se pasó la mano por la cara y se estrujó el entrecejo. El cansancio de las últimas horas asomaba y todavía no había terminado la operación. Encendió de nuevo la radio y al escuchar el *One* de los U2 temió estar condenado de por vida a ese número.

—Despiértame antes de llegar —le pidió María, adormecida.

Roberto asintió y alternó lo que le quedaba de viaje entre

la oscuridad de la vía asfaltada y el panorama que el encuadre del espejo retrovisor le ofrecía, la de una madre capaz de cualquier cosa por recuperar a su hijo, la de una mujer consecuente con sus sentimientos, la de una policía que había tenido la desgracia de cruzarse con él en su camino.

«Hay dos tipos de hombres», se dijo, «el que tiene una mordaza para sus pasiones y el que la tiene pero no la usa». Ni siquiera recordaba si alguna vez había utilizado la suya.

66

Una semana después

Nueva York

Cuando Roberto entró en el 711 de la Quinta Avenida fue contundente al responder a la pregunta que acababa de formularle una mujer de caderas desbocadas que rondaba los cincuenta. Tenía la melena dorada, como la decoración de la tienda, y una mirada precisa, como las piezas que allí vendían.

—Necesito un reparador del tiempo —solicitó el inspector, realizando un leve movimiento con la muñeca izquierda para mostrar el Omega Seamaster bañado en oro, con la pequeña fisura sobre el cristal y la correa de piel raída.

La mujer le estrechó la mano y se presentó como Julia Ryan. Le pidió permiso para sostener con delicadeza la muñeca del inspector y admiró el Seamaster con la entrega de un marchante ante una pintura renacentista.

—¿Cuándo podrán tenerlo arreglado?

Julia sonrió con satisfacción, tal y como le habían indicado en el último curso de inteligencia emocional que la casa Omega les impartió.

—Depende —respondió Julia de manera escueta. «A menudo seducción y misterio son la misma cosa. Tenéis que cautivar a todo ser humano que cruce la puerta de nuestras tiendas», pensó, recordando una vez más las instrucciones de aquel gurú del crecimiento personal, quien, a pesar del empeño que puso la empleada de Omega, tampoco se fijó en ella.

Roberto se encogió de hombros.

Julia movió la cabeza en un gesto de coquetería y barrió el local con una mano, como si se tratara de un movimiento de taichí.

—Depende de la tarifa que elija. Tenemos la tarifa *express*; es costosa, pero tal vez no haya terminado de tomarse el café cuando su reloj ya esté reparado. Y tenemos otras muchas en las que quizá tenga que volver dentro de unos días —Julia hizo un mohín— y siga vagando por ahí necesitando que alguien repare su tiempo.

Roberto sopesó la información. El dinero ya no era un problema para él. Le apetecía un café, seguir disfrutando de aquellos gestos estudiados de Julia que le parecían divertidos y, sobre todo, recuperar el tiempo perdido.

—Que sea corto y fuerte —dijo el inspector mientras entregaba el reloj a Julia.

Salió de aquella cueva lujosa y se detuvo ante la marabunta que cruzaba la mítica avenida en ambas direcciones. Por un momento le pareció distinguir entre la multitud el rostro del subinspector Garrido ataviado con una camiseta de Frank Sinatra, pero el inspector concluyó que su cabeza —atiborrada de caras, nombres y una extensa compilación de escenas escabrosas— tenía esas cosas.

Sin dar la mayor importancia a lo que creyó que era una visión, consultó el Omega Seamaster de su padre y supo que una nueva vida acababa de empezar.

El día anterior había visitado el Edificio Dakota y había repasado mentalmente todo lo que Diego de Aliaga le había contado, además de la vasta documentación que existía sobre el asesinato de John Lennon.

En su caso, regresar al lugar de los hechos formaba parte

de la rutina. No sintió nada especial excepto nostalgia. Carecía de sentido añorar a un padre del que apenas había disfrutado, pero era el término más certero para definir aquel sentimiento. Ser el propietario de la última fotografía en vida de aquel mito le iba a permitir vivir de renta si administraba bien el capital que Daniela le había asegurado recibir. Un millón y medio de dólares equivalía al sueldo que él ganaría trabajando los siguientes treinta y siete años. Un simple mensaje por teléfono que dijera «ok» y su hermana pondría en funcionamiento la maquinaria que tan bien conocía: la de convertir sueños en dinero y viceversa.

Después de que firmara ante notario todo lo que ella quiso, Daniela se había convertido en otra mujer. En las altas esferas sociales no hay rencillas, ni hermanos que dejan de hablarse. Los intereses pactados se ocupan de cubrir con cemento lo que las miradas no pueden.

Con el tiempo ajustado en la muñeca sintió la necesidad de acercarse hasta la plaza Strawberry Fields, la misma que en homenaje a Lennon los neoyorquinos habían construido en Central Park. Alcanzó el lugar en veinte minutos a paso ligero. Los termómetros marcaban tres grados bajo cero, y el calor que podía brindarle el entusiasmo ante esa nueva vida que iba forjándose en su cabeza no alcanzaba para tal distancia.

Cuando descubrió que la plaza en honor a Lennon no era más que una suerte de mandala en blanco y negro sobre el piso con la palabra «Imagine», sintió cierta decepción. Se acurrucó en un banco, se alzó la cremallera de la cazadora hasta la barbilla y extrajo del bolsillo el teléfono móvil. Se acomodó los diminutos auriculares en los oídos y buscó entre las escasas canciones que había comprado para la ocasión, la que pudo ser la última grabación de John Lennon, *Help me to help myself*. Después de toda aquella historia acerca de las fotografías ya no se atrevía a afirmar qué canción era la última. Pulsó el botón de reproducción y se centró en la voz del genio y en aquellas palabras que eran tan suyas como de media humanidad.

El caso de la Semana Negra de Ciutadella se había convertido en el verdadero detonante. Había cruzado todas las líneas que no se debían cruzar. Cansado de que en nombre de la justicia lloraran más las víctimas que los criminales, eligió el mismo idioma que estos últimos hablaban. Jamás tuvo tan claro matar a un hombre. Sin lugar a dudas, si aquella noche en la Naveta des Tudons alguien le hubiera comunicado la muerte de María, lo habría hecho.

No podía más. Veinticinco años barriendo la mierda de las calles no era la peor parte. Lo insoportable era ver que te quitaban la escoba, que te obligaban a barrer la misma mierda con las manos, para que al día siguiente un ente abstracto llamado Justicia volviera a colocarla en las mismas esquinas.

Terminó la canción de Lennon y tomó la decisión. Sin un atisbo de duda envió el «ok» a Daniela. Al instante y a pesar de la diferencia horaria, recibió la respuesta con dos emoticonos. El primero representaba una sonrisa, el segundo, un beso.

Se levantó del banco y, al salir de Central Park, toda su atención quedó centrada en la presencia de un taxi neoyorquino. Amarillo y negro, como los de Barcelona. En uno de ellos María había puesto años atrás un punto y seguido a su historia. La conversación que habían mantenido camino de Varsovia solo tenía una posible interpretación. Roberto marcó un número de teléfono conocido y esperó.

—Hola —respondió María con sorpresa y agrado.

A pesar de que había pronunciado una sola palabra, se conocían demasiado bien para saber qué emoción albergaban esas cuatro letras.

—¿Te apetece vivir una temporada en Nueva York?

María rompió a reír y después lloró. Fue un llanto desatado, contenido a lo largo de los años, hecho de sueños quebrados y de ilusiones extraviadas.

Roberto no supo si había sido el llanto de María o el rumor de la vida neoyorquina lo que le había impedido escuchar la respuesta con nitidez. Todavía afectado por la canción de Lennon y la palabra con la que aquella ciudad había agradecido al cantante el tiempo y el espacio compartido, decidió hacer propio aquel mensaje universal.

—Imagínate... que funciona.

Hubo un silencio y después el murmullo de un sollozo aplacado. De nuevo una sonrisa ahogada a través del micro.

—Siempre lo he imaginado.

Novela terminada en Gijón,
el 13 de julio a las 11.25,
tomando un café en un bar de la calle
Domínguez Gil, en plena Semana Negra.

Agradecimientos

A María Sentandreu Benavent, sin ti la Perkins seguiría siendo para mí ese objeto desconocido.

A Sergio Vera Valencia, primer lector de *La mirada de Chapman*, cuyos consejos he seguido a rajatabla. ¡Como para obviarlos, amigo!

A mis hermanas, Sonia y Madrona , y a Carles Casanovas, por la elección del título de esta novela durante esa cena en la Bella Napoli. ¡Que sí, Sonia, que sí, que principalmente fue idea tuya!

A mi agente, Marta Sevilla, por respetar mis decisiones (muchas de ellas basadas en sus opiniones) y acompañarme en este camino.

A la editora Rosa Moya, por su inagotable fuente de entusiasmo y por creer en mí. Pero sobre todo, por esas palabras antes de escribir esta novela: «Vuela, siéntete libre.»

A Paco Camarasa por el aliento que he sentido cada vez que ha hablado de mis novelas policiacas y por sus «abrazos negrocriminales».

A Toni Marín, por decir siempre «SÍ», cuando se trata de María Médem y Roberto Rial.

A Ana Olivia Fiol i Mateu, por el regalo de sus fotografías y el cariño con el que recibió en Ciutadella a María Médem y Robert Rial. Contigo mis personajes están a buen recaudo.

A Toni Pérez Moreno, compañero sin cuya ayuda, mis malos serían incompletos.

A todos esos compañeros de letras con los que he podido compartir eventos, semanas negras y charlas íntimas en las que no he dejado de aprender.

Y a ti lector o lectora que, a través de un tuit, un mensaje privado, una publicación en el Facebook o una mirada a la cara, me has transmitido que mis historias te han emocionado y te han entretenido. Sin la gasolina de tus palabras el motor de mi creatividad quedaría estancado en cualquier garaje del olvido. GRACIAS.